海外中国研究丛书

刘东 主编

[美] 杨晓山 著
文韬 译

METAMORPHOSIS OF THE PRIVATE SPHERE
Gardens and Objects in Tang-Song Poetry

私人领域的变形
唐宋诗歌中的园林与玩好

江苏人民出版社

图书在版编目(CIP)数据

私人领域的变形:唐宋诗歌中的园林与玩好/[美]杨晓山著;
文韬译.—南京:江苏人民出版社,2009.5(2021.12重印)
(海外中国研究丛书/刘东主编)
ISBN 978-7-214-05716-7

Ⅰ.私… Ⅱ.①杨…②文… Ⅲ.①唐诗—文学研究
②古典诗歌—文学研究—中国—宋代 Ⅳ.I207.22

中国版本图书馆 CIP 数据核字(2009)第 048273 号

Metamorphosis of the Private Sphere: Gardens and Objects in Tang-Song Poetry, by Xiaoshan Yang, was first published by the Harvard University Asia Center, Cambridge, Massachusetts, USA, in 2003. Copyright © 2003 by the President and Fellows of Harvard College. Translated and distributed by permission of the Harvard University Asia Center. Simplified Chinese translation copyright © 2008 by Jiangsu People's Publishing House
All rights reserved
江苏省版权局著作权合同登记:图字 10-2006-145

书　　名	私人领域的变形:唐宋诗歌中的园林与玩好
著　　者	[美]杨晓山
译　　者	文　韬
责任编辑	张晓薇
装帧设计	陈　婕
责任监制	王　娟
出版发行	江苏人民出版社
地　　址	南京市湖南路 1 号 A 楼,邮编:210009
照　　排	江苏凤凰制版有限公司
印　　刷	江苏凤凰通达印刷有限公司
开　　本	652 毫米×960 毫米　1/16
印　　张	17.25　插页 4
字　　数	220 千字
版　　次	2009 年 5 月第 1 版
印　　次	2021 年 12 月第 4 次印刷
标准书号	ISBN 978-7-214-05716-7
定　　价	48.00 元

(江苏人民出版社图书凡印装错误可向承印厂调换)

序 "海外中国研究丛书"

中国曾经遗忘过世界,但世界却并未因此而遗忘中国。令人嗟讶的是,20世纪60年代以后,就在中国越来越闭锁的同时,世界各国的中国研究却得到了越来越富于成果的发展。而到了中国门户重开的今天,这种发展就把国内学界逼到了如此的窘境:我们不仅必须放眼海外去认识世界,还必须放眼海外来重新认识中国;不仅必须向国内读者迻译海外的西学,还必须向他们系统地介绍海外的中学。

这个系列不可避免地会加深我们150年以来一直怀有的危机感和失落感,因为单是它的学术水准也足以提醒我们,中国文明在现时代所面对的绝不再是某个粗蛮不文的、很快就将被自己同化的、马背上的战胜者,而是一个高度发展了的、必将对自己的根本价值取向大大触动的文明。可正因为这样,借别人的眼光去获得自知之明,又正是摆在我们面前的紧迫历史使命,因为只要不跳出自家的文化圈子去透过强烈的反差反观自身,中华文明就找不到进入其现代形态的入口。

　　当然,既是本着这样的目的,我们就不能只从各家学说中筛选那些我们可以或者乐于接受的东西,否则我们的"筛子"本身就可能使读者失去选择、挑剔和批判的广阔天地。我们的译介毕竟还只是初步的尝试,而我们所努力去做的,毕竟也只是和读者一起去反复思索这些奉献给大家的东西。

刘　东

目 录

译者的话 1

献辞 1

致谢 1

导论 1

第一章 其道两全：白居易诗歌中的园林与生活方式 10
    第一节 "家"与"国" 10
    第二节 何为园主 18
    第三节 中隐 30

第二章 空间的诗学：呈现与调和 43
    第一节 门里门外 43
    第二节 园林的自然化 47
    第三节 框取自然，反照自然 51
    第四节 北方园林里的南方景致 61

第三章 物恋及其焦虑：怪石的诗传 76
    第一节 中国传统中的痴癖和物恋 76
    第二节 唐前诗歌里的石头母题 79
    第三节 丑、怪和无用 83
    第四节 牛僧孺的石癖 89
    第五节 从辩解到讽刺 91

第六节　北宋哲理性的批判　100
  第七节　重新评定"丑"、"怪"和"无用"　109
  第八节　理论与实践的调和　116
  第九节　尾声　121

第四章　言辞与实物：诗歌的交换和描写交换的诗歌　126
  第一节　双鹤记　126
  第二节　爱妾换马　136
  第三节　自然而然的艺术与精打细算的交易　142
  第四节　三首诗、两块石头、一幅画　153

第五章　安居乐业的耆老："乐"与"闲"的表达　168
  第一节　对痛苦的超越和"乐"的主题　168
  第二节　对耆老群的歌功颂德　172
  第三节　对闲适的满与不满　181
  第四节　返回园林　188

尾声　对私人领域的反思　207

附录　217
  征引文献目录　217
  征引诗文篇目索引　231
  关键词索引　246
  人名索引　249

译者的话

杨晓山是宇文所安的高足,1994年毕业于哈佛大学比较文学系,现任教于美国圣母大学东亚语言文学系。《私人领域的变形:唐宋诗歌中的园林与玩好》一书通过精彩纷呈的园林诗歌细读,匠心独运地考察了中唐至北宋期间(大致从9世纪到11世纪)士人文化和文学传统中"私人领域"的发展和变化过程。

中唐是中国文学传统乃至文化传统发生深刻变化的历史时期,宋代及其后世的许多文化现象都是在中唐崭露头角的。换句话说,这是中国文学传统的一个新开端,它孕育着不同于以往的新的美学规范,宇文所安目之为中国的"中世纪"。以白居易为代表的中唐文人士大夫发现传统的道德、政治和审美价值取向不足为训或者说不合时宜,于是,他们一直就在努力地寻找变通与调和之道,由此带来了新的价值观念和新的表现手法,对后世影响深远。

"私人领域"是一个独特的视角,它为我们打开了一个可居可游的、充满诗意的文化审美空间,同时也展示了这个精致文雅的私人空间是如何在"修身齐家治国平天下"的文化结构中受到挤压并开始变形的。在《机智与私人生活》一文中(收录在宇文所安《中国"中世纪"

的终结》一书中),宇文所安曾经对这个既存在于公共世界又不受公共领域干扰的"壶中天地"进行考察,展示了广大现实世界的种种诱惑和斗争,如何以微缩的方式进入审美活动的复杂文化系统,公共性的诗歌又是如何在其中创造出"溢余的价值",非常富有启发性。沿着老师开出的方向,杨晓山以中国园林为中心,从不同的角度考察"私人领域"与外部世界的复杂互动,从而呈现出唐宋文学传统与社会政治、道德、经济等外部因素之间的深层互动。物质文化与精神文化、生活世界与想象世界、现实态度与审美态度分分合合,彼此交错,既让我们心驰神往又让我们为之叹惋。本书是论文的结集,每一个章节都是一次相对独立的、富有新意的尝试和探索。

如同章名《其道两全:白居易诗歌中的园林与生活方式》所揭示的那样,白居易的履道园和他的生活方式是紧密联系在一起的。一方面,作为道德评判家的白居易总是在他的新乐府里对王室贵胄占有豪奢的城市园林进行冷嘲热讽;另一方面,在表现个人生活的诗歌里,他又总是志得意满喜不自胜,因为洛阳有着一座属于自己的园林。与其说园林给了他无尽的审美享受,不如说切切实实的拥有满足了他的占有欲。更重要的是,园林为白居易的"中隐"生活提供了条件。对白居易来说,隐于朝的"大隐"生活太险恶,逃遁山野的"小隐"生活又太过荒凉,城市私家园林便成了平衡社会责任与个人道德、缓解精神高洁与物质舒适紧张的中间地带。于是,中唐时期的园林频频易主和有园无主现象都引起了他的高度重视,说别人的时候他总是振振有词,落到自己身上却不免有些紧张,因为这随时都可能瓦解他苦心经营的个人小天地。

第二章集中展示了唐宋文人如何在园林这个小小的个人空间里建造一种可居可游的诗意空间。修剪林木也好,巧妙地通过门、窗、井、池塘、镜子等中介物体截取自然并反照自然也好,收集江南玩好点缀北方园林以显示自己与众不同的审美趣味也罢,文人士大夫们精心地布置着这一方"红尘飘不到"的世外之所。一方面,雅致的园主们通过各种方式把自然引入园林;另一方面,园林又被赋予了强烈的人文气息,成为优于原生自然的所在。可以说,如果没有中国文人士大夫的创造和发挥,就不会有小中见大、移步换景、曲径通幽的独到的中国造园艺术。这点小小的个人幽趣成就了最精致、最艺术的中国人文生活。

第三章是内容最丰富,分析最细致的一章。杨晓山把目标锁定在园林玩好——奇石之上,并把石癖当成一种"物恋"的形式来看待。中唐以降,痴迷于石头的人代代有之。问题是如果全然限制在私人领域之内,收藏石头完全是一种个人爱好,追求"适意"本也无可厚非。但是,一旦成为社会风并且有权贵者加入其中时,审美性的石头癖好就不可能不与社会道德发生矛盾。因为开采石头、千里运送石头都需要耗费大量的人力、物力和财力,何况一旦身价百倍,获取奇石的途径就成为问题。作为权倾朝野的一品大员,牛僧孺和李德裕不费一文的奇石收藏不可能不给他们带来复杂的政治问题和道德问题,哪怕有欧阳修、白居易等人的百般开脱。在风雨飘摇的晚唐社会,雅好奇石最终无法避免从超越的审美境界沦落为道德堕落和政治腐败标志的命运,中唐时期树立起来的"丑"、"怪"和"无用"等审美范畴也遭到了北宋文人士大夫的贬抑。一方面是不可自拔的痴迷,一方面是历历在目的历史教训,北宋文人便在这两端之间左右摇摆,突围的努力从来就不曾停止。我们看到,那些对石癖抨击最猛烈的诗人往往就是最富激情的石头癖好者本人,欧阳修、苏轼、司马光无一免嫌。待到宋徽宗玩物败国之际,私人领域与公共领域之间的紧张居然如此戏剧化地消解了。

文人士大夫们好通过展示自己独特的审美眼光,来标榜自己的不同凡俗。这种张扬固然可以加固个人性的新价值新观念,但也容易招来爱物成癖的不速之客。风雅之至的诗歌唱和竟记下了这种种尴尬的趣闻。白居易的风雅之物——从江南带回的一双白鹤,引起了裴度的兴趣。裴度、白居易还有调解人刘禹锡,以诗代书,你来我往,风趣地争论着白居易应不应该把白鹤让给裴度,后来又讨论白居易是否该以心爱的姬妾酬换裴度的骏马。诗歌唱和与物品交换很奇特地扭结在了一起,决定各自姿态的却是诗文之外的政治地位。苏轼更是热衷于以诗换砚、以画换石,他总是强调自己的艺术行为乃是由内而外的喷洒,商品交换价值的算计却未始没有参与其间。一方面苏轼不厌其烦地强调对外物要保持超然的心态,另一方面却又从来没有克服自己对石头的痴迷。当王诜以"借"为名试图夺走苏轼心爱的仇池石时,苏轼三首赠答诗表现出来的情感变化可谓是意味无穷。

第五章由司马光和邵雍的对比构成。宋初伊始,"乐"成为一种诗情,更成为一种为人标举的人生境界。当然,"乐"的获得还有赖"闲"来提供心境。在安乐窝里从容养老的邵雍宣称自己已经达到无时不乐、无往而不乐的超越境界。同样在洛阳私家园林里安度晚年的司马光也好表现独乐园里的闲淡愉悦生活。然而,表面的相似并不能掩盖他们深层的差别。邵雍之乐乃真乐,司马光之乐便有点苦中作乐的味道了。实际上,闲暇不仅没能让司马光乐起来,反而成为他的巨大精神压力,因为被迫退居江湖的司马光并不能忘情世事。11世纪的洛阳园林成为老龄保守党的政治退隐之地,他们经常在园林里集会并组成了耆英会这样的团体,以其年龄、阅历、道德和声望与王安石革新派中的"新进少年"对抗。在这个过程中,作为私人领域的园林无疑遭到了公共政治势力的侵扰。

精彩的文本细读和诗歌分析是本书最突出的优长。和他的老师宇文所安一样,杨晓山总是能从大量的文学作品中触摸到文学内在的丰富和鲜活,并善于在文本的缝隙中发掘那些掩藏起来的情感和线索,在饶有趣味的细腻分析中层层展开其背后的错综复杂。在杨晓山的研究中，没有抽象原则，只有特殊情况。在这些充分展开的特殊性之中，每一个案例都有着更广阔的涵盖力和适用性。正是这些散布各处忽明忽暗、时近时远的群星，让我们感到了夜空的深邃和辽阔。一旦抽离它们各自的语境，简单地进行总体概说，闪烁的星光便消逝在一个没有层次的黑幕中了。最终，作者所聚焦的这些看似分散的、个人性的、可人的"居处玩好"，把我们带入一个充满诗意和灵动，却也遍布危机和焦虑的空间。你很快就会心情愉悦却又时感焦虑地读完这本奇妙的著作，如同书中的人物一样时而沉醉，时而不安。就此而言，杨晓山那稍稍有些散漫的文字，确实达到了宇文所安提倡的"散文写作"的效果——把学术研究、思想和文学结合在一起，恢复古典文学的活力，避免把讨论文学的文字变成最没有灵性、最没有张力的文字。

　　一些西方学者指出理论的薄弱乃是本书最大的缺憾，我却认为避开理论分析和抽象总结的诱惑，保留下的恰恰是最珍贵的丰厚与生动。以往关于文学与政治、道德、经济等因素互动关系的研究，缺少的正是《私人领域的变形：唐宋诗歌中的园林与玩好》里的这种鲜活感和纵深感。对于"私人领域"这个炙手可热的西方理论热点，我更愿意视之为一个视角、一个窗口，借助它我们得以深入那个逝去的、美丽的文学世界，也得以洞悉这方唯美的空间原是建立在错综复杂的、凡俗的日常生活之上。我们知道，"文学"只是在近代中西文化碰撞之后才在国人心目中"纯化"起来的。在此前漫长的中国历史中，文学就是生活本身，琴棋书画无一不是可居可游的诗意生活之一部分，人世的困窘与经济的拮据也无一不可以发之为诗、诉之为文。这方面的跨界研究有助于我们在想象中还原那个逝去的世界，值得我们反思，也值得我们继续提倡。而"私人领域"与"公共领域"界限的引入，不仅让文学、政治、道德、经济等诸多异质却相关的内容得以同台竞演，也让我们洞悉文学本非脱离生活的太虚幻境，在纷扰的凡俗世界里我们确曾建立起这一方弥足珍贵的审美文化生活空间,这或许就是中国文化最最动人、最最可爱之处!

  本书的内容适合以优美的语言娓娓道来。由于经验不足,翻译之初未敢在字句上做太多的文饰和发挥。意识到此书不同于一般的学术著作时,时间又不允许再踵事增华,甚为遗憾。翻译过程中得到了作者杨晓山的指点和帮助,在此谨向杨晓山先生表示感谢!杨先生一丝不苟的治学态度给我留下了深刻的印象。

文 韬

2008 年 7 月 17 日

于北大畅春新园

献　给

我的妻子尹承旭和儿子杨璟晔

致　谢

我首先要向宇文所安表达最诚挚的谢意。这些年来,他教我阅读中国古典诗歌,并给了我多方的指导和鼓励。本书写作过程中的每一个环节,我都承蒙他的指教。艾郎诺(Ronald Egan)、何瞻(James Hargett)和克罗尔(Paul Kroll)都非常认真地阅读了我的全部手稿,并提出了细致的意见和建议,使我受益匪浅。我还要感谢马瑞志(Richard Mather)和韩德琳(Joanna Handlin Smith)认真阅读了第一章的初稿,对文章的内容乃至行文都提出了宝贵的建议。

1996年在伯克利加利福尼亚大学举行的中国研究中心年度论坛上,我提出了第二章的初步想法。该论坛的主题是"中国社会的风景、文化和权利"。在1997年的亚洲研究学会西岸年会和1998年的亚洲研究学会年会上,我宣读了第三章的部分内容。第四章是我在1999年美国中西部亚洲事务会议年会和2000年亚洲研究学会年会上的发言稿基础之上写成的。我在1998年美国中西部亚洲事务会议年会上所做的发言是第五章的初稿内容。在以上的会议中,与会者都提出了很多问题和建议,在此我一并表示感谢。

第一章、第二章和第三章的部分内容曾经是我两次演讲的内容。那是2003年在哈佛大学召开的关于中国园林古典论著的会议,为期三天。我要感谢两位讨论人韩文彬(Robert Harrist)和伊维德(Wilt Idema)给我提出了宝贵的意见和建议。从这次会议的其他与会者那里,我收获颇丰。这些与会者是:Peter Bol、Michel Conan、Stanislaus Fung、Antoine Gournay、Alison Hardie、Ken Harmmond、David Knechtges、Georges Metailie、Martin Powers、David Sensabaugh、Richard Strassberg、Jan Stuart、Stephen West、Yinong Xu 和 Hui Zou。

圣母大学东亚语言文学系和亚洲研究中心有很多同事,在这里无法向他们一一道谢。本书写作期间,他们在学术上对我有所启发,在精神上尽了同仁之谊。我还想借此机会,向我以前就职的美国蒙大拿州大学的同事们鸣谢,感谢他们对我工作的支持。没有哈佛大学亚洲研究中心 John R. Ziemer 的鼎力相助,这本书无法出版面世,我在此谨表谢意。

我还很荣幸地得到了一些机构的经济支持。为了开展本书的研究工作,美国国家人文基金会和蒋经国基金会都给我提供了科研经费。圣母大学人文科学研究所连续两年提供经费,供我暑期去外地查阅资料。为完成本书的初稿,我申请脱产三个学期做科研,圣母大学文学院院长办公室批准了我的申请。

第一章的部分内容曾经以《其道两全:白居易诗歌里的园林与生活方式》为题,发表于《哈佛亚洲研究》1996年的第一期。这次重印惠蒙编辑的应允。

杨晓山

导　论

> 睹居处玩好,则才不才了然可知。
>
> 欧阳詹(785?—827?)①

中国园林作为一个学术研究课题,已经得到了多方位的考察。为数不少的专著对中国园林的结构特征,以及中国园林所体现出来的宇宙观、宗教信仰、哲学观、道德伦理和审美观都有所研讨。最近,关注点又转移到园林的经济生产和经济消费功能上来了②。对中国文学作品里所呈现出来的园林的研究,范围有宽有窄。有的是研究某部作品或某个作家③,有的研究一个作家群④,还有的研究某一个历史时期的作品⑤。

---

① 该题词出自《题华十二判官汝州宅内亭》的序言,《全唐诗》,349·3907。
② 例如韩德琳(Smith, Joanna F. Handlin)的《园林在祁彪佳社会生活中的作用:晚明时期江南的财富和价值》("Gardens in Ch'i Piao-chia's Social World: Wealth and Values in Late-Ming Kiangnan"),柯律格(Clunas, craig)的《富足的所在:中国明代的园林文化》(*Fruitful Sites: Garden Culture in Ming Dynasty China*)。
③ 例如韦斯特布鲁克(Westbrook, Francis A.)的《谢灵运抒情诗及〈山居赋〉中的风景描写》(*Landscape Description in the Lyric Poetry and 'Fuh on Dwelling in Mountains' of Shieh Ling-yunn*)、浦安迪(Plaks, Andrew)的《红楼梦里的原型和寓言》(*Archetype and Allegory in the* Dream of the Red Chamber)、杨晓山的《其道两全:白居易诗歌中的园林与生活方式》("Having It Both Ways: Manors and Manners in Bai Juyi's Poetry")、萧驰(Xiao, Chi)的《抒情领域中的中国园林:石头记的普通研究》(*The Chinese Garden as Lyric Enclave: A Generic Study of The Story of the Stone*)。
④ 如宇文所安(Owen, stephen)《唐代别业诗的形成》("The Formation of the Tang Estate Poem")。
⑤ 例如侯迺慧的《诗情与幽境:唐代文人的园林生活》和林继中的《唐诗与庄园文化》。

本书主要关注的是,从中唐时期到北宋时期(大致从9世纪到11世纪),城市私家园林在诗歌中的再现与中国士人文化中私人领域的形成之间的关系。

我沿用了宇文所安的说法,把文学传统里的"私人领域"界定为"一系列物体、经验以及活动。这些物体、经验以及活动属于一个独立于社会整体的个人主体。所谓社会整体可以指国家,也可以指家庭"。这种抽象的"领域需要一个空间","这个空间首先就是园林"①。私人领域的组成部分当然并不限于园林,其中的有些部分我将在本书中加以考察。但说到底,我对私人领域的研究,与其说是面面俱到,不如说是举一反三。说得更具体一点就是,本书重点研究欧阳詹所谓的"居处玩好"。"居处"指园林,"玩好"指生活中的审美精品。

在这里我得强调,我并不打算为作为诗歌主题的园林提供一个概览。其实本书的副标题已经表明,本书的范围并非囿于园林。但我在讨论过程中所提出来的各种问题,都直接或间接地与园林文化的方方面面相关。园林文化漂移不定的内涵是和中唐以后更大的文化变迁密切相关的。我的目标是描绘并解释在我所考察的历史时段中的一些新的价值观念和新的表达方式。这些价值观念和表达方式植根于中国文人自我修养、自我表现的过程,同时也影响了这个过程。我想让读者自己去判断,本书所涉及的问题是否具有更广阔的外延和适用性。当唐宋文人感到传统的政治、道德及审美的价值观不足为训或不合时宜的时候,他们就努力地去另辟蹊径。我所要揭示的就是这种努力和私人领域变迁之间的关系。我给自己设定的任务不过如此而已。

以时间为序,这本书的第一章和第二章集中在中唐时期。第三章和第四章跨越了中唐和北宋。第五章则集中讨论北宋时期。唐宋诗人在其作品中建构了一个私人领域,而园林则是这种领域的物理空间。从本

---

① 宇文所安,《中国"中世纪"的终结》,88页。

书内容上来说,前两章就是要讨论园林的这种功能。接下来的两章考察某些文化艺术品如何在不同的个人空间里流动及置换。最后一章考察有关"乐"和"闲"的表达,这些"闲"言"乐"语在反映耆老们安居园林生活的诗歌中占主导地位。

园林成为诗歌表现的内容,与中国诗歌本身一样历史悠久。但个人愉悦性的园林要到西晋时期(265—317)才成为诗歌主题而受到广泛的重视。西晋时期,园林与城市分离而与自然接近的特点得到了突出,从而与隐逸的主题联系在了一起。中唐时期,立志要当隐士的人在城市的私家园林里发现了一个比乡间或郊区别墅更为舒适的新天地。

第一章的讨论集中在白居易(772—846)身上。本书所探讨的所有主要课题,都是由他确立或定向的。我将从白居易关于城市私家园林的讽喻诗开始。这些讽喻诗一反早期诗歌渲染王室贵胄乡村或郊区园林之奢华的文学惯例。白居易从道义上批评了堕落贵族们淫奢的生活方式。在政治层面上,白居易觉察到,那些著名园林的兴衰变迁不仅反映了园主的地位变化,而且是天下治乱很贴切的象征。在哲学层面,他举例说明了人类命运的变幻无常,指出永恒占有园林的幻想乃是一种执迷不悟的虚荣。

但是,白居易在描述个人生活的闲适诗里,却不断地流露出对在洛阳拥有一座园林的骄傲和自得。他退职以后对自己的生活深感愉悦,心满意足。这种感觉正是建立在这种占有之上的。然而,仅仅是占有一座园林还不够。白居易那个年代的人认为,真正的拥有还要求具备欣赏园林的审美能力以及充分表达这种审美感受的机会。无需实际占有就能在审美层面上拥有一座园林,这是一种观念。这种观念背后是唐代都市中比比皆是的有园无主的现象(absenteeism)。

作为个人所有的空间,城市私家园林的功能是,使得在都市里过隐居生活成为可能。这种空间为白居易所谓的"中隐"提供了活动的舞台。与这种生活方式形成对比的有两种人。一种是"大隐",即那些位高权重而能保持精神超越的人;另一种是"小隐",即那些为了洁身自好而逃遁郊野的人。中国遁世传统中这两种截然相反的趋向,在安身于私家园林的"中隐"身上虽然没有获得和谐,却达到了一种妥协:乡村和城市不再抵牾,精神的高洁与物质的舒适达到统一,社会责任与个人自由互相平衡。

为了把园林作为个人物质和精神的领地保留下来,必须划定边界。第二章首先讨论"前门"这个诗歌意象。和这种意象相关的是一种把城市私家园林和它周边的环境分离开来的强烈愿望。关门闭户乃是退出浊世的惯常姿态。在早期诗歌里,这种姿态也很常见。但是早期诗歌同时往往要强调,卓越超凡的主观精神境界才是隐居的最终保障。中唐诗歌则更强调作为实体的"前门"的疆界意义。入门成为一种象征性的行为,一种进入超脱、高洁之境界的精神仪式。

凡俗世界的侵扰受到强有力的抵制,自然界却在城市园林中被欣然接受,并成为被精心模仿的对象。园林虽是人工的营建,受到了空间的严重制约,但仍想和气象万千的大自然相媲美,并对此加以模拟和复制,虽然这种复制乃是以咫尺代千幅的。扩大园林景观的一个有效方法就是,选择那些在视听效果上更为恢弘的自然景观和自然声响,诸如高山和河流等。但是园林的自然化并不意味着生硬地照搬自然景观。恰恰相反,建构园林是一个严格的主观调控和主观选择的过程。经过深思熟虑之后,才能决定保留什么,去除什么。第二章将会谈到建构园林的两种主要调控方式。其一运用在园林内部的空间安排上,即修剪那些长得过于浓密的树木和植物,免得这些草木遮掩了园林之外的景观。

上面提到的第一种主观调控方式有效地扩大了园林的视觉空间。第二种方式则通过框取、限定和调整大自然的壮观,使其成为园林中的一种景观。在这方面,园林结构中的某些裂隙显得尤为重要。比如说,透过窗和墙中的缝隙,远景可以被框成一幅风景画,供诗人以闲适的心情加以观照。在诗人的凝视之中,地面的裂隙,比如井和池塘,不仅在有限的空间里框取自然,而且通过水中倒影来反照自然。在中唐诗歌里,小池塘的迷人魅力至少有一部分是源于这种框取和返照的双重中介作用。这种在视觉上将"内"和"外"混成一体的过程是相辅相成的:一方面是自然被艺术化,另一方面是园林被自然化。

丰富园林的视觉效果不仅体现在"借景"这一手法上。在第二章的最后一小节将会展示,在中唐的空间诗学里,南方(尤其是江南)常常被视为一种美景典范,北方的城市园林对此不遗余力地加以模仿。北方的园林展现了南方的景致,这是诗歌唱和中频繁的主题。这种展现不全是出于诗人们的想入非非。某些江南特有的产物一旦被运送到北方,便成了北方城市园林中的常见景观。

园林作为一种空间上的实体,是由各种独立的物体组合而成的。其中各式各样的奇石尤其令人瞩目。这些奇石既是园林装饰的一部分,也是独立的审美艺术品。在9世纪,它们吸引了众多诗人的注意。我在第三章把石癖看成是一种物恋(fetishism)和痴癖(obsession)。中唐诗歌对"丑"、"怪"和"无用"这三个范畴加以肯定,从而建立了一套有关奇石的基本意象和母题。北宋时期尽管没有形成新的审美感受,但此时的诗歌却不断地对石癖进行更高层面的道德、哲学和历史的批判。

为了清晰地界定中唐以后和石癖相关的问题,我首先对"嗜"和"癖"的用法做了一个简单的历史性的考察。在中文里,这两个词的意义与物恋和痴癖最为接近。接着我探讨的是唐以前诗歌里的石头母题,从而揭示9世纪以后石头描写中所出现的新主题和新的诗歌语言。

在有关太湖石的诗歌中,这些新的主题和新的诗歌语言逐渐定型。在此过程中,"丑"和"怪"被审美化,"无用"也获得了审美意义上的认可。太湖石从一种偶得的新奇之物,演变为一种走红吃香的收集品。我以这种演变为历史背景,探讨9世纪中期以来石头爱好者在沉溺于审美性的物恋时所感受到的尖锐的道德焦虑。这种焦虑感的一个主要来源是,在把这些体积庞大的石头从南方原产地运送到北方城市私家园林的过程中,耗费了大量的人力。白居易的一篇记文提到,牛僧孺的园林里收集了大量这样的石头。白居易的记文是一个很重要的文本。石头爱好者们一方面不顾一切地追求审美满足,一方面又想保持自己的道德高洁。他们究竟如何达到这二者之间的平衡,白居易在他的记文里有所披露。

9世纪晚期,唐王朝濒临覆亡。第一代石癖者身上潜在的焦虑感发展成一种公开的道德谴责。时值天下板荡,石癖的风行被看成是统治阶级丧失良知的预示。石癖与经邦治国遂成水火冰炭。

到了北宋,历史提供了强有力的有关石癖的反面教材。北宋文人在继承唐代前辈的道德意识的同时,还接着在哲学层面深化对石癖的批判。表现之一就是使"丑"、"怪"和"无用"这三个审美范畴遭到贬抑。但是北宋时期出现了一大悖论,那就是很多振振有词谴责石癖的人本身就是对石头情有独钟的人。透过这种悖论,我来探讨那些石癖者如何在道德和哲学的层面上,道貌岸然地替自己的石癖辩护。

第三章以一系列的实例收尾。这些例子说明,奇石是如何从私人领域的审美之物演变为公共领域的一种道德堕落的象征。由于臭名昭著的花石纲,像太湖石这样显赫的物产被政体化了,在建造皇家园林艮岳的过程中扮演了显眼的角色。传统认为,艮岳的建造加快甚至导致了北宋王朝败于女真族之手。当宋徽宗(1100—1126年在位)的个人审美热情导致了民族和王朝的惨剧时,私人领域和公共领域之间的界限也就戏剧性地消解了。

太湖石能够被运往北方的城市,诸如长安和洛阳。由此我们可以看到,那些对建造园林至关重要的物品乃是流动性的。本书第四章考察这种可携带物的另一层面,出发点是士人文化点缀品的可交换性。本章将聚焦于一系列关于此类点缀品交换的趣闻轶事,从而剖析诗歌的交换和描写交换的诗歌之间错综复杂的联系。具体一点来说,本章所表述的是诗歌交换不仅对物品交换加以记录,同时也对物品交换进行解释,并积极地参与物品交换。

第四章的第一个故事讲的是裴度(765—839)如何向白居易索取一对仙鹤。裴度的理由是他的园林可以为这对鹤提供更好的生活环境。裴度的索求在他本人和白居易还有刘禹锡(772—842)之间引发了一系列颇有意思的诗歌交换。刘禹锡是这场交易的调解人。这些诗作诙谐地争论着裴、白两家的园林哪个更适合双鹤的栖息。但归根结底,还是三人之间的社会关系决定他们在这场诗歌交换中所采取的姿态,同时也决定了这些诗歌交换的最终结果。

第二个故事的主要人物和第一个故事一样,他们所扮演的角色也如出一辙。故事的起因是这样的:白居易向裴度索要一匹马,裴度则要求白居易以他心爱的姬妾作为交换。接下来的诗歌唱和使得乐府诗里的"爱妾换马"变成了现实。这种化诗为实的基本前提是,凡是可收集的东西也是可以转移、可以交换、可以替代的。

在第四章的最后两节中,我把注意力转向了北宋。北宋时期,审美艺术品交换在中国文人的私人生活中已经变得司空见惯了。这两小节的焦点是当时的文坛泰斗苏轼(1037—1101)。苏轼的艺术创造力和那些精打细算的物品交换有着错综复杂的联系,透过这种联系,我仔细地重新审视通常为人所知的苏轼——一个擅长诗歌、绘画和书法的,灵感兴会的艺术家。我还要用一些例子来提醒读者注意,苏轼在参与物品交换的过程中,充分利用了文化消费市场对自己艺术创作的高需求。

第四章最后一节讨论的是王诜(1036?—1103?)向苏轼借两块石头的故事。苏轼不愿把两块石头拱手相让。随之而来又有三位朋友自告奋勇地充当调停者。然而这三位朋友各执一端,提出了截然相反的建议,使得当时的情形愈发复杂起来。由此产生的僵局,使人想起了白居易和裴度为了双鹤而争执不下。诗歌交换和物品交换之间的相互作用在苏轼答复王诜所作的三首长诗里披露得淋漓尽致。在这三首诗里,苏轼不断转变自己的立场,他一开始是一个石头痴迷者,对自己的两块石头信誓旦旦。然后又摇身一变,成了一个精明强干的商人,提出了一个更为实际的交换建议,即用两块石头换取王诜的一副精致古画。最后,苏轼俨然以智者自居,大谈特谈外物与自我必须两相分离的哲理。在苏轼时代的收藏风尚中,理论和实践之间虽非总是格格不入,却也是常常裂隙昭然。苏、王之间交易的不了了之以及后来发生的一些事情,凸显了这种裂隙。

最后一章的兴趣点集中在邵雍(1011—1077)和司马光(1019—1086)的诗歌中对于"乐"与"闲"的表达。在北宋前期的文学中,"乐"备受标举,成为一种诗意的情感,也是一种生活的态度。这一新动向,在一定程度上是对晚唐以来弥漫诗坛的感伤主义的陈词滥调的反弹。邵雍的观念必须结合他本人独特的道德、哲学观念和他对"乐"的三重理解:宇宙自然之乐("观物之乐")、人伦社会之乐("名教之乐")和个人生活之乐("人世之乐")。

邵雍在理论上标举观物之乐,但这并不妨碍他反复歌咏人世之乐。在他那里,"乐"是与老年生活紧密联系在一起的(在司马光那里也是如此)。在以前的中国诗歌里也能找到一些熟悉的相关例子。但是在11世纪的洛阳,对那些在政治、道德和诗歌领域里都意气相投的耆老们的颂扬之辞,乃是王安石(1021—1086)变法期间有关政治伦理言论的一个不可分割的一部分。在这种言论里,老成持重之人和"新进少年"之间是泾渭分明的。

"闲"既是"乐"的表现,也是"乐"的前提。理想化地说,"闲"是通过内部心境与外部境遇的完美结合而获得的。邵雍和司马光对待"闲"的态度之所以不同,是因为他们对变法时期的严峻现实有不同的反应。邵雍对自己的"闲"真心诚意地欣然接受,因为他深信,退而修身是一种合情合理的道德选择,不必非得入仕不可。司马光则不然,当时的政治环境使他进退维谷,让他不得不闲。从他在洛阳时或隐或显地表现出来的不得其所之感可以看出,"闲"对他来说是很成问题的。从天降大任于斯人的角度来说,"闲"给他带来了深刻的身份危机感。在当时的情形下,要想扮演儒家学者积极入仕的角色,对司马光来说已经是无能为力了。

洛阳为保守的耆老们提供了享乐的优越环境,因为洛阳有光荣的历史、优美的自然景色、优良的道德习俗,再加上又来了一批意气相投的人。这些耆老们享乐的中心乃是私家园林。耆老们充满了道德的自信,在私家园林里呈演着自己愉悦的生活。作为"乐"与"闲"在精神和物质上的空间,园林也成为了一个超越是非之地。与此同时,园林也成为旧党的活动场所,他们在此可以大发牢骚,可以互相打气,并展望着有朝一日能够东山再起。因此园林的私人空间也就遭到了公众政治力量的侵扰。

第一章　其道两全:白居易诗歌中的园林与生活方式

第一节　"家"与"国"

中国文人在诗歌中对他们私家娱乐性园林的描述,可以追溯到西晋时期①。石崇(249—300)描绘他那著名的金谷园的诗作,是最早的例子之一。《思归引》(带有一篇长序。《先秦汉魏晋南北朝诗》,643—644页)、《思归叹》(《先秦汉魏晋南北朝诗》,644页)和《金谷诗序》②这些作品,混合着夸耀财富和渴望过简单隐士生活这两种声音③。石崇那壮观的田庄坐落在洛阳郊区的西北面,是当时像潘岳(247—300)那样杰出的文学和政治人物都喜欢的聚会之地。他们经常在里面作诗、饮酒、享宴

---

① 在这里,我对"娱乐性园林"这个词的使用,是存有戒心的。事实上,这里提到的所有唐以前的园林都具有相当的经济功能。但是,这些功能是第二位的,私家园林更大的作用在于它们乃是退出公众的栖身之所。
② 《全晋文》,33.13a—b(《全上古三代秦汉三国六朝文》,p.1651a)。
③ 《思归叹》和《金谷诗序》的英文翻译请见卫德明(Wilhelm)的《石崇和他的金谷园》("Shih Ch'ung and His Chin-ku-yuan")。马瑞志(Richard Mather)有更精确的《金谷诗序》翻译,见闵福德(Minford)和刘绍铭(Joseph M. S. Lau)合编的《中国古典文学译文选》(*Classical Chinese Literature: An Anthology of Translation*),475—476页。也可参见宇文所安《初唐诗》(*The Poetry of the Early Tang*)的274—276页。

和赏乐①。潘岳本人的《闲居赋》就有一大段描写了自家的园林(其中列举了种在园林里长长的一串水果和蔬菜的名目),由此也开创了赋体文中这样的一种子类群②。谢灵运(385—433)的《山居赋》③上承潘岳的《山居赋》,下启沈约(441—513)的《郊居赋》④。继承这一传统的还有庾信(513—581)的《小园赋》⑤,该赋中许多意象和主题都源于潘岳的赋。在上述所有的作品里,隐逸的主题都无所不在⑥。诗歌里的例子就不胜枚举了。除了以"田园诗"之祖和"隐逸诗人之宗"⑦闻名的陶潜(365—427)之外,还必须提到的一个人就是谢朓(464—499),我们将看到,他的作品往往是唐朝园林诗的灵感源泉。

从初唐开始,特别是在中宗再度临朝的时期里(705—710),描绘王室贵胄园林的诗歌呈现出非常清晰的主题和风格特色。皇帝在侍

---

① 石崇的《金谷诗序》中提到,有一次聚会吸引了三十个人,所有的人都赋诗以贺。在这些诗文中只有潘岳的《金谷集作诗》被保留了下来(《先秦汉魏晋南北朝诗》,632 页)。石崇和潘岳都是当时的文学精英群体"二十四友"的成员。可参看《晋书》,40.1173 页。
② 见《文选》,16.697—707。潘岳赋的英文翻译可以在华兹生(Watson)《汉魏六朝赋选》(*Chinese Rhyme Prose: Poems in the Fu Form from the Han and Six Dynasties Periods*)的 64—71 页中找到。康达维(Knechtges)翻译的《文选》第三册 145—157 页也有此文的翻译。
③ 《全宋文》,31.1a—11b(《全上古三代秦汉三国六朝文》,2604a—9a)。韦斯特布鲁克(Westbrook, Francis A.)的《谢灵运抒情诗及〈山居赋〉中的风景描写》("Landscape Description in the Lyric Poetry and 'Fuh on Dwelling in the Mountains' of Shieh Ling-yunn")附有谢灵运赋全文的英文翻译和批评研究。
④ 《全梁文》,25.2a—6b(《全上古三代秦汉三国六朝文》,3097b—99b)。沈约赋的英文和注释可以参看马瑞志(Mather, Richard B.)的《诗人沈约(441—513):隐侯》[*The Poet Shen Yueh (441‑513): The Reticent Marquis*],176—213。沈约在《宋书·谢灵运传》中将《山居赋》一字不漏地抄录下来,可见他对谢灵运备加推崇(《宋书》,67.1754—71)。
⑤ 《全后周文》,8.4a—5a(《全上古三代秦汉三国六朝文》,3921b—22a)。庾信赋的英文翻译可以参见华兹生(Watson)的《汉魏六朝赋选》(*Chinese Rhyme Prose: Poems in the Fu Form from the Han and Six Dynasties Periods*),103—109。
⑥ 正是在这个时期,私家园林成为了隐逸之所。早期的私家园林与后来的私家园林功能不同,区别之一就是炫耀财富。一个有名的例子就是西汉(公元前 206 年—公元 8 年)袁广汉建造的豪宅。一个平民却在长安郊区建造了豪奢惊人的大园子。极有可能就是因为园林的豪华招摇和他本人的不知天高地厚,袁广汉最终以不明之罪被处死,他的园林也被官府没收了(刘歆,《西京杂记》,3.130—31)。
⑦ 钟嵘的《诗品》(1.13)首先赋予陶潜这一称号。

从诗人的陪同下,经常往来于这些园林大宅,大量的颂赞诗篇也就应运而生。这些诗歌通常的特点是,夸大宅院的豪奢,并把造访者塑造成高洁的隐士和追求不朽的道家高人。园林成为无需拒绝公众和世俗生活便可以满足田园恬静心境的处所①。在又一次出游时,中宗本人带领着群臣唱和,并号称陶潜就是自己的楷模②。

王维(701?—761)和裴迪在740年间创作的《辋川集》,与初唐别业诗里的歌功颂德大为不同。《辋川集》开创了用一组诗歌分别描绘园林各个景点的传统,这种组诗通常采用五言绝句的形式③。后来模仿这种组诗形式,并运用类似风格进行创作的作品有王维的倾慕者钱起(710?—782?)写的《蓝田溪杂咏二十二首》(《全唐诗》,239.2684—87)④、皇甫冉(717—770)的《山中五咏》(《全唐诗》,248.2805—6)、韩愈(768—824)的《奉和虢州刘给事使君三堂新题二十一咏》(《全唐诗》,343.3847—50)、张籍(768?—830?)的《和韦开州盛山十二首》(《全唐诗》,386.4374—84)和韦处厚(773—828)的《盛山十二诗》(《全唐诗》,479.5448—50)。

---

① 与此相关的讨论可见宇文所安(Owen,Stephen)《唐代别业诗的形成》("The Formation of the Tang Estate Poem")和《初唐诗》(*The Poetry of the Early Tang*,256—273页)。宫廷文人在唐中宗景龙年间(707—710年)创作的多数诗歌都收集在今已失传的《景龙文馆记》中,该书在8世纪20年代由武平一(约卒于741年)汇编而成。相关讨论可见贾晋华的《〈景龙文馆记〉研究》("A Study of the *Jinglong wenguan ji*")。

② 见《九月九日幸临渭亭登高得秋字》,《全唐诗》,2.23。唐中宗文学侍从在同一情景下写作的诗歌,收集在计有功的《唐诗集诗校笺》1.16。

③ 王维和裴迪的诗歌见《全唐诗》,128.1299—320和129.1312—15。王维还写了歌咏另一山庄的五首短诗《皇甫岳云溪杂题五首》(《全唐诗》,128.1302)。这里还应提到的是卢鸿(713至742年之间健在)的《嵩山十志十首》(《全唐诗》,123.1223—26),它们的写作时间有可能比《辋川集》还要早。卢鸿的作品可以排除在园林组诗的子类之外,原因有二:首先卢鸿的诗歌风格与《辋川集》及其模仿之作截然不同。他的诗用的是较为自由的骚体写成,此前还有一篇较长的序言记录嵩山的各个景点。第二,卢鸿的诗向来被认为是为其绘画《草堂图》而作,这些诗画是否真的出自卢鸿之手,现代学者已经有所质疑。有人认为卢鸿的画和诗都是唐末宋初的伪作,见徐复观的《中国艺术的精神》,506页。

④ 蓝田溪诗和辋川系列诗的一个主要区别在于,钱起在他的风景描写中时常直抒个人的主观情绪。两组诗歌的对比可见蒋寅的《大历诗人研究》,183—187页。

第一章 其道两全:白居易诗歌中的园林与生活方式

白居易的讽刺诗既不同于初唐的别业诗,也有别于类似《辋川集》那样的组诗。在早期描绘长安都市风光的诗歌里,诸如骆宾王(卒于684年)的《帝京篇》(《全唐诗》,77.834—35)和卢照邻(634?—684?)的《长安古意》(《全唐诗》,41.518—19)①里,我们就可以看到白居易讽刺诗的雏形。这些初唐诗人对过度奢华的不满,可以在白居易的《伤宅》一诗中找到回应。不同之处在于,骆宾王和卢照邻提供的是一幅都市生活的全景图,而白居易则把笔墨集中在园林宅第上:

> 谁家起甲第,朱门大道边。
> 丰屋中栉比,高墙外回环。
> 累累六七堂,栋宇相连延。
> 一堂费百万,郁郁起青烟。
> 洞房温且清,寒暑不能干。
> 高堂虚且迥,坐卧见南山。
> 绕廊紫藤架,夹砌红药栏。
> 攀枝摘樱桃,带花移牡丹。
> 主人此中坐,十载为大官。
> 厨有臭败肉,库有贯朽钱。
> 谁能将我语,问尔骨肉间。
> 岂无穷贱者,忍不救饥寒。
> 如何奉一身,直欲保千年。
> 不见马家宅,今作奉诚园。
> (《白居易集笺校》,2·85—86)

这首诗沿袭了大量流行于中宗时期描写园林宅第的诗歌词汇,但它的写作目的却截然不同。诗人以道德批判的眼光来审视住宅的豪华。

---

① 有关流行于7世纪60—80年代的"京都诗"的讨论,可见宇文所安的《初唐诗》(*The Poetry of the Early Tang*)103—122页。

这里写到了朱门大户里的富人们和遭受"饥寒"的"贫贱者"之间的悬差,乃是杜甫(712—770)著名诗句的翻写:

> 朱门酒肉臭,路有冻死骨。①

《伤宅》一诗的基调是讽刺的,但诗中最后两句流露出了对马燧(726—795)宅院的一丝哀婉之情。马燧是一个因镇压781年至785年叛乱而留名后世的将领。马燧死后,太监诱骗他的儿子把马家的园林和地产献给了皇帝②。这座房产最后变成了奉诚园。正如韦利(Arthur Waley)所指出的那样,在9世纪的诗歌里,奉诚园经常被用来"象征世间财富和荣耀都是昙花一现的"③。

白居易的新乐府《杏为梁》也提到了马燧的园子。他告诉我们,这首乐府诗的目的是为了"刺居处奢也":

> 杏为梁,桂为柱④。何人堂室李开府。
> 碧砌红轩色未干,去年身没今移主。
> 高其墙,大其门,谁家第宅卢将军。
> 素泥朱板光未灭,今岁官收别赐人。
> 开府之堂将军宅,造未成时头已白。
> 逆旅重居逆旅中,心是主人身是客。

---

① 这两句诗出自《自奉先赴京五百字》(《全唐诗》216.2265)。白居易在其著名的《与元九书》里,把这两句诗作为典范,说明诗歌应该与社会时事相关。
② 《旧唐书》,143.3701;《新唐书》,155.4890。
③ 韦利(Waley, Arthur),《白居易的生平和著作》(The Life and Works of Po Chü-i),17页。以奉诚园为主题的唐诗还有窦牟(749—822)的《奉诚园闻笛》(《全唐诗》,271.3039)、畅当(773年进士)的《春日过奉诚园》(《全唐诗》,287.3284)、元稹(779—831)的《奉诚园》(《全唐诗》,411.4564)。其他提及奉诚园的还有元稹《遣兴十首》之二(《全唐诗》,398.4467)、杜牧(803—853)的《过田家宅》(《全唐诗》,521.5961)、薛逢(853年左右还健在)的《君不见》(《全唐诗》,548.6251)。结合有关马燧园林的唐诗来讨论《杏为梁》的文章,可见陈寅恪的《元白诗笺稿》,274—278页。
④ 这两句可能来自司马相如(公元前179—前118年)《长门赋》(《文选》,16.714)中的"刻木兰以为榱兮,饰文杏以为梁"。根据李善(卒于689年)的注释,"木兰"和"桂木"意义是相近的。

更有愚夫念身后,心虽甚长计非久。

穷奢极丽越规模,付子传孙令保守。

莫教门外过客闻,抚掌回头笑杀君。

君不见,马家门,尚犹存,宅门题作奉诚园。

君不见,魏家宅,属他人,诏赎赐还五代孙。

俭存奢失今在目,安用高墙围大屋。

(《白居易集笺校》,4·243—44)

白居易讽刺的主要对象乃是世间荣华富贵的短暂。当时一个很能说明"更有愚夫念身后"和"付子传孙令保守"的事例是李德裕(787—850)。李德裕在洛阳城郊的平泉有一座别墅①。进身朝廷之前,李德裕在别墅里给学生讲学。从官藩服后,他离开了平泉,并很少有时间再回去②。但是,他几乎没有一天不想念他的园林。李德裕现存的诗歌里有一半以上是写这座园林的。这些诗都是他离开平泉之后写的。无法回到平泉享受自己的园林,成为一种深切的遗憾,继而转变为把这座园林(甚至是其中的一树一石)永远地传之后人的强烈渴望。在《平泉山居戒子孙记》中,他警告子孙说:"后代鬻平泉者,非吾子孙也。以平泉一树一石与人者,非佳子弟也"③。尽管李德裕那种要把平泉庄园世代相传的渴望几近病态,但他对园林的承传不定还是十分清楚的,他估计到自己的别业也有不测之险。无奈之下,他也只能提供这样一个难以生效的应

---

① 平泉别墅收集有大量珍稀植物和奇石,在各种笔记小说中,几乎具有传奇性了。其中一个著名的例子见于康骈的《剧谈录》(2.81—84)。傅璇琮对有关平泉山庄的传统资料作了一个概述,可以参阅其《李德裕年谱》,326—328 页。现代学者对平泉山庄的理解往往有很强的倾向性。杰出的中国园林研究者程兆熊似乎由衷地表示钦佩和欣赏,参见他的《论中国之庭园——中国庭园与性情之教》(59—63 页)。唐承业在《李德裕研究》(575—586 页)中,对李德裕曲加维护。傅璇琮对这个问题似乎有意避而不谈,但是他对李德裕接受各种奇石异木以装点其园林,还是做了一番温和的辩解。朱桂的《牛僧孺研究》(226—237 页)则猛烈地抨击李德裕的淫奢和腐败。
② 《旧唐书》,174·4528。作者按:《旧唐书》此处有误。平泉庄建成以后,李德裕很少有闲暇在此居处,不可能讲学其中。
③ 李德裕的《平泉山居草木记》详细地列举了其中的奇花异草,见《全唐文》,708·3220。

变措施:"吾百年后为权势所夺,则以先人所命,泣而告之"(《全唐文》,708·3220)①。果然不出所料,李德裕的渴望并没有为他的珍藏提供足够的保护。在他死后,他园子里所有的怪石和花草珍品都"各为洛阳城有力者取去"②。

同样值得我们注意的是,《杏为梁》还影射了魏家宅邸的故实。史书把魏徵(580—643)塑造成节俭的典范:

> 太子太师魏徵,当朝重臣也,所居室宇卑陋。太宗欲为营第,则谦让不受。洎征寝疾,太宗将营小殿,遂辍其材为造正堂,五日而就。开元中,此堂犹在。家人不谨,遗漏焚之。子孙哭临三日,朝士皆赴吊。③

白居易时期,魏徵的十五代孙魏稠迫于极度的贫穷,不得不把祖上的宅子抵押出去。809年,当唐宪宗(806—821年在位)准备造访魏家宅邸时,朝廷才惊讶地发现魏家旧宅已经转了好几次手,并在数易房主的过程中被分割成了好几个部分。平卢节度使李师道(卒于819年)奏请朝廷,愿意出钱赎回魏家旧宅并把它送还给魏家。李师道这样做并非完全出于利他主义的动机。朝廷批准了李师道的请求,并指派白居易给他写批复。白居易对朝廷的决定深感不安,于是他不但未草批复,反而在奏章里提出异议:"事关激劝,合出朝廷。师道何人,辄掠此美?"白居易建议朝廷买回这所宅邸并赐给魏氏后人"以劝忠臣"。这样一来,也就

---

① 李德裕尤其喜爱的一块石头叫醉醒石,他喝醉了的时候总是靠在这块石头上。898年,在张全义(852—926)军中担任察军的一个宦官得到了这块石头,并把它放了自己的园子里。李德裕的孙子李敬义得知石头的下落后,就按照他祖父的建议,泪流满面地请求张全义帮忙把石头要回来。当张全义询问这个宦官是否愿意把石头还给李家时,宦官拒绝道:黄巢(卒于880年)叛乱之后,没有哪个园林还能够保持原封不动的。平泉别墅的遗失之物肯定不只是这一块石头。张全义曾经跟从过黄巢,听到宦官的这番话之后认为宦官是在讥讽自己。盛怒之下,他将这名宦官鞭打而死(《旧五代史》60·806—7;《新五代史》45·491)。
② 张泊,《贾氏谈录》,4页。
③ 封演,《封氏闻见记》,5·60—61。

"事出皇恩,美归圣德"了①。唐宪宗认识到白居易的建议颇有宣传效益,最后成全了此事②。

在白居易的诗歌里,园林不仅反映了园林主人的社会地位和政治地位,也是国家治乱的象征。"家"和"邦"(或"国")之间的象征性关系正是《凶宅》一诗的主题。在这首诗里,白居易描写了一座被恶运纠缠的大宅子。凶宅的主人中有被流放充军的将帅,还有病死在里面的公卿。不到十年,宅院的主人就换了四五回,灾难一次又一次地降临到新主人的身上。后来这座园子荒废了,被风雨所侵蚀,成为蛇鼠的栖身之地。人们慢慢地开始怀疑这座宅院闹鬼,谁也不愿意再买它了。然而,在道德家白居易看来,这些灾难与鬼神作祟是毫无关系的,原因全在园林主人行为的不正当。白居易批评那些对大宅之"凶"惊恐莫名的人,认为那是愚昧无知,他本人提出了如下的说法:

> 因小以明大,借家可谕邦。
> 周秦宅殽函,其宅非不同。
> 一兴八百年,一死望夷宫③。
> 寄语家与国,人凶非宅凶④。
> (《白居易集笺校》,1·9)

"家"与"国"之间的象征性关系,后来成了讨论中国园林的一个基本主题。在替洛阳名园作记的跋语中,李格非(1090年健在)痛定思痛地写到:

> 园圃之废兴,洛阳盛衰之候也。且天下之治乱,候于洛阳之盛衰。而知洛阳之盛衰,候于园圃之废兴而得。

---

① 《论魏徵旧宅状》(《白居易集笺校》,58·3343)。白居易给唐宪宗写的这篇奏折的英文翻译和相关背景,可以参看尤金·法菲尔(Feifel, Eugen)的《作为谏官的白居易:808年至810年呈现唐宪宗的奏折》(*Po Chü-i as a Censor: His Memorials Presented to Emperor Hsien-tsung During the Years* 808-810),89—92页,212—213页。
② 见司马光《资治通鉴》,237·7657—58;《旧唐书》,166·4343—45。
③ 秦二世(公元前209—前206年在位)被迫在望夷宫自杀。见《史记》,6·274。
④ 类似主题的诗歌可见王建(约生于766年)的《坏屋》(《全唐诗》,297·3370)。

17

李格非指出园林—城市—国家休戚与共以后,又提出了这样的忠告:

> 呜呼! 公卿大夫方进于朝,放乎以一己之私自为,而忘天下之治忽。欲退享此乐,得乎? 唐之末路是已。①

第二节 何为园主

白居易的讽喻诗对人类的占有欲大加针砭,但是他那些反映个人生活的闲适诗却截然相反,这些诗歌洋溢着因在洛阳履道坊拥有一座园林而自满自得的情绪。824年,白居易在三年杭州太守任满之后回到洛阳,从田氏手里购买了履道的宅院。这座宅子曾经归属白居易妻家的杨凭(788年健在)。在洛阳呆了十个月后,白居易于825年前往苏州任太守。829年,他才回到洛阳,并在那儿度过了他生命中的最后十七年。

在购买这座园林之后的十个月里,在他回到洛阳长期定居的年岁中,白居易写了大量的诗歌吟咏他的履道园。作于825年的《泛春池》在题材和风格上都很有代表性:

> 白蘋湘渚曲,绿篠剡溪口。
> 各在天一涯,信美非吾有。
> 如何此庭中,水竹交左右。
> 霜竹百千竿,烟波六七亩。
> 泓澄动阶砌,淡沱映户牖。
> 蛇皮细有文,镜面清无垢。
> 主人过桥来,双童扶一叟。
> 恐污清冷波,尘缨先抖擞。
> 波上一叶舟,舟中一樽酒。

---

① 李格非,《洛阳名园记》,18—19 页。

酒开舟不系,去去随所偶。
或绕蒲浦前,或泊桃岛后。
未拨落杯花,低动拂面柳。
半酣迷所在,倚榜兀回首。
不知此何处,复是人寰否?
谁知始疏凿,几主相传受?
杨家去云远,田氏将非久。
天与爱水人,终焉落吾手。
(《白居易集笺校》,8·461)

这首诗的开头几行是典型的白居易式对比修辞。第一联似乎是包含着对某种曾经相识的风景的怀旧之情。然而,这远方的自然风景并非是被思慕的对象,而是作为一种烘托,以显示一方园池为己所有的优越性,尽管这种池景是人造的。第四句"信美非吾有"源自王粲(177—217)的《登楼赋》。王粲先是描绘楼上所见的风光,然后又感叹不已,说如此美丽的景色不仅没能缓解他的思乡之情,反而加剧了他的故土之思:

虽信美而非吾土兮,曾何足以少留。①

这种面对令人愉悦的自然风景却由此产生感伤情调的分裂式写法,后来成为人们表达思乡之情的陈词滥调。这样的例子可以追溯到5世纪的沈约,他在《登玄畅楼诗》②(《先秦汉魏晋南北朝诗》,1634页)的末尾就化用了王粲的诗句。

一般说来,后期诗人都像王粲那样,从描绘眼前所见转移到描绘心

---

① 《文选》,11·490。
② 相关的翻译和讨论可见马瑞志(Mather, Richard B.)的《诗人沈约(441—513):隐侯》[*The Poet Shen Yueh* (441-513): *The Reticent Marquis*],109—120页。

中所见上来①。白居易的诗歌则相反,他逆向而行,对心中所见加以否定,而对眼前所见则加以肯定。王粲把吾土和他乡做空间上和情感上的对比,白居易却从占有形式上来进行对比。白居易对"吾有"之园的心满意足,取代了王粲对"吾土"的悠悠之思。

第六句到第八句集中描写唐代园林里"水"和"竹"这两大要素。园林景色的一个显著特色就是水竹交错(第六句)。在诗句的结构上,白居易把这种交错的姿态加以具体化了。紧接在描写竹子的第七句之后的,是第八句对水的描写。第十一句和第十二句对竹子的描绘又承接第九、十句对水的描摹。竹子和水都是园林里真实的景象,但它们同时又具象征的况味。众所周知,竹子是道德高尚的象征。在白居易有关履道园的诗作里,竹子的意象常常用来暗指自己的"虚心"——一种摆脱俗物纠缠的虚静心态。相反,水则代表澄定七情六欲的能力。另一首歌咏履道园的诗里有这么两句,可以简要地归纳水和竹的这种功能:

> 水能性淡为吾友,竹解心虚即我师。②

白居易在《泛春池》一诗中登场的时候,其身份首先是园林主人,然后是老者,最后才是朝臣。他承认自己身为朝官的身份和"清冷波"所象征的高洁格格不入。但是,只要他把"尘缨"轻轻地一"抖擞",就可以化解这种格格不入。于是乎他就能大体自如地饮酒泛舟于湖上了。

白居易虽然酒至半酣,却仍然保持着非常清晰的自我意识。他转而开始思量,前度池主有几何?园池的频频易主使他清醒地意识到,在这种不断易主的过程中,自己也可能仅成为一个被他人统计的数字而已。

---

① 唐诗中直接提到王粲该句的有柳宗元(773—819)的《登蒲州石矶望横江口潭岛深迥斜对香零山》(《全唐诗》,352·3941—42)、吕温(772—811)的《道州途中即事》(《全唐诗》,371·4165)和杜牧的《题池州弄水亭》(《全唐诗》,520·5947)。
② 《池上竹下作》(《白居易集笺校》,35·1599),亦可见于《养竹记》(《白居易集笺校》,43·2744—45)。

值得庆幸的是,该园池"始"归杨家,后来又为期短暂地再属田家,"终"为白居易所有,到此也就物尽其用了。园池成为了园主所有的永恒之物,不会再转手他人了。

我们因此可以这么说,白居易在他的园子里所获得的愉悦感,源出占有感的成分绝不会低于园林自身景致的成分。白居易诗歌里的各种对比强化了这种占有感。白诗中的第一种对比可以《泛春池》为例。这首诗把远在天边的自然美景与近在眼前而又为诗人所拥有园林加以对比。这种典型的对比修辞远在白居易定居洛阳之前就可以找到了。白居易作于817年苏州任上的《草堂前新开一池养鱼种荷日有幽趣》就是其中一例:

> 淙淙三峡水,浩浩万顷陂。
> 未如新塘上,微风动涟漪。
> 小萍加汎汎,初蒲正离离。
> 红鲤二三寸,白莲八九枝。
> 绕水欲成径,护堤方插篱。
> 已被山中客,呼作白家池。

(《白居易集笺校》,7·386)

远和近的对比中包含着另外一种对比,即人工建造的小园池和壮而峭险的自然水流之间的对比。这种对比在下章将有详细论述。另外还有一点,也是后文将要谈到的,这就是数字(如本诗中的"二三"和"八九")在进一步描述池塘之小时的功能。我们将会看到,这种"数字游戏"在中唐以后描绘园池的诗作中十分突出。

正如在《泛春池》中所流露的那样,白居易之所以舍远求近,是因为近边的空间乃是个人所有的空间。他把新建的池塘呼为"白家池",也就强化了他的占有权。命名在这里当然也是一种自我表达的方式。"白家池"的名号似乎是呼应著名的"习家池"——唐诗里象征逍遥和洒脱的常见意象。在公元前1世纪的头二十五年里,习郁在襄阳的任职期间建造了这个池塘。山简(253—312)经常造访它,并常和习家人一起在那儿喝得烂醉。"习家池"因此名声大振①。

白居易诗歌里的第二个对比,涉及到自家园林与他人园林的大小问题。当他把自家的小园子和别人的大宅院相提并论的时候,他总是表明对自己的小园情有独钟。这并不是因为园小就说明他廉洁,而是因为自家的园子自家爱②。

834年,裴度在洛阳的集贤里建造了一座大宅院。园林里装点着假山和池塘、竹林和树林、亭阁和露台、用小桥连接着的凉亭和四处分散的小岛。这是洛阳最大的园林,并成为洛阳城中头面人物荟萃的中心③。白居易的履道园可谓相形见绌了。然而,从裴度的宅邸回来之后,白居易却显得十分愉悦,这可以从《代林园戏赠》一诗里看出:

> 南院今秋游宴少,西坊近日往来频。
>
> 假如宰相池亭好,作客何如作主人?

---

① 见《艺文类聚》所举的《襄阳记》,9·171。也可参看刘义庆的《世说新语》(23·737)和《晋书》(34·1229)。关于"习家池"的故事,可见保罗·克罗尔(Kroll, Paul W.)的《孟浩然》(*Meng Hao-jao*,39—40页)。据说山简称此池为"高阳池",根据的是郦食其(卒于公元203年)的典故。郦食其求见大汉王朝的建立者刘邦(公元前256—前195年在位)时,自称是高阳酒徒(而不是一本正经的儒家学者)。这个不同寻常的称呼引起了刘邦的兴趣,刘邦于是同意接见他(见《史记》,97·2704)。

② 在儒家传统里,园林大小与道德的关系可以在孟子和齐宣王之间的一场对话里找到。齐宣王不明白为什么周文王的园子方圆七十里,人们还觉得它小;而自己的园子只有四十里,国人还觉得太大。孟子解释道,因为周文王和百姓们共享他的园子,人们可以自由地砍树,可以自由地捕猎和野兔,因此人民觉得它不够大。而在宣王的园子里,百姓如果杀了其中一只鹿,犯下的是和杀人一样严重的罪过。这个园子其实就是方圆四十里的陷阱,就难怪人们会觉得它太大了。(《孟子》,2·2)

③ 裴度的园子有八个主要景点,白居易在《裴侍中晋公以集贤林亭即事诗二十六韵见赠猥蒙徵和才拙词繁辄广为五百言以伸酬献》中曾经提到它们的名字。裴度集贤里的宅子和绿野堂园林的名声之大,甚至引起了唐文宗(827—841年在位)的好奇,这种好奇也许含有嫉妒的成分。但凡有人从洛阳到长安,文宗都会问道:"卿见裴度否?"(《旧唐书》,170·4432)《新唐书》(173·5218)里面的说法有所不同。其中暗示唐文宗更多地是关心裴度的身体状况,而不是他的园子。因为当时裴度虽然年事已高,文宗还是希望能够再度起用裴度。

(《白居易集笺校》,32·2190)

白居易清楚地意识到,自己在两个园子里的"客"、"主"身份之别,这种差别是两园对比的前提。白居易在同一情境下,还写了另外三首诗,这三首诗也围绕着相同的内容展开对比(《白居易集笺校》,32·2191—92)。三首诗其中之一突出了白诗中司空见惯的一种对比。别人的园林虽大,但不如他和自家小园林之间的亲密关系。这首诗就是《重戏答》:

小水低亭自可亲,大池高馆不关身。
林园莫妒裴家好,憎故怜新岂是人?
(《白居易集笺校》,32·2192)

与园林大小对比相关的是,白居易诗歌里还经常出现园林大小与占有时间长短之间的对立。白居易常常号称自己是空间不足时间补。《题西亭》就清楚地体现了这样一种补偿和平衡的主题:

多见朱门富贵人,林园未毕即无身。
我今幸作西亭主,已见池塘五度春。
(《白居易集笺校》,28·1955)

如果享有园林长达五年之久是一桩幸事的话,那么拥有了十年的时间,就完全可以发自内心地进行庆贺了,就像白居易在《自题小园》里所说的那样:

不斗门馆华,不斗林园大。
但斗为主人,一坐十余载。
回看甲乙第,列在都城内。
素垣夹朱门,蔼蔼遥相对。
主人安在哉?富贵去不回。
池乃为鱼凿,林乃为禽栽。
何如小园主,柱杖闲即来。

23

亲宾有时会，琴酒连夜开。

以此聊自足，不羡大池台。

（《白居易集笺校》，36·2475）

价值的标准从园林的大小转移到拥有时间的长短上来，这在一定程度上是由于大园宅的所有权时常变动，就像白居易的讽刺诗中所说的那样。尽管这首诗用的是一种闲淡的语气，但此处提及的"甲乙第"，指向的正是他长期讽刺的社会现象。

能够长久地拥有履道园成为了白居易不竭的快乐源泉。时间的长久弥补了园林空间大小上可能有的所有遗憾，正像他在《履道居三首·其一》中所写的那样：

莫嫌地窄林亭小，莫厌贫家活计微。

大有高门锁宽宅，主人到老不曾归。

（《白居易集笺校》28·1993）

白居易的诗歌中还有一种对比，即园林的法权和对园林的实际享有之间的对比。这种对比和园林大小与拥有时间长短之间的对比，既截然不同，又密切相关。在《泛春池》中，白居易宣称永远地拥有池塘是基于这个池塘是"天与"之物。这种"天与"的前提是园主对园林的"爱"，所谓"爱"就是要亲临其境地去欣赏和享受园林。在《泛春池》中，白居易自称是"爱水人"；在《游云居寺赠穆三十六地主》里，他又相辅相成地把自己描绘成一个"爱山人"：

乱峰深处云居路，共踏花行独惜春。

胜地本来无定主，大都山属爱山人。

（《白居易集笺校》，13·747）

这首诗最有意思的地方在于，在诗题里白居易明明把穆三十六称为"地主"，诗歌收尾的时候却把自己作为群山的真正所有者。对山的"爱"取代了实际的土地所有关系，成为一种更高级、更纯粹的拥有"胜地"

的形式①。

在白居易的诗歌里,我们当然不能忽略实际所有权的重要性。定居洛阳之后,园林的所有权和对园林的欣赏在白居易的生活里表现出一种完美的结合。在许多别的园主那儿,情况就大不一样了。当时有园无主的现象触目皆是,尤其是在长安和洛阳,拥有园林并不能保证就有机会去享受它。白居易的《题王侍御池亭》就记录了这样一个例子:

> 朱门深锁春池满,岸落蔷薇水浸莎。
> 毕竟林塘谁是主?主人来少客来多。
> (《白居易集笺校》,15·911)

这首诗写于815年白居易还在长安做太子左赞善大夫的时候。那时,正如诗题中所言,王起(760—847)是殿中侍御史②。因此,他不是一般意义上在外的园主。然而,由于公务缠身,王起很少有时间来享用自己的园子。因此他作为"主人"的身份被取消了,白居易以常客的身份取而代之。

在《和乐天题王家亭子》一诗中,元稹(779—831)也泛泛地描述了长安城中有园无主的情景:

> 风吹筼簜飘红砌,雨打桐花盖绿莎。
> 都大资人无暇日,泛池全少买池多。
> (《全唐诗》,415·4590)

---

① 宇文所安注意到"在中唐,我们开始发现一个诗人可以通过脍炙人口的写作来'占有'一个地方"。宇文所安把白居易这首诗作为诗人通过"想象,以诗歌的方式来占有一处地方"的例子来阅读(《中国"中世纪"的终结》,*The End of the Chinese "Middle Ages"*,27—28)。这里要补充的一点是,诗歌还可以记录业已遗失的审美空间。白居易的《酬王十八李大见招游山》就是这样一个例子:
> 自怜幽会心期阻,复愧嘉招书信频。
> 王事牵身去不得,满山松雪属他人。
> (《白居易集笺校》,13·744)

② 在把中国官职名称翻译成英文时,但凡可能,我都依照贺凯(Hucker, Charles O.)的《中华帝国官名辞典》(*A Dictionary of Official Titles in Imperial China*)。

在元稹的诗中,王起成为长安常见现象的一个代表。在长安城里,"资人"有财力购买豪宅,却无闲暇或雅致去享受这些大宅院,两种情况形成了对比。

9世纪的七言绝句中出现了一种描写有园无主现象的诗歌子类。这类诗歌提出了到底谁是真正园主的问题。一旦占有园林和欣赏园林成为截然不同的两码事时,这个问题就变得尤其显著了。我们可以对比一下白居易描绘王起池亭的诗篇和他的《宿窦使君庄水亭》:

> 使君何在在江东,池柳初黄杏欲红。
> 有兴即来闲便宿,不知谁是主人翁?

(《白居易集笺校》,25·1742)

此诗写于828年的某个时候,为了不明或并不重要的公务,白居易从长安回到了洛阳。我们无法不惊讶其中的反讽意味,当白居易写作这首诗的时候,他自己也是一个无法享受自家园林之乐的在外园主。因为从825年到829年,白居易大部分时间都不在他自己的履道园里。

前面所引的白居易的两首绝句与武元衡(758—815)的《闻王仲周所居牡丹花发因戏赠》,无论是在主题上还是在结构上,都有明显的相似之处:

> 闻说庭花发暮春,长安才子看须频。
> 花开花落无人见,借问何人是主人。

(《全唐诗》,317·3577)

为了便于理解,我们可以把这些诗歌所描写的有园无主的现象分成两类:实实在在的无主(就像窦庠的例子那样)和审美意义上的无主(像王起和王仲周那样)。张籍的《三原李氏园晏集》所描绘的属于前一类:

> 园中有草堂,池引泾水泉。
> 开户西北望,远见嵯峨山。
> 借问主人翁,北州佐戎轩。
> 仆夫守旧宅,为客侍华筵。

(《全唐诗》,383·4295)

这里反映出两个非常特别的现象。第一,在园主不在的情况下,盛大的集会依然举行。第二,尽管张籍论及的主题是我们非常熟悉的主去客来的对比,但他并没有像我们前面时常看到的那样,提出客人与园林有着更为特殊的关系。读者可能会指望着张籍提出如何才能算做审美意义上的园主的问题,但张籍对此却只字不提。

在张籍的诗中,园主在外乃是师出有名("北州佐戎轩"),而在郑谷(851?—910?)的《游贵侯城南林墅》中,园主外出就纯粹是出于对权势和功名的无尽追逐了:

> 韦杜八九月,亭台高下风。
> 独来新霁后,闲步澹烟中。
> 荷密连池绿,柿繁和叶红。
> 主人贪贵达,清境属邻翁。

(《全唐诗》,674·7719)

和元稹的诗歌一样,郑谷的诗表露出一种道德层面的讥讽。这种讥讽指向那位无名的沉醉于世俗追求而遗落园林享受的园主。与白居易一样,郑谷以游客的身份,成为了审美意义上的园主。

上面提到的所有诗歌,考察的都是长安有园无主的现象,只有白居易描写窦庠池亭的诗作指的是洛阳。事实上,洛阳的情况不比长安好多少。白居易的《题洛中第宅》对此有一个很好的说明:

> 水木谁家宅?门高占地宽。
> 悬鱼挂青甃,行马护朱栏。
> 春榭笼烟煖,秋庭锁月寒。
> 松胶黏琥珀,筠粉扑琅玕。
> 试问池台主,多为将相官。
> 终身不曾到,唯展宅图看。

(《白居易集笺校》,25·1745)

最后一句话里的"宅图"可以界定为一种"功能性的图绘",它介于绘画和图解之间,既有审美价值也有实用价值①。这种宅图的好处是,无法享用自己园林的主人可以像宗炳(375—443)那样,对着它进行一番"神游"或"卧游"。宗炳年老之后无法再爬山览胜了,于是他把云雾缭绕的青山画成画,看着这些画就好像自己看到了真实的山间秀色一般②。

然而,白居易的《题洛中宅第》明显是讽刺那些道德上应受谴责的"将相"。这种讽刺在贯休(832—912)的《题某公宅》里表现得非常充分:

宅成天下借图看,始笑平生眼力悭。
地占百湾多是水,楼无一面不当山。
荷深似入苕溪路,石怪疑行雁荡间。
只恐中原方鼎沸,天心未遣主人闲。

(《全唐诗》,837·9437)

在宅图作为绘画作品开始流行的背后③,流露出了一种道德的冷漠。这种冷漠表现为晚唐天下大乱时的一个尖锐矛盾:在中原鼎沸之际,私家园林里却在大兴土木。

---

① 王羲之在他的一篇简帖中曾经提到这种宅图,这是最早的一个例子,见《全晋文》,26·2b(《全上古三代秦汉三国六朝文》,1605b)。在唐朝,宅图已经比较常见了。白居易的《沃洲山禅院记》(《白居易集笺校》,68·3684—85)和《白蘋洲五亭记》(《白居易集笺校》,71·3798—99)就是在宅图的基础上写成的。有关唐诗中提到宅图的诗篇,和它们可能对中国风景画和中国园林画发展的影响,可以参看侯酒惠的《诗情与幽境:唐代文人的园林生活》(550—560页)。在11世纪,白居易的履道宅图显然尚存,李格非在1095年写作的《洛阳名园记》中曾经提到这幅宅图。12世纪,白居易的履道宅成为绘画的一个流行题材。虞俦(1163年进士)在《闻六月十五日厅屋以二绝句寄衢》(《全宋诗》,2465·28571)中就提到了《履道宅图》。汪大猷(1120—1200)非常钦佩白居易,以至把白居易的履道宅图画在自家的屏风上。见楼钥《敷文阁学士宣奉大夫致仕赠特进汪公行状》(《攻媿集》88·1205)。
② 《画山水序》,见《全宋文》,20·8b—9b(《全上古三代秦汉三国六朝文》,2545—46b)。我还知道的一个例子是李公麟(1049—1146)绘制自家龙眠山(在现在的安徽省)别墅的《龙眠山庄图》,当时他生活在开封。
③ 杜荀鹤(846—904)的《题岳麓寺》(《全唐诗》,691·7931)也提到了宅图。

对于洛阳城的有园无主现象,白居易并非是独具慧眼。在《城东闲游》中,刘禹锡就描绘了同样的景象,只是没有像白居易那样明显地进行道德的说教而已:

> 借问池台主,多居要路津。
> 千金买绝境,永日属闲人。
> 竹径萦纡入,花林委曲巡。
> 斜阳众客散,空锁一园春。
>
> (《全唐诗》,357·4020)

就像白居易诗中所说的那样,此处的园主是身居"要路津"的。与张籍的《三原李氏园晏集》相同,在主人不在的情况下,这里举行了一场聚会。"绝境"属于"闲人"是吟咏有园无主诗歌里的一个永恒的主题。然而,刘禹锡的处理方法看似寻常,但却别具一格:这里的园林没有审美层面上的恒主。尽管"闲人"可以"永日"欣赏园林,但"众客"于日落时分的散去,意味着漫漫长夜开始湮没这满园的春色。这首诗以询问"池台主"在何处开始,最后却以一个无人之境而收束。

行文至此,我们看到,想当一个尽职的官吏又想当园主是不可能的。张籍在一首诗中写到了李绛(764—830年)在平泉的山庄,这座山庄原属于令狐楚(766—837)①。张籍首先对此中风景作了一番惯常的称赞,但在诗歌的结尾,却笔锋一转,发了一通议论:

> 此处堪长往,游人早共传。
> 各当恩寄重,归卧恐无缘②。

游访者与所有者之间的对比是不足为奇的。颇具戏剧性的是,虽然园林已易其主,有园无主的现象却依然如故。被张籍的诗歌不幸言中,李绛

---

① 这是李德裕在《灵泉赋》(《全唐文》,697·3171)中提到的高级官员在平泉建造的六个名园之一。
② 《和令狐尚书平泉东庄近居李仆射有寄十韵》(《全唐诗》,384·4328)。

果然是"归卧无缘"。李绛没有太多的闲暇去享用他的园林别墅,最后死在了兵变之中①。

我不厌其烦,再举一个例子,即韦庄(836—910)的《寄园林主人》:

> 主人常不在,春物为谁开。
> 桃艳红将落,梨华雪又摧。
> 晓莺闲自啭,游客暮空回。
> 尚有余芳在,犹堪载酒来。
>
> (《全唐诗》,696·8012)

与贯休的诗相似,此处的园主只以"某公"相称。园主的无名使我们想起了有园无主乃是当时普遍的社会现象。尽管我们对在外园主与观赏风景的游客之间的对比已经非常熟悉了,但我们不能忽视,韦庄的处理还是略有变化的,尽管这种变化还算不上有新意。韦庄不再声称园林是一个审美性的所在了。但是,在诗歌的结尾,他还是与这座园林确立了一种更为持久的关系:当园林连同它的游客即将消失在空虚的夜色中时(就像刘禹锡的诗歌所写的那样),他声称要再度重来。和主人的"常不在"相对衬,韦庄的游赏具有一种重复性。虽然这种重复性是有限的(园中的余芳已是好景不长了),它还是延长了园林作为游览胜地的生命。

第三节 中 隐

白居易密切关注园林的所有权问题,主要原因有二:首先,就像他在讥讽社会时事的诗歌里所展现出来的那样,宅第和园林不仅是其主人社会地位的有力象征,也能够很好地反映天下的治乱。第二,从个人生活的角度来说,白居易相信,安稳地拥有一座属于自己的园子是实现一种生活方式必不可少的、而又充足的条件。这种生活的主导思想就是所

---

① 见《旧唐书》,164·4291;《新唐书》,152·4844。

谓"吏隐"的理念。"吏隐"一词大概形成于7世纪晚期或8世纪早期,指的是在出仕并享受出仕好处的同时保持个人心境的超凡脱俗①。

这种在精神上远离尘嚣而又身不离世的观念由来已久②。《庄子》中就把熊宜僚描述为一个"陆沉者"③,因为他能够"与世违,而心不屑与之俱"。东方朔(大约生活于公元前2世纪)在一次宫宴上,乘着酒兴,即席吟唱,自我标榜。他也用了同样的比喻:

陆沉于俗,避世金马门。
宫殿中可以避世全身,何必深山之中,蒿庐之下。④

这种自我陶醉的抒情暗含了一种修辞模式。后世身居闹市的隐士们在自我表白的时候,频频使用这种修辞模式。这种修辞的特点就在于用"何必"这个词引导一个反诘疑问句:此处既然可以立地成"隐",何必再到彼处去苦苦求索呢?

4世纪,王康琚在《反招隐诗》里给隐士作了一个令人难忘的分类,也算是为用诗歌讨论隐居问题创造了一对专有名词:

小隐隐陵薮,大隐隐朝市。

(《先秦汉魏晋南北朝诗》,953页)

---

① 提到这种好处的诗歌有宋之问(卒于712年)的《蓝田山庄》(《全唐诗》,52·636)和李峤(645?—714?)的《和同府李祭酒休沐田居》(《全唐诗》,57·687)。
② 讨论中国古代隐逸主题的著作可谓汗牛充栋。简明而博学的探讨可见钱钟书的《管锥篇》(910—914页)。早期的英文研究文章有李祈的《中国文学中隐士概念的变化》("The Changing Concept of the Recluse in Chinese Literature")。柏士隐(Berkowitz, Alan J.)在这方面著述颇丰,可参阅他的文章《道德楷模:中国古代的隐居方式》("The Moral Hero: A Pattern of Reclusion in Traditional China")、《古代中国的隐居:参考资料选目》("Reclusion in Traditional China: A Selected List of References")、《中国隐逸之风的母题及其表现》("Topos and Entelechy in the Ethos of Reclusion in China")和《避世的方式:中国中古隐居生活的描述方式》("Patterns of Disengagement: The Practice of Portrayal of Reclusion in Early Medieval China")。
③ 见《庄子集释·则阳》,895页。
④ 《史记》,126·3205。李祈的《中国文学中隐居概念的变化》("The Changing Concept of the Recluse in Chinese Literature",242页)讨论东方朔《诫子诗》里的相同主题,可以参阅。

尽管偶有例外,但通常认为"小隐"比"大隐"要低一个层次①。

在唐代以前的诗人里,谢朓最符合白居易吏隐的人生理想。495年,出任宣城太守是谢朓生活的一个转折点,因为宣城"对他来说是一个亦官亦隐的理想地方。这实在是一个完美的折中"②。身为地方长官,他似乎把"官"和"隐"这两个世界的好处都占为己有了。在《之宣城出新林浦向板桥》一诗中,他写道:

> 既懽怀禄情,复协沧洲趣。
>
> (《先秦汉魏晋南北朝诗》,1429页)

谢朓在这里并没有对比"大隐"和"小隐"的优与劣,他表达的是一种折中的中间立场:为隐的精神超越和为宦的物质利益是可以互相调和、彼此结合的。

正是谢朓追求并达到的这种折中立场启发了白居易。829年他回到洛阳后不久写了一首诗,在这首诗里白居易创造了"中隐"这个词③。白居易的隐居方式就是在"中隐"的基础上形成的:

> 大隐住朝市,小隐入丘樊。
>
> 丘樊太冷落,朝市太嚣喧。
>
> 不如作中隐,隐在留司官。
>
> 似出复似处,非忙亦非闲。
>
> 不劳心与力,又免饥与寒。
>
> 终岁无公事,随月有俸钱。
>
> 君若好登临,城南有秋山。

---

① 此类例子可见《梁书》(51·731—32)中有关隐士的相关传记。
② 孙康宜,《六朝诗研究》,133页。
③ 中唐时期,朝官在园林里过着"中隐"的生活。王毅的《园林与中国文化》(227—238页)力图揭示产生这一现象的社会、政治、文化背景。任晓红的《禅与中国园林》(51—54页)和贾晋华的《"平常心是道"与"中隐"》考察了禅宗对白居易可能产生的影响。韩学宏在《"宵汉风尘俱是系"——白居易"中隐"思想研究》一文中,把"中隐"观念的形成、中国隐逸传统和白居易本人的生活经历联系起来进行探讨。

君若爱游荡,城东有春园。
君若欲一醉,时出赴宾筵。
洛中多君子,可以恣欢言。
君若欲高卧,但自深掩关。
亦无车马客,造次到门前。
人生处一世,其道难两全。
贱即苦冻馁,贵则多忧患。
唯此中隐士,致身吉且安。
穷通与丰约,正在四者间。①

(《中隐》,《白居易集笺校》,22·1493)

这首诗提到了过"中隐"生活所需要的四个要素:政治、经济、风景和交游。所有的这一切都与在洛阳的生活联系在一起。从政治层面上讲,采取"中隐"立场是一种非常现实的自我保全之策。由于朝臣之间的党争以及朝臣与宦官之间的冲突常年不断,说长安的生活"嚣喧"已经算是委婉之辞了。政治形势的不稳定,使得隐于朝的"大隐"显得不那么切实可行。

相反,洛阳则为"中隐"生活提供了更为适宜的环境。韦利(Arthur Waley)曾经打过一个别开生面的比方,他把9世纪地接西北边境的政治中心长安比作西班牙的马德里,而把气候温和的社交中心洛阳比作塞维利亚②。韦利还说洛阳"和雷明顿(Leamington)有异曲同工之妙——二

---

① "中隐"这个词,在白居易的时代没有被广泛使用,到了宋代却大为流行。一个值得注意的现象是,人们经常用这个词去命名园林的某个建筑。张去华(938—1006)分司洛阳之后,为了表达自己的情怀,在园林里建了一个"中隐亭"(《宋史》,360·10110)。龚宗元(1027年健在)也受到白居易诗歌的启发,给自己的屋子取名为"中隐堂"(范成大,《吴郡志》,14·127)。宋诗中经常提到以"中隐"为名的建筑。比如苏轼的《中隐堂诗》(《苏轼诗集》,4·165)、李荐(1059—1109)的《中隐庵和赵孺韵》(《全宋诗》,1201·13578)、梅尧臣(1002—1060)的《张侍郎中隐堂》(《全宋诗》,233·2724)和范成大(1126—1193)的《减字木兰花》(《全宋词》1618)。关于"中隐"思想对宋代文人的影响可参阅王毅的《园林与中国文化》,238—251页。
② 韦利(Arthur, Waley)的《中文选译》(Translations from the Chinese),127页。

者都是年事已高的武将和业已致仕的文官的疗养地"①。洛阳的地缘政治优势在白居易那里尤其明显,因为除任河南尹两年之外,他在这个城市担任的官职都不会花费他太多的时间和精力。他在洛阳担任的其他三个职位都是为王位继承人服务的:太子左庶子、太子宾客、太子少傅。早些时期,太子经常驾临洛阳,隶属东宫的一些官吏常常被分配到东都的相应部门去工作,是为分司。但是,到了白居易所处的时期,洛阳的宫殿和官府早已毁于 750 年的安禄山(703—757)叛乱,太子已经不再幸驾洛阳了。因此,白居易的官职都是闲职。

白居易因而觉得自己乃集天时、地利、人和于一身。这就是他在《咏怀》诗中对自己所处境遇的表达:

> 我知世无幻,了无干世意。
> 世知我无堪,亦无责我事。
> 由兹两相忘,因得长自遂。
> 自遂意何如? 闲官在闲地。
> 闲地在东都,东都少名利。
> 闲官是宾客,宾客无牵累。
> (《白居易集笺校》,29·2029)

尽管洛阳不能完全免除政治上的斗争,但比起长安来还是平静多了。举个例子来说,或许正是因为白居易当时正在洛阳,所以才能避免在"甘露之变"中成为牺牲品②。

白居易没有把自己变成一个"大隐"之士,恰恰是因为他敏锐地觉察

---

① 韦利(Waley, Arthur)的《白居易的生平和著作》(*The Life and Works of Po Chü-i*),58 页。译者按:雷明顿(Leamington)是英国伦敦附近一个以温泉疗养而知名的小镇。
② 见《九年十一月二十一日感事而作》(《白居易集笺校》,32·2230)。835 年,唐文宗招募了几位朝臣,来帮着他除掉朝中势力庞大的宦官集团。那时的宦官们因控制了神策军而飞扬跋扈。神策军乃是驻京禁军的一部分。当时有人上奏说,金吾仗舍的石榴树上夜降甘露。宦官的头领们被支去查看此事是否属实。唐文宗本想用金吾尉来杀掉宦官的头领,没想到唐文宗本人反而成了宦官的人质。大批的朝官在这次事变中惨遭屠杀(《旧唐书》,17·562)。

出了当时的政治形势。但是,他之所以对"小隐"不以为然,并不是因为他附和物议,认为小隐的精神境界过于狭窄,缺乏一定的道德灵活性。而是出于物质的考虑:山林"小隐"的生活实在是过于"冷落"。入仕和洁身乃是一个由来已久的冲突,现在取而代之的是物质生活的舒适度和精神生活的准则之间的紧张关系,而这种紧张关系在"中隐"的生活方式里得以调和。

明代学者胡震亨(1569—1645)曾对唐诗作了一个很有见地的观察,他把隐居的诗人分为两类:

> 王绩之诗曰:"有客谈名理,无人索地租"①。隐如是,可隐也。陶潜之诗曰:"饥来驱我去……叩门拙言辞"②。如是隐,隐未易言矣。白乐天之诗曰:"冒宠已三迁,归朝始二年。囊中贮余俸,园外买闲田"③。如是罢官,官亦可罢也。韦应物之诗曰"政拙忻罢守,闲居初理生……聊租二顷田,方课子弟耕"④。罢官如是,恐官正未易罢耳⑤。

胡震亨提醒我们注意,物质基础在更切实际的隐居生活中所起到的作用。这种更切实际的隐居生活就是白居易的选择。

白居易强调丰厚的俸禄在享受"中隐"生活中的意义这一点令人想起了谢朓。尽管白居易不是第一个、也不是最后一个强调金钱作用的人,但确实没有人比他在这方面谈得更多了。白居易的此类诗歌曾经遭到后人不停地议论。比如说,洪迈(1123—1202)认为白居易细致地记录薪水,是清廉无愧的表现⑥。但并非所有人都能同意这种观点。

---

① 王绩(590—644),《独坐》(《全唐诗》,37·482)。
② 陶潜《乞食诗》,在《先秦汉魏晋南北朝诗》992 页。
③ 白居易《新昌新居书事四十韵因寄元郎中张博士》(《白居易集笺校》,19·1269)。
④ 韦应物(生于 737 年?),《寓居永定精舍》,《全唐诗》193·1989。
⑤ 胡震亨,《唐诗谈丛》,1·9—10。
⑥ 洪迈,《容斋随笔》,8·896。

朱熹(1130—1200)就曾经一反通常把白居易作为思想高尚的正人君子的理解,用尖酸的语言指责白居易"诗中凡及富贵处,皆说得口津津地涎出"①。

朱熹的话可能有点言过其实,但也并非纯属耸人听闻之辞。事实上,白居易本人的诗作在某种程度上证实了朱熹的不满来之有据。在《咏怀》一诗里,白居易先是幸庆洛阳是一个"少名利"的地方,接着又直言不讳地坦白道:

> 鸿虽脱罗弋,鹤尚居禄位。
> 唯此未忘怀,有时犹内愧!
> (《白居易集笺校》,29·2029)

这种"内愧"是白居易自己的选择。835年,64岁的白居易被任命为同州刺史,当时他确实被那个职位的高额俸禄所打动。尽管最后由于身体状况不佳,他辞谢了这个官职。在《诏授同州刺史病不赴任因咏所怀》中他写道:

> 同州慵不去,此意复谁知?
> 诚爱俸钱厚,其如身力衰。
> (《白居易集笺校》,32·2227)

这首诗接着解释道,与其在同州被政务缠身,还不如在洛阳赋闲。在洛阳他可以自由地饮酒作诗。然而,白居易之所以可以放弃这份高官厚禄,是因为他的一家老小已经吃穿不愁了:

> 野心唯怕闹,家口莫愁饥。
> 卖却新昌宅,聊充送老资。

白居易虽然决定随其"野心",但在经济上还是算得一清二楚的。他既然

---

① 《朱子语类》,140·3328。面对朱熹的指控,朱彝尊(1629—1709)在《白香山诗集序》里为白居易做了辩护,见《白居易集笺校》附录,2·3976。

在洛阳的宅子已经拿得稳稳的,长安新昌的宅第就可以卖出去以贴补家用①。

白居易诗中提到"中隐"生活的第三个因素是洛阳地区的自然风光,这可以满足他游览山川美景的嗜好。最后,东都之地"多君子",他有了可以交游的同志。与此同时,只要把"关"深深地一"掩",立刻就可以与世隔绝了。洛阳提供的是大环境,白居易"中隐"生活的中心还是他自家的园林。下面这段文字摘自《池上篇》的序言,可以很好地说明这种私家园林的中心地位。该文与《中隐》一诗写于同一年:

> 都城风土水木之胜在东南偏,东南之胜在履道里,里之胜在西北隅。西闬北垣第一第,即白氏叟乐天退老之地。地方十七亩,屋室三之一,水五之一,竹九之一,而岛树桥道间之。

这里采用的描写方法与电影中由远而近、由大到小逐渐推进镜头的表现技法十分相似:笔触从都城的"东南偏"推进到履道地区,再到这个地区的"西北隅",再到"北垣第一第",最后再到宅第里的园子。序言接着列举了布列在园林池塘周围的各种珍贵物品。白居易在此处经常"颓然自适,不知其它"(《白居易集笺校》,69·3705—6)。

还有一些例子也可以说明白居易如何把这个私家园林刻画成闹市之中的隐居之所。在《闲题家池寄王屋张道士》中,我们读到:

> 有石白磷磷,有水清潺潺。
> 有叟头似雪,婆娑乎其间。
> 进不趋要路,退不入深山。
> 深山太濩落,要路太险艰。
> 不如家池上,乐逸无忧患。

---

① 841 年白居易致仕之后,一时断了收入,其诗歌中也因此表现出了种种紧张。对此的讨论,可见杨晓山《经济问题:七十老者白居易的自我形象》("Money Matters: Bai Juyi's Self-Images as a Septuagenarian")。

(《白居易集笺校》,36·2483)

城市私家园林平衡了物质和精神,成为荒凉的"深山"和险峻的"要路"之间的理想选择。

白居易园林里最重要的一处景观就是池塘。白天的时候,池塘是一个可以进行饮酒和泛舟等愉悦活动的所在。夜幕降临之后,它又成为一面静谧的镜子。《池上夜境》描绘的就是这样动人的一幕:

晴空星月落池塘,澄鲜净绿表里光。
露簟清莹迎夜滑,风襟萧洒先秋凉。
无人惊处野禽下,新睡觉时幽草香。
但问尘埃能去否?濯缨何必向沧浪。

(《白居易集笺校》,22·1510)

这首诗的最后一句深入主题。在那以"何必"起头的熟悉的反诘疑问句中,家池代替了沧浪江,成为一个以隐居来洁身的象征①。

在白居易购买洛阳履道的宅院之前,他早就把园林描述成了吏隐的场所。这种描述似乎始于他在杭州时(822—824),我们在他有关杭州郡宅的诗歌里可见其端倪。写于822年的《郡亭》就是其中的代表:

平旦起视事,亭午卧掩关。
除亲薄领外,多在琴书前。
况有虚白亭,坐见海门山。
潮来一凭槛,宾至一开筵。

---

① 最后一句的典故来自屈原(公元前340—前278)的《渔父》。一名渔夫以下面的歌曲结束他和屈原的对话(见《文选》,33·1533):
  沧浪之水清兮,可以濯我缨。
  沧浪之水浊兮,可以濯我足。
意思是一个人可以在清平之世出来做官,当时世混乱之际就该隐退。这首歌还出现在《孟子》(7·8)里。在《孟子》里,它要说明的是,一个人遭受凌辱,完全是自己的行为所致,如同流水遭人玷污,也是咎由自取一样。这个典故用在诗歌里,通常指从世俗世界中急流勇退,以洁身自好。

> 终朝对云水,有时听管弦。
> 持此聊过日,非忙亦非闲。
> 山林太寂寞,朝阙空喧烦。
> 唯兹郡阁内,嚣静得中间。①
>
> (《白居易集笺校》,8·433)

无论是在主题上还是在用词上,这首诗都预示着后来的"中隐"思想。比如说"非忙亦非闲"这一句就一字不变地出现在白居易后来的诗歌里。但是,他后来在洛阳创作的诗歌里出现了两个新的要素或者说两个新的主题:第一是对园林的占有,既是"中隐"生活的保证,也是"中隐"生活的体现。这一点我们在上文已经看到。杭州的郡亭充其量不过是一个短暂的容身之地,而"家池"才算是为自己所有的一片房地产。

第二点与第一个要素密不可分,就是城市园林地处市区的重要性。城市园林比乡间或郊区园林更为优越,首先是地处城市所带来的经济便利。白居易试图购买薛家在郊区的雪堆庄一例最能说明问题。在《斋居》一诗中,我们第一次看到他的这个打算:

> 香火多相对,荤腥久不尝。
> 黄耆数匙粥,赤箭一瓯汤。
> 厚俸将何用?闲居不可忘。
> 明年官满后,拟买雪堆庄。
>
> (《白居易集笺校》,28·1979—80)

---

① 作于杭州任期,表现同样主题的诗歌还有《官舍》(《白居易集笺校》,8·438)和《玩新庭树因咏所怀》(《白居易集笺校》,8·444)。把官邸当做隐居空间的传统有很长的历史,至少可以追溯到谢朓。有两位诗人在这方面表现得更为突出。一是张九龄(678—740)的《郡舍南有园畦杂树聊以永日》(《全唐诗》,47·568)和《郡内闲宅》(《全唐诗》,49·605)。另一个是赢得白居易钦慕的韦应物。韦应物有许多这方面的例子,比如《郡中西斋》(《全唐诗》,193·1988)和《新理西斋》(《全唐诗》,193·1988—99)。要了解这方面的内容,请看侯迺慧的《唐代郡斋诗所呈现的文士从政心态与困境转化》。蒋寅的《大历诗人研究》(97—101页)则把郡斋诗和吏隐观念联系起来,作了简单的论述。

这是一个令人奇怪的次序,白居易对鱼肉胃口的衰退居然和他对地产的强烈渴望互为消长。雪堆庄里的千年怪石和一带灵泉使白居易的渴望有增无减。《题平泉薛家雪堆庄》对此有所描述:

> 怪石千年应自结,灵泉一带是谁开?
> 麼为宛转青蛇项,喷作玲珑白雪堆。
> 赤日旱天长看雨,玄阴腊月亦闻雷。

(《白居易集笺校》,28・1962)

这座园子里的怪石一定深深地吸引着白居易。在后面的第三章我们将看到,他是一个有着石癖的人。但最终,白居易还是没有买下雪堆庄,原因在于:

> 所嗟地去都门远,不得肩舁每日来。

白居易先是对千年怪石大为赞赏,接着却突然地把笔锋一转,对城外的交通不便深表遗憾。这种从审美到务实的落差似乎是大煞风景,但这也是出于一种合情合理的考虑。平泉位于洛阳城数里之外,已经不属于洛阳城的经济地理区域。这种区域是以城门为界限的。在白居易权衡利弊的时候,不管雪堆庄的妩姿如何令人憧憬,对生活便利的考虑最终还是占了上风。柯律格(Craig Clunas)在对明代早期的一本著作进行评论时,曾指出城市园林的一个主要功能,就是"使明代的精英可以两全其美:他们一方面可以享受隐士的名誉,一方面却又无需真的放弃都市或靠近都市的生活在文化、社交及安全意义上的种种好处"[①]。柯律格所言可以视为白居易"中隐"概念的一个释义。

尽管白居易常用一种调侃的语气说话,但当他比较城市园林的优长与乡间及郊区园林的不便时,他的态度无疑是严肃的。就像《李卢二中

[①] 柯律格(Clunas, Craig)的《富足的所在:中国明代的园林文化》(*Fruitful Sites: Garden Culture in Ming Dynasty China*),93页。

丞各创山居俱夸胜绝然去城稍远来往颇劳弊居新泉实在宇下偶题十五韵聊戏二君》这个长长的诗题所表现出来的那样。在这首诗中，白居易先对这两处郊居漫不经心地说了一些程式化的恭维话，接着便把远离城市生活的种种不便写得翔实具体，令人不得不服：

  闻君每来去,矻矻事行李。
  脂辖复裹粮,心力颇劳止。

由于地理位置的不便，郊区园林可以加以否定。但是城市园林也不能仅仅因为有经济上的便利就加以肯定。白居易先对自己履道宅院进行了一番详细而又自得的描写,然后则把自己从一个对凡俗的物质舒适追求者上升为一精神高尚的隐居者：

  何言履道叟,便是沧浪子。

城市园林可以作为隐居之所,这一观点白居易谈起来总是不厌其烦。他在游览了洛阳的一所老园子以后,顿时领悟到了"洛阳城内有商山"这一道理①。

  关于他自家在履道的园子,他在《七月一日作》中是这么说的：

  何言中门前,便是深山里。
  (《白居易集笺校》,30·2078)

在《李卢二中丞各创山居俱夸胜绝然去城稍远来往颇劳弊居新泉实在宇下偶题十五韵聊戏二君》一诗的结尾处,白居易颇为自得地对两位中丞发出了一个邀请：

  君若趁归程,请君先到此。
  愿以潺湲声,洗君尘土耳。
  (《白居易集笺校》,36·2484)

---

① 《题岐王旧山池石壁》,《白居易集笺校》,28·1968。秦末大乱,著名的"商山四皓"就隐居在商山。

令人啼笑皆非的是,两位中丞远郊之旅原本是想图一时的清静,结果却忙得不可开交,和在城市的生活别无二样。另一方面,白居易城市园林里的潺潺水声可以平定心情,使人如同身处郊野一般。

白居易的园子也不无喧闹的时候。《春葺新居》一诗表明,园林之所以能成为精神上的自足之地,这是和园主的苦心经营切切相关的:

> 江州司马日,忠州刺史时。
> 栽松满后院,种柳荫前墀。
> 彼皆非吾土,栽种尚忘疲。
> 况兹是我宅,葺艺固其宜。
> 平旦领仆使,乘春亲指挥。
> 移花夹暖室,徙竹覆寒池。
> 池水变绿色,池芳动清辉。
> 寻芳弄水坐,尽日心熙熙。
> (《白居易集笺校》,8·459)

这首诗与《泛春池》写于同一年,主题上也有重合的地方。两首诗同样以远在天边与近在眼前的对比开篇,同样对王粲《登楼赋》里"虽信美而非吾土兮"一句的情感加以改造,同样以所有权作为远近对比的基础。自得的所有感驱使着白居易精力旺盛并兴致勃勃地以园林主人的身份进行园林的修葺和整理工作。改变园林面貌的整修工作同时也是一种精神上的投资。这种投资的效益就是白居易获得了享受"中隐"生活的愉悦之情。

第二章 空间的诗学：呈现与调和

第一节 门里门外

城市园林并非没有缺点。我们在白居易的诗歌里已经看到,城市为城市隐居者的精神自足提供了必要的物质便利和物质享受。但是,园林必须与和它紧密相接的忙碌的外部世界分隔开来。划定边界的努力促使诗歌里经常出现"前门"这个意象。在前一章的最后部分,我已经引用了白居易《春葺新居》的部分内容。这首诗的结尾部分是:

> 一物苟可适,万缘都若遗。
> 设如宅门外,有事吾不知。
>
> (《白居易集笺校》,8·459)

其实白居易的意识十分清醒,他宣称在园子里他只不过是"若"忘了生活里所有的"缘"。在"设如"门之外有事的时候,他实际上是承认自己乃有意忽略来自园林之外的世俗世界的威胁。中唐的园林诗歌长期关注前门,并把它作为划分内外的界限,这正说明园林只是一块人为隔离开来的、不稳定的空间。

前门的意象并非中唐诗歌的独创。关门是一种象征性的行为,象征把自己关进隐居者的精神空间里,这种象征是由来已久的。王维《济州过赵叟家宴》的首联就简要地描绘出门的这种功能:

> 虽与人境接,闭门成隐居。
>
> (《全唐诗》,127·1290)

同样把门作为外部"人境"和内部"隐居"之间界限的,还有包融(727年健在)的《酬忠公林亭》:

> 江外有真隐,寂居岁已侵。
> 结庐近西术①,种树久成阴。
> 人迹乍及户,车声遥隔林。
> 自言解尘事,咫尺能韬尘。
> 为道岂庐霍②,会静由吾心。
> 方秋院木落,仰望日萧森。
> 持我兴来趣,采菊行来寻。
> 尘念到门尽,远情对君深。
>
> (《全唐诗》,114·1154)

尽管包融把前门作为抵御"尘念"的栅栏,但是依然十分清楚的是,他认为真正的隐居是一种心境。无论是在主题上还是在修辞上,包融对个人主观精神超越外部环境的强调,都可以在陶潜《饮酒诗》的第五首中找到影子:

> 结庐在人境,而无车马喧。
> 问君何能尔,心远地自偏。

---

① 这一句最后的"西术"很难理解,我倾向于把"术"读为"街"。译者按:"术"繁体为"術",与"街"形似。
② "庐霍"在唐诗中一般用来指代隐居之所。

(《先秦汉魏晋南北朝诗》,998 页)

即便是在中唐,一般人还是认为心境是隐居的首要因素。就像欧阳詹在《题华十二判官汝州宅内亭》的序言中所言:"墙外人寰,入门云林,使人心以之闲神,以之远华。朝于斯,夕于斯,心不朗,神不王,其可得乎?"(《全唐诗》,349·3907)

但与此同时,我们会发现情况发生了转移,前门作为界定隐居空间的物质性存在得到了突出,就像刘禹锡在《题寿安甘棠馆》之二中戏剧性地表现出来的那样:

门前洛阳道,门里桃花路。
尘土与烟霞,其间十余步。
(《全唐诗》,364·4106)

本诗没有对门里门外的世界大作渲染,而是聚焦于狭小的"十余步"的边界地,从而突出了门里门外的世界既有分离又有衔接。在这种门里门外的分割中,个人主体的超越性心态虽然没有被一笔勾销,但也是讳莫如深了。

当前门被当做绝对性的界限时,进门便成为进入隐居世界的一个象征性行为。姚合(781—846)以"入门尘外思"这样的句子,开始他描绘长安园林的诗歌①。储嗣宗(853 年健在)在《宿甘棠馆》中也表达了同样的感受:

尘迹入门尽,悄然江海心。
水声巫峡远,山色洞庭深。
(《全唐诗》,594·6883)

这里的第一句与包融的"尘念到门尽"非常相像,但其间还是有细微的区别。在包融的诗歌里,前门的意象包含了超越性的个人主观精神。储嗣

---

① 《题郭侍郎亲仁里幽居》,《全唐诗》,499·5678。

宗的诗歌则相反,恰是从外部世界进入内部世界的实际行为引发了一种隐居的心情。

9世纪的后半个世纪,门外世界和门内世界的对比仍旧是一个常见的诗歌主题。陆龟蒙(卒于881年)在《奉和袭美二游诗》中的一首诗中,是这样描绘著名的辟疆园的①:

> 出门向城路,车马声蹣跚。
> 入门望亭隈,水木气岑寂。
> (《全唐诗》,617·7114)

在罗邺(877年健在)的《题沧浪峡》里,我们读到了这样的开头:

> 门向红尘日日开,入门襟袖远尘埃。
> (《全唐诗》,654·7514)

从中唐开始,诗人们在对作为分界限的前门津津乐道的时候,往往都表现出一种高度的自我意识。白居易的《池上逐凉》就是一例:

> 门前便是红尘地,林外无非赤日天。
> 谁信好风清簟上,更无一事但翛然?
> (《白居易集笺校》,33·2260)

白居易的园林前有大门,上有树荫,与外界隔离开来了。但是,哪怕是在这种双重绝缘体的背后,仍会使人感到作为隐居的园子是何等的脆弱。诗人在第二联里反诘相问的时候,显然是踌躇满志的。但与此同时,这一问题也使我们对诗人所谓"更无一事"的宣称,抱着姑妄信之的态度。

要保持门里门外的界限,常常需要对园外的大世界视而不见。当门外世界侵入诗人的视野时,那个人为界定的园林空间的稳定性就即刻被破坏。白居易的《奉和思黯相公雨后林园四韵见示》写的就是这种

---

① 关于顾辟疆(生活于4世纪)的园子的详情,请见刘义庆的《世说新语笺疏》(24·776)。

情形:

> 新晴夏景好,复此池边地。
> 烟树绿含滋,水风清有味。
> 便成林下隐,都忘门前事。
> 骑吏引归轩,始知身富贵。

(《白居易集笺校》,34·2351)

白居易对牛僧孺(思黯相公)园子的描写,以及他关于园林是城市隐居之所的议论都没有什么新意。然而,白居易宣布牛僧孺"都忘门前事"的话音未落,门外之事就变本加厉地卷土重来:牛僧孺作为朝廷大员,威风凛凛地打道回府了。诗中对门外世界的骚动淡淡一提,就突出了门里门外两个世界的不协调。把这两个世界扭在一起的是牛僧孺的"林下隐"和"富贵"朝臣的双重身份。

第二节 园林的自然化

在划定界限以隔开园林内部隐居空间与外面红尘世界的同时,又要不遗余力地引进自然景色,以期从视觉上打破园林空间的局限。对草木的修剪就是把园林与自然在视觉上融为一体的一种手段。

在白居易的《池上逐凉》中,树木就是一座屏风,遮挡"赤日天"。"赤日天"乃世俗世界的象征。与之对应的"红尘地"也具有同样的象征功能。但当天空作为更广大的自然象征出现时——就如中国诗歌中经常出现的那样,情况就开始发生逆转了。我们先来看《截树》这个例子:

> 种树当前轩,树高柯叶繁。
> 惜哉远山色,隐此蒙笼间。
> 一朝持斧斤,手自截其端。
> 万叶落头上,千峰来面前。
> 忽似决云雾,豁达睹青天。

>又如所念人,久别一欷颜。
>始有清风至,稍见飞鸟还。
>开怀东南望,目远心辽然。
>人各有偏好,物莫能两全。
>岂不爱柔条?不如见青山。
>(《白居易集笺校》,3·394)

园林的自然化是一门讲究平衡的精妙艺术。为了收获更多,做出小小的牺牲是必要的。剪除可爱的"柔条"是为了获得更为开阔的山景和蓝天,可以使人在有限的园林空间内视野更为开阔。

《截树》的结尾部分语言非常散漫,解释诗人自己动手修剪园林乃是通过放弃一种自然形态追求另一种自然形态。修葺园林既需要种树,又需要修剪树木,这一点对白居易来说,必须进行细致的解释。因为他认为,或者说他假装认为,别人可能根本就不曾注意到这一点。这种解释决定了《池畔二首》的书写形式。在第一首诗歌里,修剪树枝是为了扩大上方的空间。在第二首诗里,砍去过于繁茂的竹子是考虑到下方池塘的景观:

>结构池西廊,疏理池东树。
>此意人不知,欲为待月处。
>持刀剀密竹,竹少风来多。
>此意人不会,欲令池有波。
>(《白居易集笺校》,8·459)

限制树木和竹子的生长是控制自然蔓延发展的一种方式,如此,园林的景观才能对自然形态加以传神。月亮的景象——不仅是挂在天上,还有倒映在水中的景象——增添了池塘的深度和神秘的美感。植物被砍去以后,风吹波起,使池塘生机盎然。在《闲园独赏》里,风对于池塘的这种作用得到了淋漓尽致的表现:

> 午后郊园静,晴来景物新。
> 雨添山气色,风借水精神。
>
> (《白居易集笺校》,32·2218)

理想的园林景观不仅要有远有近,而且要通过动景(风)促使静景(池中之水)更显生机,从而把自然界的各种景象聚集在一起,形成一个审美的整体。

并非每一个人在使园林贴近自然时都遵从同样的手法。因此好为人师的韩愈在《竹迳》——《奉和虢州刘给事使君三堂新题二十一咏》之一中提出了颇有见地的意见:

> 无尘从不扫,有鸟莫令弹。
> 若要添风月,应除数百竿。
>
> (《全唐诗》,343·3849)

第一句写竹径,说人为的努力是不需要的,就让物体保持原样就行了。但是第二联暗示,作为对自然的模拟,竹径尚有美中不足:"风月"可以使之增色。因此必须砍掉一些竹子。上文曾经提到过白居易的《池畔二首》,白居易修剪园林的目的也正是为了添"风月"。

为诗作注的人已经注意到,韩愈诗歌的最后一句出自杜甫描写成都草堂的《将赴成都草堂途中有作先寄严郑公五首》第四首:

> 常苦沙崩损药栏,也从江槛落风湍。
> 新松恨不高千尺,恶竹应须斩万竿。
>
> (《全唐诗》,228·2477)

杜甫在修整房宅时,一方面保持自然常在,另一方面对自然的侵蚀力量加以控制。在园庭之中,砍去"恶竹"正是为"新松"的生长腾出足够的空间,从而获得一种园艺的平衡。

这首诗写于764年杜甫返回成都的旅途中。大约一年之后,当杜甫回到草堂时,便实施了他的园艺计划。《营屋》对此进行了说明:

> 我有阴江竹,能令朱夏寒。
> 阴通积水内,高入浮云端。
> 甚疑鬼物凭,不顾剪伐残。
> 东偏若面势,户牖永可安。
> 爱惜已六载,兹晨去千竿。
> 萧萧见白日,洶洶开奔湍。
>
> (《全唐诗》,220·2328)

历来的注疏家们没有注意到,这首诗显然就是白居易《截树》的原型。无论是在实际行为上还是在诗情上,白居易都模仿了杜甫的这首诗。牺牲自己"爱惜"的树木为的是扩大园林的视觉空间。

砍伐和修剪树枝的意义,并不总是局限于园艺。杜甫的两首诗闪烁其词地暗示,多余的竹子乃是一种道德障碍的象征,尽管这种象征的具体所指没有清晰地表达出来[1]。在韩偓的《桃林场客舍之前有池半亩木槿栟比于水遮山因命仆夫运斤梳沐豁然清朗复睹太虚因作五言八韵》一诗中,我们就可以发现从事园艺既是一种审美行为,也是一种具有道德象征的举动:

> 插槿作藩篱,丛生覆小池。
> 为能妨远目,因遣去闲枝。
> 邻叟偷来赏,栖禽欲下疑。
> 虚无无障处,蒙闭有开时。
> 苇鹭怜潇洒,泥鳅畏日曦。
> 稍宽春水面,尽见晚山眉。
> 岸稳人偷钓,阶明日上基。
> 世间多弊事,事事要良医。

---

[1] 杜甫的《恶树》是更清楚的例证(《全唐诗》,226·2441)。在这首诗里,杜甫把那些令人讨厌的树(诗人经常用手斧来砍伐它们)作为不才者的象征。

(《全唐诗》,681·7805)

园艺本为一种纯粹的审美行为,而此诗的最后两句,则赋予园艺一个道德层面的内涵:树木生长过多的园林成为病体的象征,而病体又成了政体的象征。于是就出现了治园、治体、治国这三个层面的类比。

第三节 框取自然,反照自然

移开繁密的树木和竹子等视觉上的障碍物,并非是把远景引入园林的唯一方式。在园林里或园林附近开一些口子,比如开窗户、开门和开花窗也是把外部景观纳入园林的一些方式。

谢灵运可能是第一个把园林中门窗的审美功能写进中国诗歌的诗人,尤其是他那些描写始宁别墅的诗篇。始宁别墅包括两处分开的建筑群。南山上的房子是谢灵运的祖父谢玄(343—388)建的老宅子。北山上的园子才是谢灵运自己加建的。根据《山居赋》里的描述,谢灵运改进老宅子的一个措施是增加一扇门和一扇窗。此举为的是取全周边地区的风景:

> 敞南户以对远岭,辟东窗以瞩近田。①

在一条注释中,谢灵运强调,通过窗户既可以看到"江山之美",又能看见近处的田园②。因此,这个改进措施不仅使谢灵运把自己的田产一览无余,而且还可以在审美意义上把自然的风光占为己有。

北山上的建筑不需要什么改进。此处根据谢灵运已酝酿好的计划,门和窗都成了风景的图框:

> 罗曾崖于户里,列镜澜于窗前。③

---

① 《全宋文》,31·42a(《全上古三代秦汉三国六朝文》,2605b)。
② 同上。
③ 同上书,31·8a(《全上古三代秦汉三国六朝文》,2607b)。

众所周知,谢灵运是中国第一个山水大诗人。在文学批评史中,谢灵运诗歌里山、水意象的平衡和互补是一个常见的论题。尚未得到充分重视的是,这些意象是如何通过窗、门等艺术造型来框定的。下文是从《田南树园激流植援》里节选出来的,可作为一个例子:

> 中园屏氛杂,清旷招远风。
> 卜室倚北阜,启扉面南江。
> 激涧代汲井,插槿当列墉。
> 群木既罗户,众山亦当窗。

但是,唐代诗人在关注窗户作为风景框架的作用时,他们的追摹对象可能不是谢灵运,而是谢朓。谢朓《郡内高斋闲望答吕法曹诗》中的下列诗句极为重要:

> 结构何迢遰,旷望极高深。
> 窗中列远岫,庭际俯乔林。
> (《先秦汉魏晋南北朝诗》,1427 页)

孙康宜曾经提到,风景在这里是"被窗户结构和包含"的,颇耐人寻味①。该诗被编选入《文选》。《文选》乃唐代士子们应试的一个基本教材,谢朓此诗因此也被人背得滚瓜烂熟。比如,799 年白居易参加宣城的秋季乡试时,诗歌考试的题目就是"窗中列远岫"(《白居易集笺校》,38·2598)。

谢朓的《新治北窗和何从事诗》一诗被人征引得少一些,但它或许示范性更强。就像谢灵运始宁宅院的例子一样,此处的窗户造型乃是为了获取一种审美的效果:

> 开牖期清旷,开帘侯风景。
> 泱泱日照溪,团团云去岭。
> 岩峣兰橑峻,骈阗石路整。

---

① 孙康宜(Chang, Kang-I Sun),《六朝诗研究》(*Six Dynasties Poetry*),137 页。

池北树如浮,竹外山犹影。

(《先秦汉魏晋南北朝诗》,1442 页)

谢朓从窗户里看风景时,犹如在看一幅传统的中国山水画。随着卷轴的展开,画面一点一点地展现在眼前;同样,在诗人把帘子慢慢卷起来的时候,外面的风景也一点一点地进入诗人的视野。观画也好,看景也好,都得"期",得"候",直至全景展现在眼前。

在谢朓那里,框在窗格里的风景和画在屏风上的风景形成了对比。这个对比是暗藏于诗中的,并没有直接陈述出来。相反,在唐代,这种对比经常是明显的。在张仲素(769?—819)的《窗中列远岫赋》中,我们读到:

爱开窗以列岫,若施障而图山。

(《全唐文》,644·2887)

孟郊(751—814)的《生生亭》里也有如此明显的对比:

置亭嶙崿头,开窗纳遥青。

遥青新画出,三十六扇屏。

(《全唐诗》,376·4221)

孟郊通过双重的框取来描绘嵩山的远景:首先,三十六峰中的每一峰都出现在一幅屏风里,而这些屏风乃是诗人想象出来的。接着,想象中的山峰进一步进入窗户的框架中,从而连成了一幅统一的"画"。

从 8 世纪开始,唐诗出现了一个新的倾向。开阔的风景不断地出现在小型的窗户里。这种对比经常通过夸大的数字来强调。皎然(720?—?)的《题沈少府书斋》一诗,尽管语言依然十分质朴,却利用这种方式取得了一种微妙的效果。该诗的最后四句是:

有兴常临水,有时不见山。

千峰数可尽,不出小窗间。

53

(《全唐诗》,817·9211)

这里采取了一种谢朓式的风景组图方式。俯视的角度和仰视的角度在诗歌的第一联里交替出现(第一句的水和第二句的山)。第二个对句则浓缩了大景(千峰)进入小景(小窗)的过程。这种视觉上和空间上的调控能力并非只是窗户的功能,它也取决于诗人的"兴",即有足够的闲暇和兴致来细数千峰。

钱起《窗里山》中的"千"与皎然诗中的"千"有异曲同工之妙:

> 远岫见如近,千里一窗里。
> 坐来石上云,乍谓壶中起。
>
> (《蓝田溪杂咏二十二首》,《全唐诗》,239·2685)

钱诗中的意象是以一种压缩的方式来安排的,这种压缩不仅消解了窗户与山峰之间的距离感,而且缩大(千里)为小(一窗)①。最后这种压缩的效果,又通过某种形式的扩张得到了平衡。最后一句暗用了壶公的典故。壶公在悬挂在药房外的葫芦里创造了一个华丽的、井然的宫殿②。通过窗和壶嘴的对比,框取在窗户里的风景转化为一种神秘的仙界幻影③。

在钱起绝句的第三句,我们看到了王维诗句的影子。该句出于著名的《终南别业》的第二联:

> 行到水穷处,坐看云起时。④

但是,其间有重大的区别。王维的对句表现出了动景和静景之间的一种

---

① 数字"千"不是确指,但在这里被有意地用来与"一"形成对比。
② 葛洪《神仙传》,5·38。也可见《后汉书》,82·2743。
③ 有关世界乃是一个巨大的葫芦的传说,可见石泰安(Stein, Rolf A.)《微缩的世界:远东宗教思想中的住宅园林》(*The World in Miniature: Container Gardens and Dwelling in Far Eastern Religious Thought*),58—77页。
④ 《终南别业》(《全唐诗》,126·1276)。这句诗似乎是王维《桃源行》(《全唐诗》,125·1257)中"坐看红树不知远,行尽青溪不见人"的翻版。

完美平衡。水穷处的静态之水与云起时的动态并列,动态的"行"与静态的"坐"相互交替。进一步看,每一句里人的主观情绪与风景之间的关系都是对列式的:第一句是人动与物静的对立,第二句是人静与物动的对立。钱起的诗歌则不同,诗人对窗户里显现出来的开阔景象的凝视,是一种纯属静态的行为。

从窗户里获得的景象是以山为主的。我们都知道,中国的风景概念包括水和山。像谢灵运的始宁别墅那种乡间园林,水景是举目可得的。与之相反,大多数城市园林由于地理位置的关系,无法直接观赏到自然界中的河流。当然,这种不便可以通过在园子里凿一个池塘来弥补,如同我们在白居易的《题崔少尹上林坊新居》中所看到的那样:

> 坊静居新深且悠,忽疑缩地到沧州①。
> 宅东篱缺嵩峰出,堂后池开洛水流。
> (《白居易集笺校》,35·2444)

只要在篱笆上开一个缺口,嵩山山峰的景象就显露了出来。而要把洛河水引进园林,则需要费一番周折,挖掘一个人工池塘。洛水的引入给池塘带来了生气,与此同时,洛水也成为了园林景观中一个可以操控的部分。

地上注满水的洞穴还有另一种功用。当诗人凝视一个池塘或一口井的时候,他的注意力通常会固定在倒映在水中的天空上。结果,原本向下的凝视变成了间接向上的注眸。在《经王处士原居》中,张籍写道:

> 庭闲云满井,窗晓雪通山。
> (《全唐诗》,384·4324)

---

① 此处指的是费长房的故事。费长房是一个道家高人。他能够"缩地脉千里",因此远在天边的东西一下子就可以近在眼前。见葛洪的《神仙传》,5·39。

窗户在这里框取远山景象的作用是我们所熟悉的。井则具有双重的中介作用:天上的云既通过水来反照,又通过井口加以框取。

当白居易力图说服杨汝士(821年健在)买下他隔壁的宅院时,他用了两行诗句来总结这座园子在地理位置上的优势。在结构上,这些诗句与张籍那些窗户框取景色和水反照景色的诗句十分相像:

> 云映嵩峰当户牖,月和伊水入池台①。

通过迂回的视线,诗句展现了自然景色融入园林景观时被调整的复杂形式。第一句的焦点是云。但诗人的眼光不是直接指向云,而是指向它投射在嵩山山峰上的闪烁光线。这些山峰的景象又依次被窗户括了进来。第二句的月亮所经过的调整过程绝不比前者简单。它首先映入伊水之中,然后与河水一起被"移"入园池之中,最后再反射在池台之上。

中唐诗歌对小池塘迷幻不已,其核心原因就是注水洞穴所具有的这种反照和取景的双重功能。其中最著名的例子莫过于韩愈的《盆池五首》,其中最后一首是这么写的:

> 池光天影共青青,拍岸才添水数瓶。
> 且待夜深明月去,试看涵泳几多星。
> (《全唐诗》,343·3847)

在诗歌的结尾,韩愈把星光闪烁的夜空作为倒影来写。这在中唐描写小池的诗歌中非常典型。白居易《官舍内新凿小池》的结尾,就采用了相同的手法:

> 帘下开小池,盈盈水方积。
> 中底铺白沙,四隅甃青石。
> 勿言不深广,但取幽人适。

---

① 《以诗代书寄户部杨侍郎劝买东邻王家宅》(《白居易集笺校》,33·2265)。

> 泛滟微雨朝,泓澄明月夕。
> 岂无大江水,波浪连天白?
> 未如床席间,方丈深盈尺。
> 清浅可狎弄,昏烦聊漱涤。
> 最爱晓暝时,一片秋天碧。
>
> (《白居易集笺校》,7·367)

在园林的私人空间里,白居易似乎非常在意外部世界的世俗眼光。他怕人们会认为他的池塘太小,根本就不值得这样小题大做。他的自我申辩也很常见:他根本就不在乎池塘的大小,他看重的仅仅是"但取幽人适"①。

从韩愈和白居易的这些诗歌中,我们可以窥见唐诗描写小池的一般情况②。首先,诗人关注的是天空在水里的倒影。第二,与长河巨川相比,小池之小不仅仅在于其尺寸,投影于其中的有限物象也突出了这种小(与它形成鲜明对比的是窗户,正如我们已经看到的那样,窗户常常可以框取较大范围的自然景观)。在白居易的诗歌里,池塘只能涵盖"一片秋天碧"。在韩愈的诗歌里,这一点以一种更为具体的方式传达出来。第二联在暗示时间推移的同时,也娴熟地表明了池塘之小。月亮和星星当然会同时出现在夜空,但韩愈似乎在说,之所以要等到月亮下去星星的影子才能出现,是因为池塘太小以至于无法同时容纳这么多的物象。第三,诗人的机智体现在以一种刻意的自我调侃来回应世人的怀疑。在《盆池五首》的第一首中,韩愈充当了一个旁观者的角色来描绘自己:"老翁真个似儿童"。同样,白居易插科打诨地回答一个虚拟的对话者说:

---

① 浩虚舟(822年进士)在《盆池赋》(《全唐文》,624·2788—89)里表达了同样的意思,他把盆池的功能描述为"自适"。
② 尽管白居易诗歌里的"小池"不同于韩愈诗歌里的"盆池"。但在中国诗歌里,与此相关的意象和主题是相似的。我用"小池"同时指代二者。

"勿言不深广"①。第四,正如我们在白居易的诗歌中所看到的那样,游戏性的言辞表达了小池的合目的性:小池乃是园主隐居心态的一种客观呈现。我们在前面的章节说过,池塘处于作为隐居之所的城市园林的中心位置。很显然,这种功能拓展到了盆池上②。

上述这些结论同样适用于9世纪描写盆池的诗歌,或许最能说明问题的是不太知名的诗人方干(809—888)写的三首诗。其中的两首写的是同一个池塘,连题目都是一样的——《路支使小池》。第一首是这样写的:

> 儿童戏穿凿,咫尺见津涯。
> 藓岸和纤草,松泉溅浅沙。
> 光含半床月,影入一枝花。
> 到此无醒目,当时有习家。
>
> (《全唐诗》,649·7456)

第二首写的是卢家池塘:

> 广狭偶然非制定,犹将方寸像沧溟。
> 一泓春水无多浪,数尺晴天几个星。
> 露满玉盘当半夜,匣开金镜在中庭。
> 主人垂钓常来此,虽把鱼竿醉未醒。
>
> (《全唐诗》,561·7474)

---

① 正如宇文所安所指出的那样,中唐诗歌在表现私人生活时所呈现的机智,"经常需要一个外部的观察者或外部视点,有时用'勿言'这样的短语引出。这个外人往往把诗人关心的东西看得非常渺小、低微和平常。这样一来,外部世界的寻常角度就保证了诗人解释的独特性,这种解释便'属于'诗人本人。强调物品之小是至为重要的,因为这样一来就可以保证,这些物品的价值全在诗人小题大做的解释之中"(《中国"中世纪"的终结》,86页)。白居易和韩愈有关盆池的诗歌比较,同样可以参阅《中国"中世纪"的终结》的95—99页。
② 这一章我关注的重点不是盆池的象征意义,但这一点也是非常重要的。比如,在韩愈的《奉和钱七兄曹长盆池所植》(《全唐诗》,342·3833)中,盆池里的花显然就是政治混乱的象征。齐己(864—943?)的《盆池》(《全唐诗》,839·9472)则继承了咏物的传统,把盆池当做一面道德的镜子。

第三首《干秀才小池》在韵律、意象和主题上都与第二首相近,采用的也是七言诗形式:

> 一泓潋滟复澄明,半日功夫剧小庭。
> 占地未过四五尺,浸天唯入两三星。
> 鹢舟草际浮霜叶,渔火沙边驻小萤。
> 才见规模识方寸,知君立意象沧溟。

(《全唐诗》,651·7479)

方干的诗歌里频频提到池塘是如何之小,而倒影在其中的物体又是如何之少。我们在韩愈和白居易的诗歌里也已经看到过这种倾向,在方干的诗中则是有过之而无不及。在每一首诗的最后一句,方干也强调说,池塘乃自由和隐居之所。方干的诗里缺少的是韩愈和白居易诗中那种刻意的调侃。方干第一首诗的第一句和韩愈《盆池五首》里第一首诗的第一句很相像,但二者又有区别:方干以观赏者的身份来阐发池塘的意义,而韩愈是用一种轻松的口吻来自我解嘲。方干是游历园林的理想观众,他能对园林池塘的外观进行细致的观察,并对其象征意义进行机智的解释。因此,他能够抓住园主的立意,用池塘来规模沧海。

杜牧的《盆池》则立意不同:

> 凿破苍苔地,偷他一片天。
> 白云生镜里,明月落阶前。

(《全唐诗》,523·5989)

反照天空的景色本是盆池的自然功能。然而,在这里却变成一种人为的占有行为。如此一来,盆池反照自然就很成问题了。当然,此处的口气是开玩笑式的。杜牧凿池的立意是"偷"取自然,尽管他的野心不大:"一片天"足矣。所谓"偷"东西就是化物得其所为物非其所。杜牧对池中"白云"视觉上的占有,也就变成了一种迂回曲折的以诗占物的形式。

杜牧诗中第三句的"镜"与方干第二首诗第六句的"镜"一样,只是为了说明池水的清澈可鉴。但这无意中提醒了我们,镜子和池塘及井同样具有框取景象和反照景象的作用。唐代园林诗中提到了镜子的意象,或是自然在镜中的反射。一个较早的例子是王维的下列两行诗句：

> 隔窗云雾升衣上,卷幔山泉入镜中①。

当窗帘卷起来的时候,外景就被窗子框住了。然而,王维却有意把注意力放在室内的镜子上。"山泉"本身常常被比作镜子。此处山泉的意象经过了几番回旋：首先是被窗户框住,然后又被镜框进一步定型,最后再以镜中风景呈现。

在8世纪的唐诗里,王维诗句中的那种镜子形象相对不多。等到9世纪的后半期,镜子成为园林诗歌里非常常见的聚焦点。在张乔(871年进士)的《题郑侍御蓝田别业》中,我们读到：

> 小径通商岭,高窗见杜陵。
> 云霞朝入镜,猿鸟夜窥灯。
> (《全唐诗》,638·7313)

吴融(卒于903年?)的《即事》也包含了相同的意象：

> 晓窥青镜千峰入,暮倚长松独鹤归。
> (《全唐诗》,687·7893)

王维、张乔和吴融描绘的都是乡间或郊野的园林。颇具反讽意味的是,如此接近自然的所在,却推动了利用中介的风气。从园林的池塘、到盆池、到镜子,唐代园林诗里反照自然和框取自然的形式日趋小巧,

---

① 《敕借岐王九成宫避暑应教》(《全唐诗》,128·1295)。这里的"镜"也可能是指流水汨汨而入的山泉,但我更倾向于把它作为直书其事来读解。关于此句的相关评论可见宇文所安的《盛唐诗》(*The Great Age of Chinese Poetry*),30页。

日趋矫揉①。园外之景一旦融入园内之景,就变得拘谨、不自然了。

第四节　北方园林里的南方景致

　　中唐诗人并不总是满足于通过视觉上的幻象来掌控远处的自然风光。在白居易的《题崔少尹上林坊新居》里,洛河的水被实实在在地引进了人工开凿的园池。在白居易写给杨汝士的那首诗里也提到,伊河之水也被引进了园林。在这两个例子里,由于园林地理位置的便利,园林与自然连为一体是相当容易的事。

　　当然,这样的地理优势对于园林来说也不是绝对必要。我们在上文曾经多次看到,在诗人眼里,江湖虽大,但是一池之水不仅可以取而代之,甚至可以更胜一筹。假山与真山也体现了同样的关系。白居易的《累土山》描写的是元宗简(卒于822年)在长安新买的宅院,该组诗的第二首就提到了这样的假山:

　　　　堆土渐高山意出,终南移入户庭间。
　　　　玉峰蓝水应惆怅,恐见新山忘旧山。
　　　　(《白居易集笺校》,15·904)

白居易自注此诗说,元宗简的旧宅地处蓝田,宅名"玉峰"。当元宗简从乡间搬到城市后,也就置蓝田山于身后了。但失去了真山却可以用假山来替补。诗中通过想象"旧山"生怕被人遗忘而肯定假是可以代真的。

　　白居易本人就是一个以假代真的高手。《新涧亭》是反映这种真假替代的力作:

　　　　烟萝初合涧新开,闲上西亭日几回?

---

① 在唐诗中,酒杯和药碗有时也有相同的功能。具体的例子可以参见岑参(715—770)的《春寻河阳陶处士别业》(《全唐诗》,200·2086)和姚合的《题河上亭》(《全唐诗》,499·5686)。相关的讨论在侯迺慧的《诗情与幽境:唐代文人的园林生活》(466页)中可以找到。

> 老病归山应未得,且移泉石就身来。
>
> (《白居易集笺校》,35·2445)

白居易归山不得,却能让群山来朝。虽然群山在此是以一种微缩而又更为凝聚的方式出现。老病之年,在园中开一涧之水,也算是不得已而为之。虽说如此,园中之涧还是表明人工虽然不能完全压倒自然,却也可以取而代之。

园林虽属人为的构造,但还是比其他的人造艺术品更加接近自然。这就是白居易《滩声》一诗强调的论点:

> 碧玉斑斑沙历历,清流决决响泠泠。
> 自从造得滩声后,玉管朱弦可要听?
>
> (《白居易集笺校》,36·2518)

最后一句让我们想起左思(大约卒于306年)《招隐士》中的两句诗:

> 非必丝与竹,山水有清音。
>
> (《先秦汉魏晋南北朝诗》,734页)

但是,白诗和左诗之间有一个明显区别。左思提出了典型的自然和人造艺术之间的对立。白居易的对比则与此不同,他的对比在两种不同的人工艺术品之间——模仿自然之声的"滩声"和"玉管朱弦"。

然而,有时对真实之物的渴望又是如此的急切,以致艺术替代品往往显得不够充分。当韩愈描绘裴度园子里的假山时,他是以这样的评论开头的:

> 公乎真爱山,看山旦连夕。
> 犹嫌山在眼,不得着脚历①。

假山作为真山的一种替代,虽然朝夕"在眼",却无法满足园主想在山中

---

① 《和裴仆射相公假山十一韵》(《全唐诗》,342·3837)。

漫游的渴望。

　　裴度乃富有之人,可以采取一个不惜代价的补救措施。曾几何时,裴度在洛阳东北角的通远坊购买了一座豪宅,此宅原属玄宗(712年至756年在位)朝最受尊宠的乐师李龟年。裴度买下宅子之后,就把它从原址移到定鼎门南面的午桥,名为"绿野堂"①。关于如此大张旗鼓的土木工程,裴度没有留下清楚的文字资料解释此举的目的何在。但我们在他留下来的唯一一首写到绿野堂的诗歌《溪居》里可以找到明晰的线索:

　　　　门径俯清溪,茅檐古木齐。
　　　　红尘飘不到,时有水禽啼。
　　(《全唐诗》,335·3756)

裴度在洛阳的集贤坊已经有一所豪宅,乃全城风景最佳之处。几乎可以肯定,裴度修盖绿野堂是为了郊外有一座别墅。绿野堂竣工之后,裴度赋诗十韵为贺（裴诗已不存）,并要求白居易、刘禹锡和姚合也和作一首。白、刘、姚三人都不出所料地突出了隐居的主题。在白居易的诗中,裴度被描写成"中隐"的模范代表:

　　　　巢许终身稳②,萧曹到老忙③。
　　　　千年落公便,进退处中央④。

姚合对裴度的刻画也是大同小异:

　　　　古今功独出,大小隐俱成⑤。

---

① 见郑处诲《明皇杂录》,2·27。
② 巢父和许由都是传说中尧帝时期的隐士。见皇甫谧的《高士传》,1·11—14。
③ 萧何(卒于公元前193年)和曹参(卒于公元前190年)都是汉初有能力的宰相(曹参接了萧何的相位)。当时有一首民谣歌颂他们,见《史记》,54·2031。
④ 《奉和裴令公新成午桥庄绿野堂即事》(《白居易集笺校》,33·2238)。
⑤ 《奉和裴令公新成绿野堂即事》(《全唐诗》,501·5694)。

在刘禹锡的诗歌里,裴度则是一个能够做到功成身退的智者:

> 位极却忘贵,功成欲爱闲。
>
> 官名司管籥,心术去机关①。

像绿野堂这样壮观的迁移工程,能出得起如此之耗资的人寥寥无几,故而此类工程是极其罕见,其实也是没有必要的。中唐诗人更为典型的想法是,能在城市中闹中取静,建造一个"红尘飘不到"的隐居之所。在把园林作为城市隐居之所来建造时,移景更多的是把自然融入园林,而不是把园林搬进自然。

为了创造自然或唤起对自然的想象,北方的园林常常从南方的风景里寻找新的启发。一般来说,唐诗中的南方包括四个地理区域:长江下游地区(通常被称为江南)、长江中游地区(大概包括古代楚国的领域)、长江上游地区(巴蜀地区)和更南的区域(包括东边的岭南地区和西边的南越地区)②。在我们的讨论范围中,岭南地区和南越地区可以不予考虑,因为中唐的园林诗很少提及那里的风景③。尽管长江周围的这三个地区各有自己独特的地形特征和文化环境,但是描绘北方园林的诗歌常常并列着三种不同的地域意象,就像白居易《题牛相公归仁里宅新成小滩》里的两处所写的那样:

> 两岸滟滪口,一泊潇湘天。
>
> (前句为长江上游,后句为长江中游)

---

① 《奉和裴令公新成绿野堂即书》(《全唐诗》,362·4092)。

② 关于文学上对唐帝国最南边地区的表现,可参见薛爱华(Schafer, Edward H.)的《朱雀:唐代的南方意象》(*The Vermilion Bird*:*T'ang Images of the South*)。

③ 广东的罗浮山或许算是一个例外。在第三章里我们会看到,罗浮山的石头被运到北方园林,比如李德裕的平泉庄园。立在李德裕园中的一块石头就叫罗浮山。见李德裕《重忆山居》的第四首(《全唐诗》475·5412)。传说一座浮山漂过了南海,最后和罗山融合成了一体。后来这座山就叫罗浮山。请参阅《太平御览》的《罗浮山记》(41·7a)。罗浮山因其为道教圣地而闻名。据说葛洪(284—364)就是在此山修炼的,见《晋书》(72·1911)。道教三十六洞天的朱明曜真之洞就在罗浮山,见《艺文类聚》的《茅君内传》(7a·139)。在张君房的《云笈七籤》(27·3a)中,它在十大洞天里排名第七。十大洞天排在三十六小洞天之上。

……

巴峡声心里,松江色眼前。

(前句为长江上游,后句为长江下游)

(《白居易集笺校》,36·2463)

同样,在姚合《题长安薛员外水阁》的开头,我们看到:

亭亭新阁成,风景益鲜明。

石尽太湖色,水多湘渚声。

(《全唐诗》,499·5680)

此处的园子里有著名的太湖石,所以很自然令人想起了太湖(下一章将会讲到,大量的太湖石被运往北方,并被安置在北方的园林里)。湘江的水声则完全来自于诗人的想象。

长江上游地区的诗意来自三峡的壮观,长江中游地区之所以令人神往,则主要在于湘江了。湘江常常被称为"潇湘"(原意是"清澈的、深广的湘水")①。李涉(806—821年间健在)《鹧鸪词》里的两行诗句简洁地使用了与湘水有关的文学典故:

二女空垂泪,三闾柱自沉。

(《全唐诗》,477·5424)

"二女"指娥皇和女英,是传说中舜帝的两位妃子。舜帝去世后,二妃痛哭不已并把眼泪抛洒在竹子上。结果竹子上留下了她们的泪痕。二妃死后成为了湘水之神②。"三闾"指的是三闾大夫屈原(约公元前340

---

① 把"潇"解释为"深而澈",可见郦道元的《水经注》(28·1949)。但是还有大量的例子证明"潇湘"指的就是潇水和湘水,如柳宗元的《湘口馆潇湘二水所会》(《全唐诗》352·3942)和钱起的《潇湘二十韵》(《全唐诗》840·9474)。不可能也没有必要去争论,"潇湘"到底是一条河还是两条河。
② 张华《博物志》,8·1a。也见于任昉的《述异记》,1·5b—6a。

年—前278年)①。屈原遭到诽谤而被国君不公允地流放,最后在湘江的支流汨罗江投水自尽了。从贾谊(公元前201年—前169年)开始,此后的诗人每当流放到湘江周边地区时,往往都以屈原自况。柳宗元(773—819年)和韩愈就是中唐最著名的例子②。

但是,中唐诗人在采用湘江意象描写城市园林时,与湘江相连的忧伤情绪以及忠臣被逐的主题往往荡然无存,湘江变成了一种想象之中的自由空间。孟郊的《游城南韩氏庄》便是如此:

> 初疑潇湘水,锁在朱门中。
> 时见水底月,动摇池上风。
> 清气润竹林,白光连虚空。
> 浪簇霄汉羽,岸芳金碧丛。
> 何言数亩间,环泛路不穷。
> 愿逐神仙侣,飘然汗漫通。
>
> (《全唐诗》,375·4209)

孟郊以孤僻著称,他好用奇语偏词,有时近于怪异。这首诗却说明孟郊在特定的场合里也能够写出高度常规化的诗篇。此诗的意象和主题用"何言"一词作为过渡,从描绘过渡到抒情上来,这在描写园池的诗歌里是屡见不鲜的。

孟郊在游韩愈(韩氏)长安园池时所看到的潇湘风光,在他自己洛阳的园子里也可以找到。下面的诗句摘自他的《立德新居》:

> 空旷伊洛视,仿佛潇湘心。
> 何必尚远异,忧劳满行襟。

---

① 作为楚国的贵族,屈原为三闾大夫,职管三闾的礼仪事务。所谓"三闾"乃是楚国王室的宗亲,亦指其在楚都郢的住所。
② 见姜斐德(Murck, Alfreda)《潇湘八景与北宋贬谪文化》("The Eight Views of Xiao-Xiang and the Northen Song Culture of Exile"),114—116页。

(《全唐诗》,376·4223)

我们已经看到过,远处与眼前的对比是中唐园林诗中常见的主题,后者可以取前者而代之,甚至可以更胜一筹。在有关隐居的诗歌里常常用"何必"来明知故问,这一传统源远流长,一直可以追溯到东方朔。但孟郊在这里采用这种明知故问的修辞手段,却代表了中唐的一个特色。传统的关于乡村与城市的对立变成真正的南方风景和北方园林复制品之间的对立。

在中唐的园林艺术里,最符合审美理想的是江南的风光,而不是三峡和湘水地区。江南形胜,自南朝以来就一直为人们所称道。除此之外,还有一个出乎意想的原因:由于中唐的政局变幻不定,朝官外调,外官入朝,如同走马灯一般。到江南做地方官,尽管时常被看成一种政治上的挫折,但却可以获得更多的审美享受。元稹被放逐到越州时,曾经给白居易写了一首《以州宅夸于乐天》:

州城迥绕拂云堆,镜水稽山满眼来。
四面常时对屏障,一家终日在楼台。
星河似向檐前落,鼓角惊从地底回。
我是玉皇香案吏,①谪居犹得住蓬莱。②

(《全唐诗》,417·4599)

在楼台上看到的美妙景色使元稹产生了一种幻觉,就好像住在传说中的

---

① 这里的"玉皇"指皇帝。"香案吏"泛指朝臣。朝臣之所以被称为"香案吏",可能是因为唐朝皇帝在紫宸内阁里会见朝臣时,有两个起居舍人夹香案分立于殿下,见《新唐书》(47·1208)。当然,元稹在这首诗里,有意让人们想起玉皇是和道家传统相联系的,他仿佛成了立在殿下的官员班首。此后的贬谪官员把自己写成"香案吏"的,还有苏轼的《舟行至清远县见颜秀才极谈惠州风物之美》(《苏轼诗集》,38·2046)。
② 蓬莱是渤海的五大仙山之一。其他的四座是岱舆、员峤、方壶和瀛洲。传说在这些仙山上有一种长满果子的仙树,吃了这些果子就可以长生不老。请参阅《列子集释》(5·151—152)。《史记》只提到后面的三座山(6·247 和 28·1369)。收到元稹乐观的诗篇之后,白居易在《答微之夸越州宅》也夸耀说杭州乃江南诸郡之首(当时他正在杭州任太守):"知君暗数江南郡,除却余杭尽不如"。(《白居易集笺校》,23·1528)

蓬莱仙境一样。但与此同时,他也沉重地意识到,越州不过是自己的一个临时落脚点而已。此后,他又寄诗给白居易,夸赞江南美景,但此诗的开头就表现出了一种遗憾:

> 仙都难画亦难书,暂合登临不合居。①

在元稹这样的北方人眼里,江南虽然风景如画,却不是适合长期居住的地方。若要结合南方和北方的优势,最好的方法就是把江南的自然风物运到北方,把江南的美景移植到北方的园林里去。因此出现的一种普遍现象就是,很多中唐文士都从江南收集大量的名物,包括奇石、名花和异鸟等,用以点缀他们的北方园林。元稹离开越州时就带走了一些精选出来的花草。《花栽二首》对此有所记述:

> 其一
>
> 买得山花一两栽,离乡别土易摧颓。
> 欲知北客居南意,看取南花北地来。
>
> 其二
>
> 南花北地种应难,且向船中尽日看。
> 纵使将来眼前死,犹胜抛掷在空栏。
>
> (《全唐诗》,414·4580)

北方和南方的对立始终贯穿在这两首诗里。元稹北归之日,就是花栽离开南方故土之时。就像身为北方人的元稹觉得自己不过是南方的一名游子一样,南方的花朵也会感到自己不适应北方的气候条件。

元稹流落江南本是时局所致。在这种南北对立之中,元稹流落江南却成为一个审美意义上的探险之旅,其目的是为他的北方园林收集不少精美的花卉。元稹以一种自我解嘲和自我辩护的强调来回答一个潜在观察者所提出的质疑。尽管他深知南方的花卉移植到北方不容易

---

① 《重夸州宅旦暮景色兼酬前篇末句》(《全唐诗》,417·4599)。

成活，它们很可能就会"眼前死"，但是他还要肯定这种移植的努力：对于花朵来说，与其能享尽天年而无人欣赏，不如在知己的眼前就地夭折。

尽管元稹的努力很可能注定要失败，但依然不乏大量成功的例子。白居易在苏州和杭州任职期间，也收集了不少稀有玩好，并把它们运往或带回洛阳的园林。这些玩好包括从苏州带回的两片青石和数枝白莲。在《莲石》中，他对此做了记录：

> 青石一两片，白莲三四枝。
> 寄将东洛去，心与物相随。
> 石倚风前树，莲栽月下池。
> 遥知安置处，预想发荣时。
> 领郡来何远？还乡去已迟。
> 莫言千里别，晚岁有心期。
> （《白居易集笺校》，24·1671）

白居易虽然在许多诗里都不厌其烦地说自己在苏州的生活是如何的愉悦，但他对洛阳却是朝思暮想。和元稹一样，他认为自己在南方只是一个游子。而在另一方面，南方的美景确确实实吸引了他，并促使他想方设法通过移植和搬运，把南方最好的风物融入自己的北方园林之中。在此诗之中，他显然比他的朋友元稹要乐观得多。元稹预见他的移栽很快就会萎谢，而白居易则期待着白莲花在他的园池里尽情地绽放。

从苏州带来的这些风物一旦布列在白居易的洛阳园林里，就能够再现江南的风情，或者至少令人想起这种风情。《池上小宴问程秀才》就生动地表达了这一层意思：

> 洛下林园好自知，江南境物暗相随。
> 净淘红粒署香饭，①薄切紫鳞烹水葵。

---

① 按照朱金城的说法，这里的"炊"读为"署"。

> 雨滴篷声青雀舫,浪摇花影白莲池。
>
> 停杯一问苏州客,何似吴松江上时?
>
> (《白居易集笺校》,28·1950)

第一联已经说明了该诗的主要目的。诗人就是想说说点缀着"江南境物"的"洛下林园好"。第二联写的是江南美食之美(毕竟这首诗与酒宴有关)。第三个对句提到了"暗"随作者从南方到北方的两样物品:青雀舫和白莲花①。但是,如果仅是园林主人自己"自知",这种移植和搬运带回的物品尚不能充分地展现其审美的力量。三杯两盏之后,甚为自得的主人迫不及待地要揭开他的"秘密"。最后一联以开玩笑的语气向客人提出了一个反诘疑问,要求客人把园景的意义说个一清二楚②。

从白居易同时代人写的诗歌里,也可以看到他修建江南风味的园林是何等的成功。徐凝(813年健在)的《侍郎宅泛池》是这么写的:

> 莲子花边回竹岸,鸡头叶上荡兰舟。
>
> 谁知洛北朱门里,便到江南绿水游。
>
> (《全唐诗》,474·5383)

徐凝的诗歌采用了一种非常典型的绝句结构,即先浮光掠影地描写几个细节,然后对能在北方城市园林中见到南方景色而表示惊叹。确实,这种故作惊讶之语成了一种俗套,客人可以信手拈来,对园林主人表示赞赏。

徐凝诗中提到的白莲花肯定就是白居易在《莲石》中提到的那种。那是白居易从苏州带来的。白居易选择这一品种不仅仅是考虑到该花

---

① 在白居易洛阳园林的池塘里,苏州带来的青雀舫(也叫青板舫)和白莲花成为制造江南情调两个最重要的物件。这里还能举出一个例子来,就是白居易的《白莲池汎舟》:
　　白藕新花照水开,红窗小舫信风回。
　　谁教一片江南兴,逐我殷情万里来?
　　(《白居易集笺校》,27·1887)
② 客人程秀才的具体名字我们已经不知道了。从白居易的《醉别程秀才》(《白居易集笺校》,31·2129)一诗来看,他善于弹筝,尤其擅长弹奏牵引湘江情思的曲目。

本身带有的异地风情,也因为它很适合树立一种个人独特的审美风格。《种白莲》透露了这个精心选择的过程:

> 吴中白藕洛中栽,莫恋江南花懒开。
>
> 万里携归尔知否?红蕉朱槿不将来。
>
> (《白居易集笺校》,25·1731)

通过选择颜色较为罕见的植物品种,白居易把自己和普通的园主区分开来:

> 厌绿栽黄竹,嫌红种白莲。①

当然,对白居易来说,建造一个能够让人联想起南方园林的园子,不仅是为了展示自己的审美趣味。《新小滩》还揭示出江南风情和都市隐居的理念是息息相关的:

> 石浅沙平流水寒,水边斜插一渔竿。
>
> 江南客见生乡思,道似严陵七里滩。
>
> (《白居易集笺校》,36·2509)

白居易的小滩布置得像个舞台,而一支渔竿就是舞台上唯一的道具。要揭示鱼竿的象征意义实在是再容易不过了。"江南客"大发"乡思",这也算是礼尚往来,对园主在北方园林里创造出江南风景表示恭维。这位独具慧眼的江南客人对鱼竿的意蕴作了进一步的破解,他把在白居易园子里看到的景象比作严光曾经钓过鱼的地方。严光(字子陵)和光武帝(25—57年在位)曾经是同学。严光辞谢光武帝的聘请之后,跑到七里濑(也叫七里滩)北岸的富春山隐居起来。严光钓鱼的地方被称为"严陵钓"②。南朝之后,严光成为中国诗歌里最为人称道的隐士之一,他居住

---

① 《忆洛中所居》(《白居易集笺校》25·1702)。对审美个性的追求可以引起人们对园主道德的怀疑,以为园主在夸耀财富。比如曹邺(850年进士)的《贵宅》(《全唐诗》,592·6868)就描写了一个厌倦富贵繁复之花的富少把一些药草种在了自己的园子里。

② 见《后汉书》,83·2754。

的七里滩也成为了隐居地的同义词①。

这位"江南客"算是巧于辞令了,但是,如果他能再接再厉,说明白居易的小滩并非仅仅"似严陵七里滩",而是青出于蓝而胜于蓝,那么白居易肯定会更为开心。在《家园三绝》的一首诗里,我们可以看到白居易自己是如何描绘自己的小池的:

沧浪峡水子陵滩,路远江深欲去难。

何似家池通小院,卧房阶下插鱼竿?

(《白居易集笺校》,33·2246)

在北方园林里对江南水景加以再创造,不仅仅是一个缩大为小的过程,也是一个去粗存精的过程。既阔又险的原始状态的自然被移入控制得井井有条的园林里,可谓是取其精华而拒其不测。园林作为再创造和提炼过的自然,为隐居者提供了一个保护性的空间。"主体对此空间持有主动权,在此空间之内,主体戏剧性地展现自己的体验"②。

在白居易的《看采莲》里,我们同样可以看到,园林是一个安全的空间。在此,园主可以戏剧性地展现自己的体验:

小桃闲上小莲船,半采红莲半白莲。

不似江南恶风浪,芙蓉池在卧床前。

(《白居易集笺校》,28·1955)

"采莲曲"是南朝乐府诗里的一个诗歌子类。此类诗歌微微带有一些情色的成分,描写的是妖娆美貌的南方女子摘取莲花的情景,在唐朝仍然

---

① 唐朝以前提到"七里滩"的著名诗歌有谢灵运的《七里濑》(《先秦汉魏晋南北朝诗》,1160页)和任昉(460—508)的《严陵濑诗》(《先秦汉魏晋南北朝诗》,1601页)。在唐朝,涉及"七里濑"的诗歌数量非常多。
② 宇文所安《中国"中世纪"的终结》(*The End of the Chinese "Middle Ages"*),96页。

十分地流行①。"采莲"原本是一个诗题,在这里却成了白居易园池中的一场戏。在这种化诗为戏的过程中,有几点我们应该注意:第一,"小"被反复地强调。"小桃"之名和"小莲船"之小,都突出了一个"小"字。第二,江南风景的呈现有两个要素:一是白居易从苏州带回来的那些白莲花;二是小桃原是家中姬妾,此处却被改造为乐府诗传统中那种难以捉摸的、来去自由的典型南方美女。在演给园主看的小型戏剧中,小桃成了主角,白莲变成了舞台上的布景。第三,白居易的园池不仅仅是真正江南水景以小见大的再创造,同时也是对江南水景的否定,因为真正的江南水景会有"恶风浪"。白居易提到了"江南恶风浪",这使我们注意到,传统的"采莲曲"对这种危险因素是只字不提的。白居易诗中提出这一点,乃是为了强调江南情调的园林作为一个安全的所在,是优越于真正的原生江南的。因此,这儿出现了一个跌宕:诗中的每一个细节都旨在唤起对江南的想象,但是诗人却可以自鸣得意地宣称他的池塘"不似江南"。仿造的江南胜过了真正的江南。

从江南运来的珍品一旦被安置在北方的园林里,就被融入了一种个人所有的空间。这拥有感,也是使人感到江南风格的园林超过真正江南的另一个原因。在《莲石》一诗中,白居易一方面想象着苏州风物将会使他的园林大为增色,一方面又表达了强烈的"还乡"渴望。的确,尽管江南的风光使他感到乐此不疲,但也使他产生了思归之情。《六月三日夜闻蝉》就写于 826 年白居易任职苏州之时:

荷香清露坠,柳动好风生。
微月初三夜,新蝉第一声。
乍闻愁北客,静听忆东京。
我有竹林宅,别来蝉再鸣。

---

① 据说是梁武帝(502—549 年在位)创制了《采莲曲》,见《乐府诗集》,50·726。唐诗中以此为题的诗作数目太多了,数都数不过来。白居易的《采莲曲》(《白居易集笺校》19·1303)只是其中的一个例子。

不知池上月,谁拨小船行?

(《白居易集笺校》,24·1670)

这首诗是以感物的模式组织起来的。唧唧的蝉鸣之声牵动了白居易对洛阳园林的思念。从景象到情思的转化乃是一种常见的作诗手法,但这里的转化方向值得我们注意。白居易的园林诗,一般都是令人对江南美景心驰神往,此诗却从真正的南方风景转移到仿造江南风景的北方园林,而这北方园林原本就是为了再现江南风景的。从这一转折中,我们可以感悟到江南和具有江南情调的园林之间的差别:前者只是一个供人观赏的审美空间,而后者既有审美价值,又为园主所占有。白居易自称为苏州之"客",其永恒的身份是和他北方的"竹林宅"联系在一起的。从白居易想到在他的池塘里"谁拨小船行"这一点上,我们可以感受到他的一种焦虑,因为他本人对当时有园无主的现象持批评态度。

写于苏州的另一首诗《忆洛中所居》也表达了相同的思乡主题:

忽忆东都宅,春来事宛然。
雪销行径里,水上卧房前。
厌绿栽黄竹,嫌红种白莲。
醉教莺送酒,闲遣鹤看船。
幸是林园主,惭为食禄牵。
宦情薄似纸,归思急于弦。
岂合姑苏守,归休更待年。

(《白居易集笺校》,25·1702)

像先前的那首诗一样,本诗颇具讽刺意味:白居易身在江南,心里却挂念着自己在北方的园子。这种思念的背后,我们可以看到真正的江南与具有江南情调的园林之间的区别:前者是他乡异土,后者则为自己所有。与这种区别对应的是如下的对比:"姑苏守"乃是任期有限的一官半职,"林园主"才是白居易永恒的身份。

中唐诗歌中的城市园林努力在人工和自然之间进行调和,其手段是通过一个去取的过程来建立一种个人的隐居空间。这种空间诗学中的核心问题是如何协调"园内"和"园外"之间的关系。对前门的集中关注则反映了从城市公共领域中分离出私人空间的迫切愿望。同时,通过园艺的控制手段并利用门、窗、池和井等形式的裂隙,可以打破园林在视觉上的种种限制。

前门之所以能够作为一个分界线,还是取决于园主作为土地所有者的合法身份。砍去过高的树木和修剪竹林,有利于确保园林里不同自然形态的正确形式和合理位置。框取自然在水和镜中的倒影,本质上是一种诗歌构物的功能。这种功能可以使得自然形态在诗人的凝视之中进入园林而得到控制。所谓框取乃是观察和控制事物的一种方式。"原封不动的"自然有时是混乱无序的,随时都可能四散消亡。然而,诗人独具慧眼,可以提取自然中有意义的因素,并把它们协调为一个有序的、统一的整体。自然在去粗存精之后,变得更为浓缩,更为醒目,更为意蕴深厚,同时也可为人所控制、为人所占有。园林构造是否得体,取决于它在多大程度上成功地复制自然、模仿自然或者是使人想到自然。虽说如此,作为人工构造的园林还是优于自然的,其原因就在于刚才提到的控制欲和占有欲。这种控制和占有既可以是实实在在的,也可以仅仅是存在于诗歌中的控制和占有。

第三章 物恋及其焦虑：怪石的诗传

第一节 中国传统中的痴癖和物恋

唐宋诗歌所披露出来的石痴，从许多方面看，都可以被视为一种物恋。"物恋"一词泛指人们对某种特殊物品没有理性的热爱与痴迷。它让我们联想起中文里的好些词，诸如"嗜"、"癖"、"爱"、"好"，甚至是"病"。在这些词汇当中，前两个词值得我们做一番简要的回顾。因为这两个词不仅贴切地传达了与物恋相关的痴迷，而且石癖者在作诗时也经常使用这两个词，在描写癖者的诗歌里这两个词也常常被使用。

"嗜"字最初的意思是享用食物。《诗经·小雅·楚茨》中提到了"神嗜饮食"。由于"嗜"是一种对感官快感的沉迷，经典文献里总是充满对"嗜"的抵制和劝诫。比如在《尚书》中，传说中的禹帝提到许多事情会导致执政者的灭亡，"甘酒嗜音"就是其中之一[①]。但是，"嗜"从很早的时候开始，就常常被用来表达对更高尚的文化修养活动的热爱。在《礼记》

---

① 《尚书正义·五子之歌》，157a。

中我们可以找到一个这样的例子:孔子曾对"二三子嗜学"表示赞赏①。

和"嗜"相似,"癖"这个词也常常出现在古时有关道德劝诫的言论中。据我所知,最早的一个例子出现在《晏子春秋》里②。晏子列举齐桓公的美德时,说他"不以饮食之辟害民之财"。对一心想效仿杰出先人的景公,晏子建议道:"无以多辟伤百姓,无以嗜欲玩好怨诸侯"③。

"癖"和"嗜"的早期用法,主要指那些在道德上容易使人误入歧途的生理欲望。到了晋朝,这两个词的意义扩大了,用来形容被物恋驱使而走火入魔的那种行为怪癖之人。在杜预(222—284)本传中,我们读到:

> 时王济解相马,又甚爱之。而何峤颇聚敛。预常称:济有马癖,峤有钱癖。武帝闻之,谓预曰:"卿有何癖?"对曰:"臣有左传癖。"④

从这则材料里,我们可以看到"癖"作为一种痴迷和物恋所具有的一些基本特征:第一,人之"癖"既可能出于对某些物品的执迷,亦可能出于对追求知识的执著。第二,王济的例子表明,有"癖"的人对其癖好之物不光是膜拜顶礼,还往往具有相当的鉴赏能力⑤。第三,何峤的例子表明,癖好可以驱使人去囤积去收藏,这种囤积和收藏的动机与收藏品本身的实际功用和商业价值无关,而是痴迷于收藏本身。第四,不同

---

① 《礼记正义·檀弓上》,1283c。
② "癖"作为一个医学名词,可以追溯到公元前第二个世纪。在《黄帝内经·灵枢·水服》(1025c)里,这个词指毒气在肠内积聚和堵塞引起的阑尾炎。与此相关的是葛洪《抱朴子内编校释》(5·113和13·245)里提到的"痰癖",指痰的积聚及其引起的堵塞。
③ 《晏子春秋集释》,3·189。根据刘师培(1884—1919)的说法,这里的"辟"就是"癖"字(同上书,191页)。
④ 《晋书》,34·1031。这则佚事来源于裴启的《语林》(约成书于362年)。刘孝标(462—521)给刘义庆的《世说新语》作注时也引用了这材料,见《世说新语笺注》,20·704。
⑤ 王济对马的癖好记录在《世说新语》的《术解》章里。在那里,已经可以看到痴迷于物和鉴赏物品之间的联系了。

种类的"癖"可以按照其特殊的对象,进行道德上的高低排位①。最后,"癖"虽然不可控制,却也可以用来自我标榜,杜预骄傲地承认自己有左传癖时就是这样。"癖"这个词既可以用来臧否人物,又可以用来自我表现。

到了唐代,"癖"这个词进入了诗歌的语言②。"诗癖"成为诗人自我表现的一个惯用母题也就不足为奇了③。在《山中独吟》里,白居易是这样刻画自我的:

> 人各有一癖,我癖在章句④。
> (《白居易集笺校》,7·407)

白居易把"癖"定义为人类精神的一个普遍特性。按照这种说法,每个人的独特性取决于他的"癖"之所在。

中唐还出现了一个值得注意的现象,就是根据自己的癖好来取别名。比如崔玄亮(768—833)把自己叫做"三癖翁",因为他沉迷于诗歌、古琴和酒⑤。性格怪异的诗人卢仝(755?—835)更是不同凡响,他自封为"癖王"⑥。

---

① 杜预的癖好显然比何峤更高一等。在《世说新语》里,"钱癖"被作为何峤纯洁无瑕道德中的唯一一个污点。
② 最早的一个例子是崔日知(728年健在)的《奉酬韦祭酒偶游龙门北溪忽怀骊山别业因以咏志示弟淑并呈诸大僚之作》(《全唐诗》391·989)。在这首诗里,他提到了"山水癖"。
③ 萧纲(503—551)是一个更早的例子。他在7岁的时候就声称自己养成了终身的"诗癖"。见《梁书》(4·109)和《南史》(8·233)。
④ 白居易在诗歌里谈到自己癖好的例子,还有《四十五》(《白居易集笺校》,16·1010)、《座中戏呈诸少年》(《白居易集笺校》,28·1985)和《醉后重赠晦叔》(《白居易集笺校》,28·1996)。其他提到"诗癖"的唐诗,还有钱起的《江行无题一百首》之十九(《全唐诗》,239·2678)、孟郊的《劝善吟》(《全唐诗》,239·4189)和张祜(792?—853?)的《闲居作五首》之一(《全唐诗补集》,8·178)。
⑤ 见刘禹锡的《湖州崔郎中曹长寄三癖诗自言癖在诗与琴酒其词逸而高吟咏不足昔柳吴兴亭皋陇首之句王融书之白团扇故为四韵以谢之》(《全唐诗》,357·4018—19)。关于柳恽(465—517,字吴兴)诗歌的典故,可翻阅《梁书》(21·331)和《南史》(38·988)中关于柳恽的传记。
⑥ 卢仝的《自咏三首》之三(《全唐诗》,387·4370)。《佩文韵府》(99·3990a—b)里有各种癖好一般叫法和各种用法的例子。

中唐以后,石癖作为一种"嗜"和"癖"的形式,产生了一些独特的问题。这些问题我们在下文将会详加探讨。在此处,我们先作几点泛泛之论。首先,与其他形式的物恋和痴迷相比,石癖牵涉到一定程度的鉴赏能力。这种鉴赏力是建立在9世纪早期形成的某些审美标准之上的。第二,在收集各种怪石的过程中,石癖者,尤其是那些位高权重的石癖者,经常发现自己在道德上立足不稳,因为收集怪石往往加重了老百姓的负担。第三,石癖原来只限制在一个小范围的鉴赏者圈子内,但很快就形成了一种时尚,扩大到更大的社会范围。曾几何时,诗人们作为高雅的鉴赏家,可以宣称自己在道德趋向和审美趣味上都与众不同。但是,石癖一旦成为整个社会的迷狂之后,这种宣称听上去也就软弱无力了。我们作了这几点泛泛之论后,现在就可以来考察一下唐朝以前以石为题的诗歌了。

第二节　唐前诗歌里的石头母题

中国文学对园林石头的描写,可以追溯到铺张扬厉的汉大赋[①]。但是,石头作为诗歌的主题却是以后的事情。描写石头的诗歌原本是"咏物诗"的一个副产品,此类诗歌在6世纪以前似不多见[②]。根据写作的背景,这些诗歌可以大致分为两类:第一类是在社交性的聚会上所写的诗

[①] 见薛爱华(Schafer, Edward H.)《杜绾的灵璧石目录:注释与概要》(*Tu Wan's Stone Catalogue of Cloudy Forest: A Commentary and Synopsis*),4页。
[②] 《文苑英华》里(161·8a—12b,768a—770a页)收集了二十三首描写石头的诗歌,查找起来很方便。这些诗作于6世纪到9世纪之间。另外还有十二篇描写石头的赋,也被收集在《文苑英华》(311a—9b,139b—143b页)里。浏览中国有关石头的掌故,请参阅《艺文类聚》(6·107—109)、《太平御览》(51·1a—7b;248a—251a;52·1a—8a,252a—255b页)、《太平广记》(398·3184—3195)、《古今事文类聚·前集》(14·19b—35a)和《格致镜原》(卷6至卷7)。对中国有关石头的各种传说的概述,可阅王晶(Wang, Jing)的《石头记:互文性、古代中国的石头传说,以及〈红楼梦〉、〈水浒〉和〈西游记〉中的石头象征》(*The Story of the Stone: Intertextuality, Ancient Chinese Stone Lore, and the Stone Symbolism in* Dream of the Red Chamber, Water Margin, and The Journey to the West),35—93页。

歌。这些唱和,常常是以石为题赋诗。萧推(卒于548年)的《赋得翠石应令诗》显然就是在这种场合中所作的:

> 依峰形似镜,构岭势如莲。
> 映林同绿柳,临池乱百川。
> 碧苔终不落,丹字本难传。
> 有迈东明上,来游皆羽仙。①
>
> (《先秦汉魏晋南北朝诗》,1857页)

很多咏石诗的特点就是措辞优雅而情感浮泛。萧推这首诗乃是五言八句,采用这种形式就必须把对石头外部特征的描写限制在几个快照似的选择面上。诗歌中的描写手法固然很娴熟,但诗中的石头,无论是作为一个物体,还是从它与诗人的关系角度上来说,都显得极其普通而缺乏特点,虽然诗人在此是为石头大唱赞歌。诗人只是通过一系列意蕴昭然的形象引入一些众所周知的道家典故:石头上的红色条纹看起来就像道藏中的书法。诗中还提到东明山,此山上建有仙宫②。更为明显的是,聚会者都成为了"羽仙"③。

第二种类型的咏石诗抒情成分更具个性。在此类诗歌中,"孤石"这个母题尤其流行。对孤石的刻画,往往带着明显的道德象征意味。诗人很容易就把自己塑造为傲立于庸俗世界的正人君子。与萧推同时的诗人朱超(生活于6世纪)写过一首《咏孤石诗》。这首诗就是一个很好的例子。

> 侵霞去日近,镇水激流分。
> 对影疑双阙,孤生若断云。

---

① 在《文苑英华》(161·8a,768a页)和《先秦汉魏晋南北朝诗》(1805页)里,这首诗被认为是萧雄(生活于公元6世纪)所作。这里对"有迈"(出现在萧雄名下时为"迈有")的英文翻译是尝试性的,不一定确切(译者按:英文原本对每一首单独列举的诗歌,都有对应的英文翻译)。
② 见《神异经》,9a—b。
③ 第一联中"镜"和"莲"的意象可能有一些佛教的寓意。

> 遏风静华浪,腾烟起薄曛。
> 虽言近七岭,独立不成群。①
>
> (《先秦汉魏晋南北朝诗》,2095 页)

此诗对孤石的描写,采用了一套极为缜密的互补章法。在第一联里,岩石既高耸近霞,又植根水底,天高水深互为平衡。在第二联里,有一个类似的上下移动的对比。此联首先视角朝下,写孤石与其水中倒影相映成"双"。然后又视角朝上,把石头比作断云,以强调孤石之"孤"。第五句与动态风浪形成对比的静态之石,到了第六句变成了"烟"和"曛"升腾的动力之源。最后一联又回到孤石的主题。中唐以降,这种精美的对称往往被一种巴洛克式的繁复铺排所取代。这种繁复铺排令人想起了汉大赋的风格。

唐诗最终继承了咏物传统里的一些基本主题和意象,包括把岩石比作各种动物和其他物体,对岩石的裂缝和洞孔的描写,以及无人欣赏的石头和无人赏识的人才之间的对比。所有的这一切,我们都可以在隋代诗人岑德润(生活于 6 世纪)的《赋得临阶危石诗》里找到:

> 当阶耸危石,殊状实难名。
> 带山疑似兽,侵波或类鲸。
> 云峰临栋起,莲影入檐生。
> 楚人终不识,徒自蕴连城。②
>
> (《先秦汉魏晋南北朝诗》,2694 页)

---

① 在稍后一些的陈朝(557—589 年),释惠标和高丽定法师也写有有关"孤石"的诗篇,主题相近。见《先秦汉魏晋南北朝诗》2623 页和 2625 页。前者在约翰·海(Hay, John A.)《能量的核心,泥土的脊骨:中国艺术中的石头》(*Kernels of Energy, Bones of Earth : The Rock in Chinese Art*)一书中有翻译(75 页)。

② 这里用的是著名的和氏璧的典故。楚国一个姓和的人在山里发现了一块玉石。他先是把玉石献给楚厉王,玉工说这只是一块普通的石头。厉王以之欺君砍去了他的左脚。后来,他又把这块玉石献给厉王之后的楚武王,楚武王以同样的罪名砍去了他的右脚。楚文王继位后,人们才发现玉璞之内果然蕴藏着一块稀世美玉。此玉因而取名为"和氏璧"。见《韩非子·和氏》,1130c 页。和氏璧后来的命运可以在本书第四章找到。

岑德润和萧推诗题里的"赋得"二字明确表示,在 6 世纪的咏物诗里,园石变成了一个稳定而常用的诗题①。

关于唐代以前的咏石诗,我们至少可以归纳出两点:第一,诗歌中描绘的石头都是笼统的。作为具体的物品,这些石头没有什么特性,只是作为一种象征而存在,而这种象征的意义是一目了然的。这一切都符合咏物诗的惯例。在描写石头的外表时,无论有什么宗教或道德的情感作为支撑,这些诗中诗人本人的形象往往模糊不清。他们与所描写的石头之间没有什么实实在在的联系。第二,典型的五言八句格式提供了一套固定的写作模式,其中的最后一联总是用来发一通议论。

9 世纪诗歌对石头的处理,出现了一系列新主题,和传统的咏物诗迥然不同。这些不同之处,可以从以下几点中看出:一是所谓赏石美学的形成。二是赏石者和石头之间的关系。这种关系与占有、痴迷和自我表现等有关。三是赏石者的审美愉悦常常受到道德感的威胁。这些新动向最集中地表现在有关太湖石的诗作里。太湖石比其他所有种类的石头都更引人注目②。

---

① 其他的隋朝诗例有崔仲方(生活于公元 6 世纪)的《奉和周赵王咏石诗》(《先秦汉魏晋南北朝诗》,2695 页)、虞世基(生活于公元 6 世纪)的《赋昆明池一物得织女石》(《先秦汉魏晋南北朝诗》,2713 页)和《赋得石诗》(《先秦汉魏晋南北朝诗》,2714 页)。
② 约翰·海(Hay, John A.)认为,灵璧石享有的盛誉可能比太湖石还要高[《能量的核心,泥土的脊骨:中国艺术中的石头》(*Kernels of Energy, Bones of Earth: The Rock in Chinese Art*),34 页]。这种看法可能受到杜绾的影响。杜绾在《云林石谱》里把灵璧石放在第一条。在《寄题李季章侍郎石林堂》(《全宋诗》,2315·25376)里,陆游(1125?—1209)把林虑石(在现在的河南)和灵璧石作为最有名的宝石,随后是震泽(一个太湖的古名)石和春陵石(在现在的湖南)。在文震亨(1586—1645)的《长物志》里,灵璧石也位居第一,其次是英石,再次才是太湖石。但是,我们应该清楚,灵璧石地位的上升是宋朝以后的事情。白居易的记录中已经很清楚地表明,在 9 世纪,太湖石无疑是最负盛名的。据我所知,9 世纪没有一首诗歌是称赞甚至仅仅是提及灵璧石的。即便是宋朝(至少在北宋),太湖石的诗名也是保持领先的。薛爱华(Schafer)准确地指出,灵璧石是最负盛名的园林用石,仅次于来自太湖的各种石头(太湖石)[《杜绾的灵璧石目录:注释与概要》(*Tu Wan's Stone Catalogue of Cloudy Forest: A Commentary and Synopsis*),50 页]。因此,在《文苑英华》(161·8a—12b,768a—770a 页)收集的石头诗部分,只有太湖石享有独立的子目。这个部分的其他诗歌记录则是一些普通的石头。

第三节　丑、怪和无用

下面的一段文字摘自杜绾(1126年健在)的石谱。可以作为太湖石的一种客观介绍：

> 平江府太湖石，产洞庭水中①。性坚而润，有嵌空穿眼宛转险怪势②。一种色白，一种色青而黑，一种微青。其质文理纵横，笼络起隐于石面，遍多坳坎。盖因风浪冲激而成，谓之弹子窝。扣之微有声。采人携锤錾入深水中，颇艰辛。度其奇巧取凿，贯以巨索，浮大舟，设木架，绞而出之。其间稍有礓岩特势，则就加镌砻取巧，复沉水中经久，为风水冲刷，石理如生。此石岩最高有三五丈，低不踰十数尺，间有尺余③。惟宜植立轩槛，装治假山。或罗列园林广榭中，颇多伟观。鲜有小巧可置几案间者。④

杜绾不但描述了太湖石的外表和用途，还提到了从水里打捞石头的艰辛过程。我们将看到，从中唐到北宋的诗歌，在描述石癖的时候，总是对采石的艰辛表示关注。

---

① 这里的"洞庭"是太湖的另一个名字，不可与今天湖南省的洞庭湖混同。
② 计成(生于1582年)《园冶》中的一段文字，几乎把杜绾关于太湖石的这几句话一字不改地抄了下来。爱莉森·哈迪(Hardie, Alison)在翻译这篇文章的时候说，"嵌空"、"穿眼"、"宛转"、"险怪"都是一些专业术语[《园冶》(*The Craft of Gardens*)]。哈迪的意见似乎是源于陈植的白话文翻译(《园冶注释》,216页)。
③ 由于杜绾对石头大小的描述非常精确，所以我在这里保留了中国传统的计量单位(译者按：指作者在用英文翻译这段文字时，用的是"丈"和"尺"的音译)。关于中国宋代的计量单位与今天的计量单位之间如何换算的问题，可以参见张春树(Chang, Chun-shu)与斯迈锡(Joan Snythe)合著的《十二世纪的华南：陆游的〈入蜀记〉》中《重量和长度单位》部分(*South China in the Twelfth Century: A Translation of Lu Yu's Travel Diaries*, 25页)。
④ 杜绾,《云林石谱》，第3页。我的英文翻译基本上参考了约翰·海(Hay, John A.)的《(能量的核心，泥土的脊骨：中国艺术中的石头》(*Kernels of Energy, Bones of Earth: The Rock in Chinese Art*, 22页)。除了薛爱华(Schafer, Edward H.)的《杜绾的灵璧石目录：注释与概要》(*Tu Wan's Stone Catalogue of Cloudy Forest: A Commentary and Synopsis*)之外，西方世界研究杜绾《云林石谱》的著作还有本迪克(Bendig)的《〈云林石谱〉对宋代文化的影响》("Das *Yun-lin-shih-p'u*: Ein Beitrag zur Kulturgeschichte der Sung-Zeit")。

到杜绾的时代为止,太湖石已经享有了三个世纪的盛誉。现有的资料证明,首次"发现"太湖石的乃是白居易。我们至少可以说,太湖石之所以走红,是白居易的功劳。826 年,白居易还在苏州做太守的时候,偶然在太湖边上发现了两块石头。他立刻被这两块石头的稀奇古怪之状所吸引,就令人将石头带回自己在苏州城内的官邸。对于这种喜从天降,白居易一如既往地赋诗以贺。这两块石头在白居易的诗歌里没有具体的名字,诗题简称《双石》:

> 苍然两片石,厥状怪且丑。
> 俗用无所堪,时人嫌不取。
> 结从胚浑始,得自洞庭口。
> 万古遗水滨,一朝入吾手。
> 担异来郡内,洗刷去泥垢。
> 孔黑烟痕深,罅青苔色厚。
> 老蛟蟠作足,古剑插为首。
> 忽疑天上落,不似人间有。
> 一可支吾琴,一可贮吾酒。
> 峭绝高数尺,坳泓容一斗。
> 五弦倚其左,一杯置其右。
> 洼樽酌未空,玉山颓已久①。
> 人皆有所好,物各求其偶。
> 渐恐少年场,不容垂白叟。
> 回头问双石:能伴老夫否?
> 石虽不能言②,许我为三友。

---

① 这个典故的主人公是高大英俊的嵇康(223—262)。他喝醉的时候被人形容为"玉山之将崩"。见刘义庆的《世说新语》(14·607)。
② 晋国的魏榆有一块石头说话了。师旷向晋侯解释说:虽然"石不能言",但有时鬼神会凭借它们来开口说话(《春秋左传正义》,昭公八年,2052a)。

(《白居易集笺校》,21·1423)

我们在上文已经看到,在6世纪的咏物诗里,石头往往是一个具有象征意味的静态意象。这种象征的意义是一成不变的。与之相反,白居易诗中的太湖石则是一个动态的意外发现的过程。在这个发现的过程中,两块石头被赋予了主观的意义,并和石头的发现者建立了一种私人的关系。这个发现过程牵涉到石头在空间上的移位,也就是说,石头从自然界被搬运到城市园林,从而成为一种私人的陈设品,显得超凡脱俗。

白居易用"怪"和"丑"这两个字来形容这两块石头,从而也就给中国的赏石美学设定了两个基本范畴①。"怪"、"丑"二字常常可以互换地使用,也可以合二为一,构成一个复合词,很难给予精确的定义②。尽管如此,我们还是可以这么说,"怪"和"丑"的性质往往是通过比喻来具体化的。比如在这首诗里,怪石被比喻为锋利的武器,也被比喻成诸如龙、虎这样令人生畏的动物。在描写太湖石时,绝大多数作品都会提到石上的孔穴,这些孔穴乃是太湖石"怪"、"丑"的一个特征。

关于苏轼和米芾(1051—1107)对画石持有的不同观点,郑燮(1693—1765)曾经做过一个有趣的对比:

---

① 这里需要做一些解释。第一,"怪石"这个词有着很悠久的历史。最早的例子可能出现在《尚书正义》的《禹贡》里(148a页)。在那里,"怪石"指的是美好的玉石。第二,园林用石被描绘为"怪",这在唐代以前就有先例。但是,"怪"和"丑"一起连用或互相换用的情况,似乎是从9世纪描绘太湖石的诗歌开始的。刘叉(大约9世纪早期健在)的乐府诗《古怨》(《全唐诗》,395·4447)是一个例外。在这首诗里,一名丑妇死后变成了怪石,这就是著名的望夫石。我们还要提一下,在皮日休(834?—883?)的《虎丘寺殿前有古杉一本,形状丑怪,图之不尽。况百卉竞媚,若妒若媚,唯此杉死抱奇节,髭然闯然,不知雨露之可生也,风霜之可瘁也,乃造化者方外之材乎?遂赋三百言以见志》(《全唐诗》,612·7063)里,"丑"和"怪"被结合起来描绘一株古杉。第三,太湖石除了被形容为"丑"、"怪"之外,有时也被描绘为优雅的典范。白居易在《太湖石》(《白居易集笺校》,25·1708)一诗中,就是这么写的。白居易这首诗中所描绘的太湖石,曾被视为盆景。参见胡运华《中国盆景艺术》的第2页。杜绾《云林石谱》中的"太湖石"一条说过,一些太湖石的小样可以放在几案上。

② 二者连用的时候,"丑"一般放在"怪"的前面。在白居易的这首诗里,"怪"放在"丑"前面是出于韵律上的需要。

米元章论石,曰瘦,曰皱,曰漏,曰透,可谓尽石之妙矣①。东坡又曰:"石[文同(1018—1079)所画之石]文而丑"②,一"丑"字则石之千态万状皆以此出。彼元章但知好之为好,而不知陋劣之中有至好也③。

郑燮认为,米芾只是罗列了岩石的物理特征,苏轼才真正抓住了石头的本质。郑燮的这番比较突出了中国传统赏石美学中"丑"的核心地位。但郑燮的这个比较似乎是说,苏轼是第一个阐发或标举"丑"这个审美概念的人,这种说法就有一点误人子弟了。其实,苏轼对文同绘画的评点显然来自9世纪诗歌传统中对"丑"的审美化。苏轼本人也是扎根于这一传统的。

薛爱华(Edward Schafer)把中国文人所玩赏的石头分为两大类。第一类乃是"貌似自然"(pseudonatural)的园石。薛爱华认为,对此类石头的喜好,反映出一种"巴洛克式"的趣味。第二类石头往往呈现出"具有自然或人工物品的轮廓外形和花纹"。对此类石头的喜好,则反映出一种"原始主义"的趣味。薛爱华注意到,那些最受欢迎的巴洛克风格

---

① 这里需要指出几点:第一,尽管在米芾的《画史》里可以单独找到这些条目,但他从来没有四者连用过。这四个词汇开始连用可能是17世纪以后的事情。第二,"皱"有时被"皴"这个词所代替。这是中国绘画的一个专业术语。第三,有时这四者会简化为三个,或省略"漏",或省略"皱"。约翰·海(Hay, John A.)认为,画家们在"说石头"的时候常用这些词语。可参见他的《能量的核心,泥土的脊骨:中国艺术中的石头》(*Kernels of Energy, Bones of Earth: The Rock in Chinese Art*,105—109页)和《中国石头和艺术中的结构和审美标准》("Structure and Aesthetic Criteria in Chinese Rocks and Art")。李渔在《闲情偶记》(4·198)里,对透、瘦、漏作了颇有影响力的解释。李渔说的这三个词,是用来描绘园石的(而非作为绘画对象的石头)。玛吉·克斯维科(Keswick, Maggie)在《中国园林:历史、艺术和建筑》(*The Chinese Garden: History, Art and Architecture*)一书中,对李渔的话用英文作了阐释。另外,还可以参看曹林娣《凝固的诗——苏州园林》,38—39页。第四,这四个词有时也用来评价其他类似于太湖石的石头,如屈大均就用这四个词来形容小英石(《广东新语》,177页)。但是,一般来说,在描绘审美性的石头时,人们还是认为这四个词抓住了上品太湖石的特征(见陈植《园冶注释》,199页)。

② 该语出自《文与可画赞》。《苏轼文集》,21·614。

③ 郑燮,《郑板桥全集》,71页。

的石头往往被描绘为"异"、"奇"和"怪"①。但是,我们应该记住的是,9世纪的石头癖好者是不会做这种区分的。他们会用"丑"和"怪"来同时形容"巴洛克"风格和"原始主义"风格的石头②。

白居易的诗不但把"丑"和"怪"美化了,还提出了这样一个观点:欣赏石头"丑"和"怪"的能力,乃是极少数人的天赋。这种天生的审美能力很容易转换成道德上的鉴别力,因为在"陋劣"中能现出"至好"的人,既可以把自己塑造成怀才不遇之人,也可以对怀才不遇之人深表同情。

具有欣赏能力的石头癖好者,还能够调和一种矛盾,这就是石头虽然外表奇异,却明显地缺乏实用性。这一点我们可以在白居易另一首关于太湖石的诗歌里看到:

> 天姿信为异,时用非所在。
> 磨刀不如砺,捣帛不如砧。
> 何乃主人意,重之如万金?
> 岂伊造物者,独能知我心。③

在《双石》一诗中,能够在庸俗世界认为没有价值的东西身上发现价值,乃是白居易引以为豪的事情。而在此诗中,白居易则声称,尽管石头缺乏实用价值,他仍旧是重之如万金。只有心胸超迈,才能够欣赏无用之物,这种情怀只能为"造物者"所知。

能够对无用之物加以肯定,这标志着石头癖好者超脱的审美情趣,

---

① 薛爱华(Schafer, Edward H.)《杜绾的灵璧石目录:注释与概要》(*Tu Wan's Stone Catalogue of Cloudy Forest: A Commentary and Synopsis*),9页。
② 薛爱华《杜绾的灵璧石目录:注释与概要》,27—28页)又把杜绾书里的石头分为另外两大类:审美的石头和实用的石头。审美类石头又进一步分为六类,其中包括"现实风格的石头(这些石头像自然界真实的山、神灵、动物等;或者像玛瑙石上的树状花纹之类;或者像化石)和想象风格的石头(包括那些奇形怪状、千疮百孔的石头,这些石头并不像任何真山,但却能勾起人对道家仙洞的想象)"。不论是现实风格还是想象风格,都在太湖石上得到了充分的体现。在9世纪及其以后的诗歌里,太湖石不断地被描绘成"丑"和"怪"。
③《太湖石》,《白居易集笺校》,22·1498。

也标志着一种态度,这是一种从实用世界到自由的精神世界的转退。在这个精神世界里,个体可以建立一个独特的价值体系,自成一统。随着9世纪的推移,审美意义上的丑、怪和无所实用被搭配在了一起,从而把无用的太湖石和其他有实际用途的石头分出高低。这种搭配形成了一种诗歌公式。陆龟蒙繁复排比的《太湖石》一诗很能说明问题:

> 他山岂无石,厥状皆可荐。
> 端然遇良工,坐使天质变。
> 或栽基栋宇,磥砢成广殿。
> 或剖出温瑜,精光具华琔。
> 或将破仇敌,百磓资苦战。
> 或用镜功名,万古如会面。
> 今之洞庭者,一以非此选。
> 槎牙真不才,反作天下彦。
> 所奇者嵌崆,所尚者葱蒨。
> 旁穿参洞穴,内窍均环钏。
> 刻削九琳窗①,玲珑五明扇②。
> 新雕碧霞段,旋破秋天片。
> 无力置池塘,临风只流眄。

(《全唐诗》,618・7124)

扬"怪"而抑"时用"成了一种美学上的常规,"天下"之人对此都奉为金科玉律。如此一来,对太湖石的欣赏就不再是少数独具慧眼的石头癖好者的

---

① 在道教的圣殿中,有"九琳之堂"。见《太平御览》(677・8b)所引的《洞景金经》。"九琳窗"显然是为了唤起我们对"九琳之堂"这座神奇宫殿的想象。
② "五明扇"有多重意蕴。在道教传说中,它是道家九重天中最高天之神霄殿上的一种礼仪用扇。可参见陆游的《老学庵笔记》(9・115)。

精神专利了①。陆龟蒙在进行自我表现时,已不能再简单地对石头缺乏实际用途加以肯定。毫无疑问,他确实为"槎牙"之石所吸引。然而,我们同时也不禁要怀疑,他实际上是在暗暗地嘲笑当时的风尚。陆龟蒙不能像白居易那样把石头带回到自己的园子里去,而只能满足于临风流眄。在陆龟蒙的自我刻画中,他之所以与众不同,不是因为他能够欣赏无用之物,而是因为在世人都痴迷于怪石的时候,他能够不合流俗。

第四节 牛僧孺的石癖

838年,苏州太守李道枢以一些太湖石为礼物,送给洛阳的牛僧孺。怪石的到来立刻使得牛僧孺狂喜万分。他写了一首四十行的长诗来纪念这件事情。这就是《李苏州遗太湖石奇状绝伦因题二十韵奉呈梦得乐天》。诗歌的前二十句描绘石头的"奇状",这是一个绝好的例子,足以说明石头癖好者对"怪"的痴迷:

> 胚浑何时结,嵌空此日成。
> 掀蹲龙虎斗,挟怪鬼神惊。
> 带雨新水静,轻敲碎玉鸣。
> 才叉锋刃簇,缕络钓丝萦。
> 近水摇奇冷,依松助澹清。
> 通身鳞甲隐,透穴洞天明。
> 丑凸隆胡准,沉凹刻兕觥。
> 雷风疑欲变,阴黑讶将行。
> 嚛瘁微寒早,轮囷数片横。
> 地只愁垫压,鳌足困支撑。

---

① 在《开元寺》(《全唐诗》,482·5484)的小序里,李绅(卒于846年)说,当他于832年重访该寺时,寺庙里原有的多数太湖石已经没了(被石头爱好者们搬走了)。赵嘏(806?—852?)的《宿灵岩寺》(《全唐诗》,549·6346)里也提到了被摆置在寺庙里的太湖石。

(《全唐诗》,466·5291)

牛僧孺的描写代表了一种倾向,那就是不厌其烦地堆积意象,直到把所有的比喻似乎都用尽了为止①。但是,这首诗的主要意象却十分常见。把石头比喻为令人生畏的野兽和武器、提到石头的孔洞、用"怪"来归纳石头的特性——所有的这一切早在白居易的《双石》诗里已经是十分显眼了。

牛僧孺和白居易的不同之处在于他们各自与石头的关系。白居易诗中的双石虽然令人生畏,但却从未能压倒或者镇住发现它们的白居易。白居易本人始终占据了主导的地位。这一对太湖石从"洞庭口"的故居被搬运进城,安置到私家园林的空间里以后,其外表得到了加工,并被称为园主晚年的精神伴侣。与此同时,石不能语,只能唯主人之命是从。牛僧孺对石头的态度就大不相同了:

> 池塘初展见,金玉自凡轻。
> 侧眩魂犹悚,周观意渐平。
> 似逢三益友②,如对十年兄。

(《全唐诗》,466·5291—92)

牛僧孺对石头简直是五体投地,与其说是他占有了石头,还不如说他是石魂附体。白居易可以发号施令,让两块俯首听命的石头陪伴他安度晚年。牛僧孺在"三益友"和"十年兄"的面前则是诚恐诚惶,哪里还敢颐指气使。

白居易和牛僧孺之间还有别的不同,我们在此也可以顺带提一提。石头对白居易来说,首先是一个意外的发现,后来才变为纪念品(也就是在他把双石从苏州带回洛阳的园子之后)。双石虽然号称是"结从

---

① 另一首用巴洛克风格描绘太湖石的晚唐诗,是吴融(卒于903年)的《太湖石歌》(《全唐诗》,687·7898)。
② 孔子说,益者三友:友直,友谅,友多闻(《论语》,16·4)。

胚浑始",但它没有被人欣赏的历史。在这一对"怪丑"之石变为审美对象的过程中,白居易既是始作俑者,又是推波助澜者。与此不同的是,牛僧孺的石头从一开始就纠缠于人际关系网中。后面我会详细地谈到,送礼,尤其是下级送给上级的礼,往往难避贿赂之嫌。这种送礼之所以让人产生反感,还有一个原因就是长途运送石头难免会导致滥用民力。

牛僧孺对他的太湖石故作姿态,有点像在演戏。但是他的这场戏,局限在他的私家园林空间之内。在这个空间里,公共场合上的行为准则可以暂时置之度外。他对太湖石的五体投地,会被情趣相投的友人所欣赏:

> 念此园林宝,还须别识精。
> 诗仙有刘白,为汝数逢迎。
> (《全唐诗》,466·5292)

牛僧孺邀请刘禹锡和白居易赋诗同贺,从而也就把自己的太湖石展现在同道者的小圈子里。这种对他人开放的行为,其保障是一种共同的审美和精神价值体系。与此同时,牛僧孺的开放行为也保证了这种价值体系能够持之以久。因为牛僧孺的鉴赏同伴"别识精",所以他深信他们能够理解,为什么他对石头的态度貌似乖张。在这个小圈子里,石癖者们意气相投。对外人的惊诧莫名,可以全然不顾。

第五节 从辩解到讽刺

然而,当石癖者不得不对大量的观众发表演说的时候,他们的自信心就不再是那么坚如磐石了。白居易的《太湖石记》就是一篇辩解性的文字范例。这篇文章值得大段地摘引,因为从中我们可以很清楚地看到,9世纪前几十年里的石头癖好者们隐隐约约地感到问心有愧了。而且我们还能够体会这些石头癖好者们替自己的痴迷作辩护时所采用的一些

策略。这篇文章先以历史上的例子开头,这是一种惯常的说服手段①:

> 古之达人,皆有所嗜。玄晏先生嗜书,嵇中散嗜琴,靖节先生嗜酒②。今丞相奇章公嗜石。石无文无声,无臭无味,与三物不同,而公嗜之何也?众皆怪之,我独知之。昔故友李生名约有云:苟适吾意,其用则多。诚哉是言,适意而已,公之所嗜可知之矣!
>
> (《白居易集笺校·外集》,3·3936)

我们已经看到,在《山中独吟》一诗中,白居易提出了"人个有一癖"的说法。在这里,他又进一步强调对特别之物的喜好是智者的特征。借此,白居易有意地抨击人们通常对于"达"的理解,即把"达"看做是对喜好或痴迷于外物的超越。通过这样的一番宏论,白居易把"嗜"这个问题本身置之高阁,转而致力于替牛僧孺的嗜石辩护。他把牛僧孺的嗜石和古之君子的嗜书、嗜琴和嗜酒相提并论。

白居易接下去论证,嗜的对象没有嗜的原因那么重要。话说到此,白居易的口气就没有那么理直气壮了,他只能征引一个鲜为人知的同代人所说的话为依据。白居易之所以不再那么理直气壮,是因为他本人已经意识到,嗜好的对象其实是非同小可的问题。牛僧孺与白居易所称举的前人有一个关键性的区别,那就是牛僧孺的嗜好涉及收藏。白居易行文之中流露出的焦虑,大都是针对这个收藏的过程而发③。

---

① 孔传在《云林石谱》的序言中(此序作于1133年)采用了同样的策略,他也提到一连串有名的爱好特殊物品的历史人物。他对石头的喜好和他最有名的祖先(孔子)的话("仁者乐山")联系在一起。关于孔传这篇文章的翻译和相关讨论,请见约翰·海(Hay, John A.)《能量的核心,泥土的脊骨:中国艺术中的石头》(*Kernels of Energy, Bones of Earth: The Rock in Chinese Art*),38—39页。
② "玄晏"是皇甫谧(215—282)的名号。"嵇中散"是指嵇康。"靖节"是陶潜的号。
③ 蔡九迪(Zeitlin, Judith)曾经指出,在中国的传统里,"艺术鉴赏和收藏都与痴迷相伴而行,这是到了9世纪才开始的"(《石化的心:中国文学、艺术和医学中的恋物》"The Petrified Heart: Obsession in Chinese Literature, Art, and Medicine",第4页)。蔡九迪把张彦远《历代名画记》中的一些段落作为9世纪收藏者们的辩解。李惠仪(Li, Wai-yee)在《收藏、鉴赏与敏感的晚明时期》("The Collector, the Connoisseur, and Late-Ming Sensibility")一文中也是这么做的(269—271页)。

力图"适意"可以是追求个人爱好的高尚理由。但是,牛僧孺的爱好却引起了一系列的后果。从原生自然环境中采收大块的太湖石实非易事。用杜绾的话来说,是"颇艰辛"。另外,把这些笨重的石头从原产地运往遥远的诸如洛阳之类的北方城市,则更加艰巨①。白居易对此是有亲身体会的。这种个人嗜好和公共伦理道德之间的矛盾,即便是在牛僧孺兴高采烈地庆贺新得来的石头的诗篇里也能找到:

> 珍重姑苏守,相怜懒慢情。
> 为探湖里物,不怕浪中鲸。
> 利涉余千里②,山河仅百程。

(《全唐诗》,466·5291)

要满足牛僧孺的"懒慢情",就得动用大量的劳力从太湖湖底把石头捞上来,再长途运送到洛阳("余千里")。这种矛盾所呈现出来的强烈的讽刺意味,也是牛僧孺始料未及的。白居易和刘禹锡在各自的和诗里也提到了运送石头的过程,尽管他们的措辞都很委婉③。

白居易充分意识到,在收集石头的过程中必然造成人力的滥用,人们对此会不以为然。于是他先发制人,把牛僧孺刻画成一个在其他方面乃是两袖清风的高尚隐士:

> 公以司徒保厘河洛,治家无珍产,奉身无长物④,惟东城置一
> 第,南郭营一墅,精葺宫宇,慎择宾客。道不苟合,居常寡徒,游息

---

① 正如我们在《莲石》(《白居易集笺校》,24·1671)中所看到的那样,在苏州的时候,白居易就把太湖石送往自己在洛阳的宅院了。
② 我把"利"读作"力"。
③ 见白居易的《奉和思黯相公以李苏州所寄太湖石奇状绝伦因题二十韵见示兼呈梦得》(《白居易集笺校》,34·2349),刘禹锡的《和牛相公题姑苏所寄李苏州兼寄李苏州》(《全唐诗》,363·4099)。对刘禹锡诗歌中讽刺意味的解读,可见卞孝萱和卞敏所著的《刘禹锡评传》,111页。
④ 白居易的《无长物》(《白居易集笺校》,33·2263—2264)一诗,也表达了只有身无长物才有可能有闲暇的"闲"的思想。

之时,与石为伍。石有族聚,太湖为甲,罗浮、天竺之徒次焉。今公之所嗜者,甲也。

(《白居易集笺校·外集》,3·3936—37)

石癖如果只是私人在隐居空间里的一种爱好本无甚害处。牛僧孺对石头的钟爱,在道德上可以让人接受,乃是因为他对别的世俗之物都不感兴趣。然而,白居易文中提到了牛僧孺的各种官衔,这就不可避免地使我们想起,作为一个权倾朝野的高官,他的政治地位非同一般。藏石、赏石看上去是一种雅致,结果却有可能遭受物议。牛僧孺的个人爱好具有公共层面的意义,这一点,白居易叙述牛僧孺聚石过程时虽然可以有意地轻描淡写,但却不可能熟视无睹:

先是,公之僚吏多镇守江湖,知公之心惟石是好,乃钩深致远,献瑰纳奇,四五年间,累累而至①,公于此物,独不廉让。东第南墅,列而置之。

(《白居易集笺校·外集》,3·3937)

在这一段文字里,白居易对牛僧孺的下属逢迎上司暗含微词。另外,牛僧孺接纳作为礼物的奇石,就可能损伤他的"廉"。不难想象,"江湖"一带一定是被折腾得民不聊生了。有迹象表明,太湖石在9世纪前几十年走红以后,很快就成为一种价值不菲的商品②。但是,牛僧孺对昂贵珍石的收藏却可以一文不费,高官显赫就是他的资本。下属送礼,表面看上去清白无害,实际却潜藏着逢迎讨好的动机,甚至可能

---

① 白居易提到的这段时间,大概是从李道枢给牛僧孺送太湖石的838年开始,到写作这篇文章的843年。
② 见姚合的《买太湖石》(《全唐诗》,499·5676)。提到太湖石是可以买卖商品的作品,还可见于无可(大约于9世纪初健在)的《题崔驸马林亭》(《全唐诗》,814·9164)和黄滔(约生于840年)的《陈侍御新居》(《全唐诗》,704·8100)。

是明目张胆的贿赂①。一方面要随己所好,一方面又要廉洁奉公,这二者之间有潜在的冲突。作为一个赏石家,白居易本人对此是深有体会的。我们可以看看他在824年杭州三年任满之后把两块石头带回家的反应:

> 三年为刺史,饮水复食蘖②。
> 唯向天竺山,取得两片石。
> 此抵有千金,无乃伤清白③。

白居易在这里对自我的描写和他对牛僧孺的刻画极其相似。白居易在提到牛僧孺和自己收藏石头的时候,同时也提到了他们除了藏石,身无外物。然而这并不一定能完全替他们的藏石行为开脱。石头收藏家显然感觉到,藏石活动有可能玷污自己的清廉。同时,我们可以看出,同是石头爱好者的白居易和牛僧孺还是有着重要不同的。白居易的收藏是以取样为主,他常常强调自己所得为数不多——通常是一两片而已。牛僧孺则是有石必收,志在必得④。

白居易似乎意识到站在鲜明的道德立场为牛僧孺辩护终将走进一条死胡同,于是他转道进入了形而上的领域。他把牛僧孺收藏的太湖石描绘成一个既可畏又优雅的小宇宙。白居易随后而发的议论,不妨称之为石头的目的论:

> 尝与公逼观熟察,相顾而言,岂造物者有意于其间乎?将胚浑凝结偶然而成功乎?然而自一成不变以来,不知几千万年,或委海隅,或沦

---

① 白居易没有提到另一个可能有损牛僧孺廉正形象的事实是,牛僧孺的石头很多是他在淮南任职期间收集来的(参见《旧唐书》,172·4472)。白居易为什么对此避而不谈,要琢磨起来原因是耐人寻味的。牛僧孺在淮南的所作所为和白居易在苏州及杭州的所作所为不无相似之处。
② "饮水食蘖"(或作"饮水食檗")是表示自己克己奉公的意思。
③ 《三年为刺史》之二,《白居易集笺校》,8·447。
④ 当然,有石必收的另一面是牛僧孺对太湖石的情有独钟,其他品种的奇石被排除在外。

湖底,高者仅数仞,重者殆千钧,一旦不鞭而来,无胫而至①,争奇骋怪,为公眼中之物。公又待之如宾友,视之如贤哲,重之如宝玉,爱之如儿孙。不知精意有所召耶?将尤物有所归耶?孰不为而来耶?必有以也。

(《白居易集笺校·外集》,3·3937)

在9世纪,有关奇形怪状的石头的目的论说法是比较常见的②。在这一段文字里,白居易说造物者造石用心良苦,这就使牛僧孺的石癖具有了一些形而上的意味。牛僧孺的石癖也就不再仅仅是白居易前文所说的"适意"而已了。但是,如果我们更为仔细地考察一下就会发现,这种所谓天意难测的议论,听上去令人生畏,其实不过是一种空洞的高谈阔论而已。对于太湖石的起源、变形及移位,白居易说了一番故弄玄虚的话。至于这么多石头为什么会聚在牛僧孺的园子里,白居易除了说"必有以也"之外,也就不了了之了。更有甚者,白居易形容牛僧孺的石头如此轻巧地"不鞭而来,无胫而至",听上去简直是冷嘲热讽。白居易在上文已经说得很清楚,把这些太湖石运送到牛僧孺的园林里来,不仅劳民伤财,而且事关风化。

接下来,白居易的文章谈到了牛僧孺的石头分类。这个分类令我们想起中国古代的九品官制。石头的级别象征着社会政治的体系:"石有大小,其数四等,以甲乙丙丁品之,每品有上中下,各刻于石阴,曰:牛氏石甲之上,丙之中,乙之下"(《白居易集笺校·外集》,3·3937)。牛僧孺自己在《李苏州遗太湖石奇状绝伦因题二十韵奉呈梦得乐天》一诗中就曾直言不讳地把品石和品人两相比较(《全唐诗》,66·5292):

---

① 这里涉及到两个典故。第一个出自秦始皇(公元前221年—前210年在位)的相关传说。据说秦始皇为了看日出,建了一座跨海的石桥。帮秦始皇建桥的方士能把石头赶到海里去。如果石头走得不够快的话,这个方士就用鞭子赶石头,竟能把石头鞭打出血痕来。于是,石头变成了红色(《艺文类聚》,79·1347,录自《三齐略记》)。第二个典故出自孔融(153—208)《论盛孝章书》(《文选》,41·1874—1875)中的一段文字:"珠玉无胫而自至者,以人好之也,况贤者之有足乎?"
② 其中最有名的例子可能是柳宗元的《小石山城记》(《全唐文》,581·2601)了。

> 媿人当绮皓,视秩即公卿。

此处的情形就像李惠仪(Wai-yee Li)论晚明的收藏和鉴赏活动时所说的那样:"文人们在建造自己的小一统的世界时,对玩赏品进行分类和排位,其目的是提取审美的(或者说是被美化了的)玩赏品的精华"①。

在文章的最后,白居易重申他的目的是为了让那些人所不知的事物为人所知。牛僧孺已经把那些四处分散或隐藏的石头展现在世人面前了。同样,白居易也要让世人明白,牛僧孺何以嗜石。白居易把牛僧孺的审美追求说成是在道德上和精神上都意义重大,这样他不但替好友的嗜石加以肯定,而且还对自己的"好"石作了辩解:

> 噫!是石也,百千载后,散在天壤之内,转徙隐见,谁复知之?欲使将来与我同好者,睹斯石,览斯文,知公之嗜石之自。会昌三年五月癸丑日记(843年6月26日)。
>
> (《白居易集笺校·外集》,3·3937)

全文结尾时,白居易并没有找出更好的方法来替石癖辩护,只是老生常谈地把赏石与发现、提拔被埋没人才的能力相提并论。白居易在歌咏李道枢送给牛僧孺的太湖石时,曾经这样写道:

> 在世为尤物②,如人负逸才。
>
> (《白居易集笺校》,34·2349)

---

① 李惠仪(Li, Wai-yee),《收藏、鉴赏与敏感的晚明时期》("The Collector, the Connoisseur, and Late-Ming Sensibility"),277页。一个对石头进行等级排列的最臭名昭著的例子,是宋徽宗赐封一块巨大的太湖石为"磐固侯"。为了把这块石头搬回皇宫,动用了一千民工(见方勺三卷本的《泊宅编》,3·82)。在《铁围山丛谈》(6·116)里,蔡绦提到了一块巨大的太湖石,它有一个气势非凡的名字——神运昭功石。也见于《宋史》(470·13685)。

② 和白居易《太湖石记》中的情形一样,此处的"尤物"隐含讽刺意味,虽然作者本人并无意讽刺。在《左传》里,"尤物"指的是能够让人魂不守舍的美女:"夫有尤物,足以移人,苟非德义,则必有祸"(《春秋左传正义》,昭公二十八年,2118b页)。与白居易同时的元稹在《莺莺传》里(见汪辟疆编,《唐人小说》,167页)里也使用了"尤物"这个词,这是一个很有名的例子。同时,"尤物"一词越来越频繁地被用来指那些让人痴迷的物品。在这种情况下,作者常常会暗示,美丽的东西永远是危险的。

这种石品与人品之间的类比,由于石头爱好者们不停地絮叨,听上去已经令人生厌了。

在讨论袁宏道(1568—1610)对一个花痴的刻画时,蔡九迪(Judith Zeitlin)归纳了痴癖的几个一般性原则。这些归纳也可以用在牛僧孺对石头的癖好上:"首先,痴癖描述的是对一种物品或一种行为的偏执,而不是对某个人的偏执。痴癖与收藏和鉴赏的联系尤为紧密。第二,痴癖总是很偏激,抓住一点而不及其余。第三,痴癖乃是一种有意的与众不同、故作狂诞的姿态"[1]。在晚明的文化环境里,痴癖受到标举,被说成是"始终不渝的执著和与世不容的真正的洁身自好的理想"[2]。9世纪的石癖者说起话来却没有那么理直气壮。即使是在对怪石最热情的颂扬之中,也能让人隐隐约约地感到作者有那么一点心虚,白居易关于牛僧孺藏石的文章就是其中一例。

但是,对于这种心虚之感,9世纪前几十年里的石癖者们倒也能加以淡化。他们有时把石头的物理特征转换为道德品质的象征,有时又故弄玄虚,对造物主为何要赋石头予奇形怪状这一问题妄加猜测。对石癖大张旗鼓地抨击,我们要等到9世纪的后五十年里才能看到,皮日休(834?—883?)《太湖石出鼋头山》就是一例:

> 兹山有石岸,抵浪如受屠。
> 雪阵千万战,藓岩高下刳。
> 乃是天诡怪,信非人功夫。
> 白丁一云取,难甚网珊瑚。
> 厥状复若何,鬼工不可图。
> 或拳若虺蜴,或蹲如虎貙。
> 连络若钩锁,重叠如萼跗。

---

[1] 蔡九迪(Zeitlin, Judith),《石化的心:中国文学、艺术和医学中的恋物》("The Petrified Heart: Obsession in Chinese Literature, Art, and Medicine"),4页。
[2] 同上书,3—4页。

或若巨人骼,或如太帝符。

胮肛筼筜笋,格磔琅玕株。

断处露海眼,移来和沙须。

求之烦耄倪,载之劳舳舻。

通侯一以眄,贵却骊龙珠①。

厚赐以瞵盻,远去穷京都。

五侯土山下,要尔添岩崿。

赏玩若称意,爵禄行斯须。

苟有王佐士,崛起于太湖。

试问欲西笑,得如兹石无。

(《全唐诗》,610·7041—42)

皮日休在巡查太湖地区期间或在此后不久,写了二十首组诗,本诗是其中的一首。上层社会对太湖石的狂热给普通百姓("耄倪")带来了沉重的苦难,本诗就为我们提供了一个前所未见的现场报告②。诗中有关"怪"与"丑"的意象是令人熟悉的,但在此处,这些意象所出现的背景乃是诗人对滥用人力及暴殄天物的批判③。

像白居易的《双石》诗一样,皮日休诗歌里的太湖石不是一个静态的物体,而是处于运动的过程之中。然而此中也有本质的区别。在白居易那里,这个过程是在私家园林里终结的。在私家园林里,石头变成了文雅之士的鉴赏品。而在皮日休的这首诗里,这一运石过程则与晚唐社会的天下大乱联系在了一起。

把石头运到长安权贵的园林里,与把石头集中送往牛僧孺洛阳的园

---

① 据说,最珍贵的宝珠在九重之渊,骊龙颔下。见《庄子集释·列御寇》,1061 页。
② 李贺的《杨生青花紫石砚歌》(《全唐诗》,392·4420—4421)也提到了采石场。但是,在李贺的诗中,采石的工作场景只存在于诗人的想象当中。李贺只是按照咏物传统(尤其是赋的形式)来描摹手工艺品的原产地以及这些产品的生产过程。
③ 后来,鼋山的石头被派上了别的用场。对它们的需求量是如此之高,久而久之,鼋山看上去就"如剥皮矣"(范成大《吴郡志》,15·138)。

林有着相似的过程。这其中的动力是对所谓"适意"(白居易的文章里称"适意",皮日休在诗歌里叫"称意")一门心思的追求。在白居易的文章里,追求"适意"是对牛僧孺嗜石的一种开脱。而皮日休生活的时代,唐帝国由于四处的叛乱而千孔百疮,对太湖石大加收藏是一种挥霍和显富的行为,和安邦治国的需要乃是水火不容。对此,皮日休一定是有切肤之痛。他在讽刺长安贵族们堕落寻欢时,给我们敲响了一个古老的警钟:"玩物丧志"①。

在诗歌的结尾,皮日休一反俗套,他没有把赏石和赏才加以类比。恰恰相反,狂热的太湖石收藏热反映的是对"王佐士"的冷落,而只有这些"王佐士"才有可能拯救濒临崩溃的大唐帝国。

第六节 北宋哲理性的批判

9世纪的诗歌对太湖石既有颂扬又有批判,这为北宋诗歌提供了两种基本模式。当然,在具体的作品中,可能会二者兼有。有很多诗歌作品(特别是短篇的)在描写太湖石时并没有反映出什么道德上的焦虑。比如,苏颂(1020—1101)的《省中早出舆同僚过谭文思西轩咏太湖石》就是通过俗套,把怪石的外观与油然而生的隐居心情联系在一起,以期达到情景交融的效果:

> 洞庭山连震泽水,怪石巉岩出波底。
> 谁言行远莫致之,好事经营俄至此。
> 爱君小轩才亥丈,满地新芳杂红紫。
> 偶来凭槛见奇峰,便有江湖秋思起。
> (《全宋诗》,521·6327)

第二联中写到的石头是由太湖长途运送到都城的。但是,这里并没有表

---

① 《尚书正义·金縢》,195a 页。

露出什么道德意义。恰恰相反,私人领域正是由这种"好事"之情构成的。在这个私人领域里,忙忙碌碌的官僚可以异想天开地置身于"江湖"之上。

韩琦(1008—1075)在《双石》一诗中,欲说又止,终究还是忍住了,没有做明显的说教:

> 双石唐余物,来兹孰记年。
> 嵌空危砌下,怪丑好花前。
> 名氏坳犹刻,藤萝穴任穿。
> 最宜秋后看,班驳藓痕圆。
>
> (《全宋诗》,328·4057)

和他们的中唐前辈不同,北宋诗人不再把石头仅仅看成是自然界中的原生之物。他们更倾向把无生命的石头当做人文历史来解读。韩琦这首诗的题目可能受到白居易《双石》的影响。韩琦面对的是名氏犹存的"唐余物"[①]。在这里,我们可能会指望他遵循咏物诗的惯例,在诗的最后一句作一番道德或历史的反思。但是韩琦把自己局限在"丑"和"怪"的审美框架里,在诗的结尾处把镜头对准石头上的一个微小细节。

甚至当一个石头癖好者把自己的痴癖诊断成一种"病"时,他依旧可以轻松地自我调侃,丝毫没有当真的自我怀疑迹象。胡宿(995—1067)的《太湖石》便是一例:

> 海岱铅松妄得石[②],洞庭山脚失寒琼。
> 漱成一朵孤云势,费尽千年白浪声。

[①] 邵伯温写12世纪洛阳的园林石头时说:"今洛阳公卿园囿中石,刻奇章者,僧孺故物;刻平泉者,德裕故物。相半也"(《邵氏闻见后录》,212页)。
[②] 这些都曾经是青州进贡给大禹的贡品,产于海和泰山(岱)之间的区域(见《尚书正义·禹贡》,148a页)。

> 谁向机边逢织女，直疑岩下见初平①。
> 年来赏物多成病，日绕苍苔几遍行。
>
> (《全宋诗》,182·2102)

在诗人描写审美性的石头时，处于诗歌表现一端的是城市私家园林的寂静环境，另一端则是采石的喧闹和杂乱。韦骧(1033—1105)的《观劈石》描写的就是第二种场面：

> 蓝舆远冒西山色，宛转羊肠踏寒碧。
> 岩崖深处屡腾声，何事晴云多霹雳。
> 寻声迤俪过枯林，始见群工劈山石。
> 斧斤锋刃奚足云，铁楔纵横乃为刀。
> 随文察理以段致，大或寻长小盈尺。
> 心冥手应出自然，不啻庖丁操驦骔②。
> 问其勤苦将胡为，驱车运致希酬直。
> 牛山濯濯罹采伐，萌蘖悄如无夜息。
> 此山遭值甚牛山，攻击何年可终极。
> 石顽人智其奈何，智巧反为天地贼。
>
> (《全宋诗》,727·8414)

诗歌的题目已经表明，这首诗并不是描写作为个人欣赏之物的石头，而是要再现石头的社会生产过程。因此，石头的外观不再是诗人表现的内容。诗歌的背景从私家园林转移到商品生产的社会性领域之中。这样一来，石头鉴赏者退居后台，占据舞台中心的是那些石匠。石工的艰苦原本值得同情，他们的手艺也值得钦佩。可是此处提到了他们的动

---

① 15世纪的时候，牧羊人黄(亦作"皇")初平遇见了一个道士。道士把他带到了金华山的石室里。几年后，黄初平学会了道士的法术，能够把白色的石头变为白羊。见葛洪《神仙传》2·9—10。

② 庖丁掌握了解牛之道后，用同一把刀宰杀了上千头牛，而刀刃如新发于硎(见《庄子集释·养生主》,117—119 页)。

机是为了赚钱,我们对他们的同情和钦佩因此也就大打折扣了。更具讽刺意味的是,那些石工在山中采石时,虽然是顺其自然纹理断石,结果却给自然造成了极大的损害,成了"天地贼"。

"牛山"的典故出自《孟子》。本来繁茂的树木"萌蘖悄如无夜息",但不断地砍伐和过度的放牧,最后使得牛山变得贫瘠荒芜。这个故事的寓意是,哪怕是坏人,他们原本也是性善的(就像牛山曾经是郁郁葱葱一样)①。韦骧抛开了原典本身的寓意,他对牛山遭遇的解释,和现今生态环保主义的某些说法不无相似之处②。他把全部的同情都给了牛山。在审美狂热驱使之下的商业市场狂潮之下,牛山只受其害不得其利。

韦骧还有一首更短小的诗,题为《烂石》。此诗描写了产石过程中人与自然之间的利益冲突,和《观劈石》所描写的情况别无二致:

嵌岩烂石耸溪湾,峻削陶人手不闲。
落在深郊犹及此,斧斤何必叹牛山。
(《全宋诗》,732·8578)

韦骧和皮日休一样,目击了石头作为商品的生产过程。然而,皮日休的报道从太湖的石矿开始,到长安私家园林为止。他的主要讽刺目标是晚唐时期统治阶层的道德堕落。相比之下,韦骧的诗歌几乎完全聚焦于劳作地点。他最关心的不是道德问题,而是人与自然之关系这样一个哲学性的问题。

韦骧的诗代表了北宋诗歌对石癖进行哲理性批评的一条脉络。但是,更有代表性的还是那些讽刺人类收藏欲的作品。或许没有人比苏轼更

---

① 《孟子》,11·8。
② 在最近一本有关生态学和儒家传统的文集中,有两篇文章注意到了牛山的故事。见艾文贺(Ivanhoe, Philip J)《早期儒家的伦理学》("Early Confucianism and Environmental Ethics")68页,及白诗朗(Berthrong, John)《现代新儒家的生态观》("Motifs for a New Confucian Ecological Vision")257页。

强烈地表达这方面的主题。1093年,苏轼在短期任职定州的时候,得到了一块纹路看起来像雪浪的石头。他把它命名为"雪浪石",并以此为题写了两首诗。在第一首诗里,他写到这块石头如何使他想起家乡的自然风貌,这块石头又是如何缓解他挥之不去的思乡之情。第二首诗歌的第一部分接着表达他获得这块石头的喜悦。诗歌的第二部分却笔锋一转,旨趣迥异:

> 履道凿池虽可致①,玉川卷地若为收②。
> 洛阳泉石今谁主?莫学痴人李与牛。
> (《苏轼诗集》,37·1999—2000)

显然,苏轼对这块石头的喜爱夹杂着一丝不安。他想到了唐朝那些声名狼藉的石头癖好者。苏轼把李德裕和牛僧孺说成是"痴人",同时也就给自己提出了几分警诫,不要过分痴情于石头。这种警诫是建立在苏轼本人的一个哲学基本信仰之上的。这种哲学认为,身与物之间保持适当的距离,乃是至关重要的事情。尽管如此,苏轼本人在从事收藏活动时,并没有按照他自己说得头头是道的那些观点去做。关于这一点,我们在下文将会有更加详细的说明。

苏轼诗歌中的哲理性含义,往往或直接或间接地与道德批判纠结在一起。他描写刘敞(1019—1068)石头藏品的诗歌《次韵刘京兆石林亭之作,石本唐苑中物,散流民间,刘购得之》便是一例:

> 都城日荒废,往事不可还。

---

① 这里指的是白居易在洛阳的园林。
② 这里涉及到卢仝《萧宅二三子赠答诗二十首》中的《客谢井》(《全唐诗》,387·4375)一诗。卢仝号玉川子。在这组诗的小序中(《全唐诗》,387·4373),卢仝交代了写作这组诗的背景。他去扬州旅行的时候,住在萧庆中家里。萧庆中想搬到洛阳去,正想把自己的宅子卖了。在卖房之前,萧庆中因公务离开了扬州。当卢仝即将前往洛阳的时候,他向"二三子"——三四块石、一丛竹、一口井、几株马兰——一一告别。这些"二三子"都想跟从他到洛阳去,唯恐落入陌生主人的手中。它们都向卢仝陈述自己的情况。在回答井的请求时,卢仝说,如果他把井带走的话,"扬州恶百姓"会指责他"卷地皮"的。

> 惟余古苑石,漂散尚人间。
> 公来始购蓄,不惮道里艰。
> 忽从尘埃中,来对冰雪颜。
> 瘦骨拔凛凛,苍根漱潺潺。
> 唐人惟奇章,好石古莫攀。
> 尽令属牛氏,刻凿纷斑斑。
> 嗟此本何常,聚散实循环。
> 人失亦人得,要不出区寰。
> 君看刘李末,不能保河关。
> 况此百株石,鸿毛于泰山。
> 但当对石饮,万事付等闲。
> (《苏轼诗集》,3·97—99)

纪昀(1724—1805)在点评苏轼的《石苍舒醉墨堂》时曾说,那首诗属于"骂题格"①。苏轼的这首诗也可以作如是观。刘敞在《新作石林亭》一诗中,曾经把自己的亭子刻画成处于朝廷和山野之间的中间地段,在此他可以过着吏隐的生活②。苏轼并没有肯定刘敞在道德上的这种自足,而是用牛僧孺的例子来提醒他,对石头的痴迷是一种危险的情感。苏轼在诗中提到"刘李"王朝,其讽刺意味尤为尖锐。刘敞当时在长安任职,而长安正是汉、唐两朝的都城。

苏轼诗歌里的政治讽刺成分,有一个哲学的前提,即身外之物的得与失是互为平衡的。诗中十五句到十八句的典故如下:

> 楚恭王出游,亡弓,左右请求之。王曰:"止！楚人失弓,楚人得

---

① 纪昀《苏文忠公诗记》,见《苏诗资料汇编》1870 页。有关纪昀对苏轼写刘敞的诗歌的评论,建议参考傅君劢(Fuller, Michael A.)的《东坡之路:苏轼诗歌表达的发展》(*The Road to East Slope*:*The Development of Su Shi's Poetic Voice*),124 页。
② 《全宋诗》(470·5701)。在此之前,即亭子刚刚落成之际,刘敞在《石林亭成宴府僚作五言》(《全宋诗》,464·5631)一诗中表达了同样的感情。

之,又何求之?"孔子闻之,曰:"惜乎其不大也,不曰人遗弓,人得之而已,何必楚也?"①

苏轼在无人邀请的情况下,对物品聚散的自然循环过程大发议论,其对象就是作为石头收藏者的刘敞②。他的意思非常明显:人们所积聚的所有东西都是短暂的。对收藏的痴癖——包括收藏石头的痴癖,不仅从理性上讲是愚蠢的,从道德上看也是有害无益的。

苏轼提到了李德裕和牛僧孺。这反映了北宋的一种趋势,就是以唐代的石癖者为例来表达某些道德和哲学上的思考,特别是李德裕,他是最突出的批判对象。在宋人的印象里,李德裕简直是如痴如狂了。李德裕本人的作品更是加深了这种印象。从他的《平泉山居草木记》里可见,他的藏石之富可谓无与伦比。这些珍稀的石头来自远近不同的各个地区,包括日观、震泽、巫岭、罗浮、桂水、岩淌、庐阜、漏泽。李德裕在诗歌里骄傲地宣称,除了他的平泉别墅之外,洛阳任何

---

① 刘向,《说苑》(14·139)。非常有意思的是,几十年后,李清照(约 1081—1149)在《金石录后序》(《李清照集笺注》,177 页)里用了相同的典故。在这篇文章中,她对丈夫沉溺于古代文物收集的感情非常矛盾。李清照在序文里对收藏的批评委婉有力。她直接抨击的目标似乎是欧阳修(1007—1072)和苏轼。有关该文的简要探讨,请见蔡九迪(Zeitlin, Judith)《石化的心:中国文学、艺术和医学中的恋物》("The Petrified Heart: Obsession in Chinese Literature, Art, and Medicine")。李清照原文的全译,可见宇文所安《中国文学作品选:从先秦到 1911 年》(*An Anthology of Chinese Literature: Beginning to 1911*),591—596 页。在《追忆》中,宇文所安还对这篇文章作了细致的解读(80—89 页)。
② 刘敞是一个饱学之士。他到达长安之后,就开始了古董的收藏。见欧阳修的《古敦铭跋》(《全宋文》,17:719·470—471)和蔡绦的《铁围山丛谈》(4·79)。根据蔡绦的说法,北宋收藏文物的风气就是从刘敞发轫的。他后来影响了诸如欧阳修、蔡襄(1012—1067)、苏轼这样有名的文人。显然,对刘敞来说,他所收集的石头在文化遗迹层面的价值不低于其审美层面的价值。宋代伊始,关于稀有文物的实用收藏目录,可见《宋稗类钞·古玩》(32·1a—38a)。关于宋代古玩收藏的简明英文介绍,可见查理·鲁道夫(Rudolph, R.C.)《关于宋代考古的初步探讨》("Preliminary Notes on Sung Archaeology")。有关宋代古文和考古的讨论,可以在屈志仁(Watt, James C.Y)的《考古与自然主义》("Antiquarianism and Naturalism")一书中找到(219—221 页)。这里要强调的是,收藏古代文物的社会风潮始于中唐,尽管北宋时期关于古玩的知识变得更加丰富和细致。相关的讨论可见王毅《中国园林与文化》,575—585 页。对中国古代收藏艺术的简要介绍,可参看张临生(Chang Lin-Sheng)的《故宫博物院:藏的历史》("The National Palace Museum: A History of the Collection")。

别的私家园林里都找不出这样的石头①。我们在上文已经看到,他在警告子孙不得变卖园中一石一木时,表现出了收藏者的一种典型心态,那就是妄想永远占有自己的收藏。在此可以顺带提一下,李德裕在世之时,很多人就已经对他的收藏表示不满了。当时一首述及平泉别业的诗中就有这样一联讽刺性的对句:

> 陇右诸侯供语鸟,日南太守送名花。②

从欧阳修(1007—1072)那辈人开始,李德裕就渐渐成为了动辄受批的对象。一些人像文彦博(1006—1097)那样谴责他没有功成之后退居园林③。更常遭物议的是李德裕的痴癖行为。在《唐李德裕平泉草木记跋》一文中,欧阳修从一个人对外物的喜好程度出发,建立了一套品评人物的标准。处于最上一层的是圣贤,他们"泊然无欲,而福祸不能动,亦利害不能诱"。欧阳修深知各人的材性不同,对那种气度更小的人也做出了一个让步。这一类人只要能够"简其所欲,不溺于所好",也就可以不失其节了。在这个等级的最下层乃是以李德裕为代表的那些不可自拔的人:

> 若德裕者,处富贵招权利,而好奇贪得之心不已。至或疲弊精神于草木,斯其所以败也。其遗戒有云,坏一草一木者非吾子孙。此又近乎愚矣。④
>
> (《全宋文》17:727·657)

---

① 《全唐文》,708·3220—3221。李德裕可能言过其实了,至少他关于震泽(太湖的另一个名字)石的叙述不完全属实。根据傅璇琮《李德裕年谱》(383 页)中的说法,这篇文章写于 840 年,已是白居易把他的太湖石运送到洛阳园林的十多年之后。
② 见《太平广记》405·3271,录自《剧谈录》。
③ 《又读平泉花木记》,《全宋文》,274·3503。
④ 欧阳修对李德裕的批评,与他在《新唐书》中对李德裕政务的肯定形成了对比(178·5327—44)。在《新唐书》的传记中,欧阳修未曾提及李德裕的平泉别墅和李德裕的个人生活。只是在一个地方曾经说到李德裕不好酒、不好乐,也不好女色。

李德裕手持权柄,这一点是北宋时期人们批评他的一个尤为重要的因素。文同的《书平泉草木记后二首》集道德谴责和哲理批判于一体:

其一

卫公当国日,力与天地均。
平泉植草木,取尽四方春。
海岳欲必得,亦能役鬼神。
可笑身未冷,已闻属他人。

其二

公岂不聪明,嗜好乃如此。
若非以私饵,是物安至止。
彼致者何人,定非端洁士。
草木固为尘,丑名终未已。

(《全宋诗》,434·5323)

在第一首诗中,李德裕的收藏之富与他的收藏在"身未冷"之时就已经烟消云散形成了对比。他那"与天地均"的炙手可热的权势变为了泡影,并不能保障他的财产永恒不移。

如果我们把文同第二首诗的第一联和白居易在《太湖石记》中令人宽慰的泛泛之谈对照着读的话,那么此联就尤为尖锐了。白居易曾说,"古之达人皆有所嗜"。他把"嗜"当作一种精神上的财富,而文同则明确地把"私饵"断定为李德裕失败的根本原因。无论是在道义上还是在哲理上,"嗜"都是一种祸害。从哲理的层面讲,"嗜"把一个原本"聪明"之人变得如痴如狂。从道德上看,奢藏聚敛导致了官吏的腐败,而"嗜"正是奢藏聚敛的原因。白居易在诗歌里曾经看似平常地提到"镇守江湖"的僚属们向牛僧孺敬献牛氏最喜欢的太湖石。与此形成对比的是,文同毫不含糊做出了裁决,那些帮助李德裕收藏的人"定非端洁士"①。

第七节　重新评定"丑"、"怪"和"无用"

上文已经说过,在唐代,"丑"和"怪"的审美价值一开始就是与石头没有实用功能联系在一起的。陆龟蒙那首有关太湖石的诗歌表露,在9世纪晚期,以无用来进行自我标榜已经经历了一个粗俗化的过程,并由此失去了不少吸引力。皮日休的诗歌甚至还对"丑"、"怪"之风大加鞭笞,认为这是道德堕落和政治腐败的预兆。

北宋时期,"丑"、"怪"和"无用"之间的关系出现了一种价值的转换。金君卿(1042年进士)的《怪石》就是一个典型的例子。这首诗以一个反诘疑问句开头,而这个疑问的答案是现成的:

> 凡物以怪见憎嫉,尔独何为人采拂。

接下来的十句在渲染石头之怪这一点上可谓是力作:

> 巉顽累叠百千状,人兽鬼魅相仿佛。
> 裸蛮面缚夷吾囚②,日剥风皴子胥骨③。

---

① 是哪些人把这些奇石敬献给李德裕,李德裕的诗歌中有时有所说明。参见李德裕《思平泉树石杂咏十一首》中的《叠石》(《全唐诗》,475·5409),《重忆山居六首》中的《泰山石》和《罗浮石》(分别为《全唐诗》,475·5411和465·5412)。
② "夷吾"是管仲(卒于公元前645年)的字。他被囚禁是因为他所辅佐的公子在争夺齐国王位的竞争中失败了(《史记》,62·2131)。
③ 伍员(字子胥,卒于公元前484年)曾助吴国强大,最后成为夫差(公元前495—473年在位)怀疑的对象。吴王赐予伍员一把剑,让他自杀。自刎之前,伍员要求门人在他的墓上种一棵梓树,将来可以用来做吴王的棺材。他还请求门人一定要挖出他的双眼,悬在吴国的东门上。这样他就能够看到越国的军队攻入吴国、灭亡吴国的场面了。夫差听说了伍子胥的临终遗愿后,怒不可遏,令人把伍子胥的尸体装进"鸱夷"(用皮革做的袋子)里,任其在长江上漂游(《史记》,66·2180)。在这里,金君卿描摹的可能是赵晔在《吴越春秋》(3·106)里描绘伍子胥去世时更为可怕的细节。吴王让人砍下伍子胥的脑袋,然后悬于高楼之上,并诅咒说:"日月炙汝肉,飘风飘汝眼,炙光烧汝骨,鱼鳖食汝肉。汝骨变形灰,有何所见?"

> 比干爱主心见剖①,孙子兼人足先刖②。
> 枯龟灼墨足兆坼,蛰蛇惊春暂蟠屈。
> 古器断烂犹斲雕,老木鳞皴半枯杌。

然而,诗人采用了种种稀奇古怪的意象,到头来却又对石头之怪采取了拒绝的态度。石头之所以在普通的石癖者中很吃香,是因为它外表奇特。而金君卿表明他本人对此石的喜好却与众不同,他能够透过石头奇特的外表,发现其被埋没的用途:③

> 我来不以尔貌取,所爱铿然最坚质。
> 终当锻炼持补天④,安此兀兀为玩物。

(《全宋诗》,400·4917—18)

金君卿这首诗的结构看上去极为常见:由表及里,从描写到思理。石头内在的实用功能与其外在的怪异表象形成一个矛盾,但是,这种矛盾被嵌入了一个不同的结构里。在其他的诗歌里,含义是从外表推出来的,或者说含义是强加于外表之上的。而金君卿诗中的对立正好相反,石头的丑怪非但没有体现出石头的本质,反而掩藏、扭曲了这种本质。就此而言,他提到的四个历史人物多多少少地暗含了反讽的意味。因为他们都是贤良之臣,人们可能会以为这些典故旨在比德。然而这些历史人物和石头的关联,不过是他们的残肢废体而已,这些残肢废体的意象深化了石头的"丑"、"怪"。

---

① 商朝(约公元前17世纪—约公元前11世纪)的最后一个统治者纣王堕落得无可救药。他的许多大臣都离开了朝廷。只有纣王的叔父比干,出于忠诚留了下来,并向纣王多次劝谏。纣王因此恼羞成怒,让人把比干的心挖了出来(《史记》,3·108)。
② 孙膑和庞涓是一同学习兵法的同学。庞涓成为魏惠王(公元前369—前335年在位)的将军之后,暗中把孙膑请到魏国。后来又把孙膑的双脚砍去,并在他的脸上刺上字。这样一来,更有军事才能的孙膑就不可能成为他的竞争对手了(《史记》,65·2162)。
③ 类似的、更早一些的例子可见吴融的《太湖石歌》(《全宋诗》,687·7898)。
④ 太初原始,天下遭难。祸害之一就是天破了一个洞,不断的雨水引起了水灾。女娲熔化五色石来补天(《淮南鸿烈集解》,6·206—207)。女娲的故事是一个常见的诗歌主题。在这些诗歌中,石头被认为是人类才智的象征。

至少在修辞的层面上,对丑怪之石的描写绕了一个三百六十度的圈子。像白居易这样的唐代诗人能够欣赏无用的怪石,所以和世俗狭隘的功利主义不同。金君卿的独特之处则在于他能够透过石头的怪异外表而洞见其潜在的用途。女娲炼石的典故很难说有什么新意。虽然如此,它还是为石头沦为"玩物"的哀叹增添了一些神话色彩。"怪"和"无用"原本是和某些价值观念联系在一起的,金君卿把这些观念给颠倒过来了。但是他的自我形象却和白居易保持着本质的一致。这种塑造自我形象的基本手法依旧是标举自己独具慧眼,洞识俗世看不见的事物之积极品质。不同之处在于,在欣赏什么与否定什么这一问题上,二人正好相反。

北宋诗人好写翻案诗①。否定怪石无用,其动机往往只是为了耸人听闻,以期化腐朽为新奇。比如说,苏轼的《咏怪石》中对石头的用途加以肯定,而对石头之"怪"则加以否定,目的就是通过翻案的手法来猎取新奇。当然,这种新奇谈不上是什么创建。

苏轼的这首诗太长了,我在这里就不逐句引用了。此诗大意是说,苏轼的书房前有一片疏朗的小竹林。竹林里放着一块粗糙险峭的石头。所有看到它的人都欣赏着它的"怪"。然而,苏轼本人却想把这块石头处理掉。因为他发现它毫无用处。此石裂缝太多,不能用来奠房基;质地太干糙,不能用来做砚台;无法用来做箭尾之石;因为无法镌刻,此石也无法用来做碑匾。由于这块石头毫无实际用途,苏轼只能把它视为"长物"②。但是,此石本为灵怪。它来到了苏轼的梦中,并指责苏轼狭隘的实用主义。石精争辩说,具有实用价值的石头根本就不足道,因为这种石头哪里都能找到。而像它这样的石头却非常罕见,故而在经史里备受敬

---

① 见张高评的《宋诗与翻案》。
② 正如白居易《太湖石记》中已经显现出来的那样,石头癖好者们一块挥之不去的心病就是担心自己会迷陷于"长物"。与中国明代收藏文化相关的"长物"概念的演变过程,可以参考柯律格(Clunas, Craig)的《长物:近代中国早期的物质文化和社会地位》(*Superfluous Things: Material Culture and Social Status in Early Modern China*)。

重。接着,博学的石精举了一连串的例子来说明奇石的丰功伟业。最后,石精敦促苏轼不要指责它不具备日常的功用,而是要欣赏它,向它学习,因为它是坚韧美德的化身。苏轼一梦醒来,对自己先前要处理掉石头的想法深感羞愧。他细细地琢磨石精的所言,并赋诗一首,以叙其事。

苏轼此诗无疑是游戏之作①。然而,在表面的异想天开之下,我们却可以发现,石头爱好者的言谈发生了微妙的变化。"无用"成为了一种累赘,已经不能为"丑"、"怪"之美锦上添花了。在苏轼的诗歌里,石头之所以能成功地进行自我辩护,就是因为它作为一种道德的象征乃是一种"有用"之物②。

苏轼诗里的这种嬉戏笔墨,并不一定能排除诗人对无用奇石严肃的、哲学意义上的思索。以王令(1032—1059)的《寒林石屏》为例,诗歌的开头几句集中了我们先前看到的一些基本主题——长途运石的艰难、藏石之风成为一种普遍的社会现象,以及异口同声地抑"用"扬"怪":

> 虢山之远数千里,虢石之重难将持。
> 舟车虢来每苦重,釜盎尚弃不肯携。
> 苟非世尚且奇怪,孰肯甚远载以来。
> 何况虢人自珍秘,得一不换千琼瑰。
> 流传中州盛称赏,主以诧客客见祈。
> 世人贱真珍贵假,见者喜色留肤皮。
> 强材美干立修荫,罗列满野谁复窥。

11世纪中期,以天然纹理像树木(尤其是像松树)的虢山石制成的装

---

① 有关苏轼诗歌里的戏谑手法,可以参考艾郎诺(Egan, Ronald C.)的《苏轼生活中的言语、意象和事迹》(*Word, Image and Deed in the Life of Su Shi*),169—179页。
② 《苏轼诗集》,48·2605。

饰性屏风非常流行,而且常常成为诗歌的主题①。吴充(1021—1080)曾经拥有过一座这样的屏风,欧阳修还写过一首诗来描绘它。欧阳修用了夸张的修辞手法,把石头上的纹路形容为"鬼神"之作②。吴充的这座石头屏风后来好像并入了欧阳修的彀中,此事又成为苏轼另一首诗的主题。苏诗说石头上的纹路可能是唐代两位著名画家的精魂所致③。其他几位诗人也以此赋诗,这些诗大都对天工胜于人力而大发感叹④。

王令的处理手法则不一样。他并没有对自然造化表示惊叹,而是对虢山石热加以讽刺。这种狂热当时弥漫于整个社会,并且愈演愈烈。在王令的表述里,石头不再是一个人宁静时悠闲欣赏的自然之物,其价值只有在主人向客人炫耀时才得以实现。

与通常把石屏上奇妙的纹理赞叹为大自然完美的杰作相反,王令指出这些像树木一样的图案并非其天然本真,并且还把它们作为人工品的

---

① 薛爱华(Schafer, Edward H.)曾经说过,像这样的屏风"仅仅是一种竖立的半透明的石片——其功能是为了装饰,而不是实用"[《杜绾的灵璧石目录:注释与概要》(*Tu Wan's Stone Catalogue of Cloudy Forest : A Commentary and Synopsis*),70 页]。关于这种具有天然纹理的石片的讨论,可以参见约翰·海(Hay, John A.)《能量的核心,泥土的脊骨:中国艺术中的石头》(*Kernels of Energy, Bones of Earth : The Rock in Chinese Art*)的 84—88 页。严格地说,这种石屏属于室内装饰,不同于置于室外园林中的石头。但是王令诗歌里提出的问题与我讨论的问题很有关系。在有关这种屏风的其他许多诗歌里,情形也是如此。
② 《吴学士石屏歌》,《全宋诗》287·3635—36。
③ 《欧阳少师令赋所蓄石屏》,《苏轼诗集》,6·277—78。关于欧阳修和苏轼诗歌的翻译,以及二者之间的简单对比,可以参见宇文所安的《中国文学作品选:从先秦到 1911 年》(*An Anthology of Chinese Literature : Beginning to 1911*)679—682 页。更具体一些的相关讨论(包括苏轼诗歌的全译和欧阳修诗歌的部分翻译)可以在傅君劢(Fuller, Michael A.)的《东坡之路:苏轼诗歌表达的发展》(*The Road to East Slope : The Development of Su Shi's Poetic Voice*)中找到。
④ 苏舜钦(1008—1049)的《永叔石月屏图》(《全宋诗》313·3925—3949)、梅尧臣的《和吴冲卿学士石屏》(《全宋诗》,257·3193)、王安石的《和吴冲卿鸦鸣树鸱石屏》(《全宋诗》,544·6522)、梅尧臣的《咏欧阳永叔石砚屏二首》(《全宋诗》,249·2951)和《读月石屏诗》(《全宋诗》,252·3010—3011)也见到了同一石屏。类似的石屏还可见于苏轼的《轼近以月石砚屏献子功中书公复以涵星砚献纯父侍讲子功有诗纯父未也复以月石风林屏赠之谨和子功诗并求纯父数句》(《苏轼诗集》,361·1924—1926),以及《次韵范纯父涵星砚月石风林屏诗》(《苏轼诗集》36·1926—1928)。

一部分,与真树对立起来①。在这首诗里,有用是与自然联系在一起的,而"怪"则与人为、"假"相关。王令打破了欣赏"奇怪"和肯定"无用"之间的关联,这使我们想起了上文曾经提及的皮日休写太湖石的诗歌。在王令的作品中,纹理奇特石头之流行,代价是牺牲真正有用的"强才美干"——所谓"强才美干"乃是一种极富底蕴的道德层面的隐喻。真正值得欣赏的东西(有用的)被忽略了,那些不该被赞赏的方面(古怪的和奇异的)反而被人珍贵。

接着,王令开始叙述他个人的一段亲身经历。当别人把一座这样的石屏出示给他看的时候,他确实觉得它小巧奇特。一开始,石头上的条纹让他怀疑这是鱼子变幻而成的蛟龙,然而它的鳞鬣爪角又嫌过小过碎,只能看到一些参差蜿蜒的流线。接着他又觉得这是喝醉的画师画在丝绢上的胡人髭须,但是这些髭须在石头上看起来似乎又不那么自然,倒更像是风中摇摆的弱枝。

王令的诗歌继续写道,由于石头的纹理是如此之奇特,世人对此充满迷信也就不足为奇了。有人想象它源于山中的巨怪想徒手移动乾坤。一开始这个巨怪偷来了日月,想把日月埋到山岩之底。接着它把树木种在山阴。天公震怒,担心山怪最终得逞,最后派六丁来处理此事。六丁以其劲斧把巨怪偷来的东西从云中一举击碎。人类从这次上界的冲突中得到了好处。他们偷走了那些碎片,拿了去卖钱。直至今日,风雨之夜仍能听见鬼神的号哭之声。另一个神话说,为了让蒿藜从石头里长出来,春气侵入了山之骨。然而,在根和芽还没有冒出来之前,石头就被石匠毁坏了。很多人都认为,石头上的纹脉是老松树的根变成的。另有一些人又坚持说,这些图案本是擅长绘画的穴居"鬼手"所作。

---

① 拿王令的这首诗和刘敞的《寒林石屏风》(《全宋诗》,478·5785—86)对比,颇能说明问题。刘敞的诗赞赏这种石屏"自然",而那些画有山水的屏风则显得"假"。

王令从自己瞬间的迷糊中清醒了过来,认定这些离奇的故事都是荒诞不经的。他得出的结论是,试图弄清这些无用的神奇之物的企图是毫无意义的:

> 固知物怪浩难尽,谁能向此明是非。
> 城狐老能男女变①,海蜃口或楼台吹②。
> 世间自是有此类,何必诘曲穷所归。
> 细思此屏竟无用,石不中碔木莫支。
> 徒将文理有小异,招聚謷说成笼欺。
> 咄哉闭口不复论,为语爱者无我讥。
> (《全宋诗》,169·8076—77)

我们并不清楚,王令提到"为语爱者"的时候,是否是指欧阳修那样的鉴赏家。但是,他对虢山之石"謷说"者的奚落,无疑是直接针对当时社会时尚的。当他提出要分辨"是非"时,他对这种时尚的批评就进入了一个更深的层面。这里的"是非"分辨,既有认知的意味,也有道德的意味。王令可能受到杜甫《石笋行》的启发。在那首诗中,杜甫把两块石头描绘成蒙蔽皇上的邪恶朝臣的象征。他对石头的神话传说加以痛斥,认为这是导致道德上是非混淆的原因之一(《全唐诗》,219·2303)。

---

① "城狐"和"社鼠"经常一起出现。这种"社鼠"很难清除:因为,如果用烟熏,将要冒着烧毁神社的危险。如果用水淹,将要冒着毁坏庙宇画壁的危险。因此,"社鼠"被用来指代那些因接近权势而难以清除的坏人(见《晏子春秋集释》,3·196)。同样,"城狐"也是很难对付的。因为,若要挖洞则会把城墙给毁了。然而,王令在这里用"城狐"这个词,显然没有政治伦理的含意。他用的是狐狸善于变幻人形的一般说法。有人说,狐狸有八百年的寿命。五百年之后,成熟的狐狸能变为人形(见葛洪《抱朴子内篇校释》,3·48,引《玉册记》)。另一个说法是,五十年的狐狸能够变成淫荡的妇人,一百年的狐狸就能变成美丽的女子(《太平御览》,909·6a,引自《名山记》)。在干宝的《搜神记》(18·4b—10a)里,还有一个狐狸变幻为男身的有趣故事。
② 海市蜃楼被认为是由蜃口中吐出来的气形成的(《史记》,27·1338)。关于这个问题的探讨,可以参阅薛爱华(Schafer, Edward H.)的《时间之海上蜃景:曹唐的游仙诗》(*Mirages on the Sea of Time: The Daoist Poetry of Ts'ao T'ang*),80—89页。

王令对石屏的这种赤裸裸的功利主义态度,我们或许不应该太当真。但是,在梅尧臣(1002—1060)的《咏刘仲更泽州园中丑石》里,诗人对审美趣味可能导致的道德堕落表现出了真诚的忧虑:

> 君家太湖石,何从太湖得。
> 太湖天东南,太行天西北。
> 相去三千里,虽有何致力。
> 古人烦舟车,顽质无羽翼。
> 窈引木莲根,木莲依以植。
> 秋蛇出其中,舌吐虹霓色。
> 君尝夸於我,怪怪亦特特。
> 以丑世为恶,兹以丑为德。
> 事固无丑好,丑好贵不惑。
>
> (《全宋诗》,261·3335)

北宋时期,只要一提到长途运送巨石,就不可避免地要和某种道德忧虑纠结在一起。在梅尧臣的这首诗里,古人是可敬的。而刘义叟(字仲更,1017—1066)的行为就相形见绌了。刘义叟对"怪怪亦特特"的太湖石的爱好没有道德的主心骨,因而也就缺乏精神的实质。"丑"与"好"的审美相对性,一旦延伸到人"事"上,就会导致道德上的是非混淆。

第八节　理论与实践的调和

从北宋诗歌里,我们能看到一个深刻的悖论:对石癖抨击得最为淋漓尽致的人,往往就是最富激情的石痴者本人。几乎每一个对石癖提出过道德和哲学置疑的诗人,都写过称赏奇石之美的诗篇。其中的一些人,包括苏轼和文同,还发展了石画的一种新风格,进而发扬了"丑"

和"怪"的审美趣味①。因此,北宋诗人面临的一个主要挑战就是,一方面要保持在道德和哲学层面超越唐代诗人的优越感,一方面又要想方设法地为自己喜好怪石加以开脱②。

对奇石的审美欣赏和收集奇石所带来的道德危险二者之间存在着矛盾。欧阳修在《菱溪石记》里,初步提出了一个解决这种矛盾的办法。菱溪本来有六块奇石,其中的四块被人搬走了。剩下的两块里,那块小的形状尤为奇特,又被当地一个平民搬走了。最大的那一块,因为太重搬不动,就留在了菱溪。久而久之,这块巨石成为了当地人顶礼膜拜的对象。

欧阳修饶有兴致地听人说道,菱溪本是刘金宅邸之所在。刘金是晚唐时期帮助杨行密(852—905)建立分裂的吴政权的三十六英雄之一。像刘金这样的一个人居然能够欣赏奇石,这让欧阳修不禁心有所动:

> 金本武夫悍卒,而乃能知爱赏奇异,为儿女子之好。岂非遭逢乱世,功成志得,骄于富贵之佚欲而然邪?想其陂池台榭,奇木异草与此石称,亦一时之盛哉。今刘氏之后散为编民,尚有居溪旁者。

---

① 孔武仲(1042—1098)写有《东坡居士画怪石赋》(《全宋文》,49:2186·504):"观于万物,无所不适。而尤得意于怪石之嶙峋。或凌烟而孤起,或绝渚而罗陈,端庄丑怪不可以悉状也"[英文译文来自艾郎诺(Egan)的《苏轼生活中的言语、意象和事迹》(*Word,Image and Deed in the Life of Su Shi*)292—293 页]。值得注意的是,孔武仲是如何把苏轼所画石头中的两种不相容的品质联系在一起的:一方面是"丑"和"怪",另一方面则是端庄。有证据表明,这种对立面的调和成为北宋的一种艺术风格的理想。例如在《答苏子美离京见寄》(《全宋诗》,298·3750)中,欧阳修就把苏舜钦的诗歌风格定义为"端庄杂丑怪"。

② 欧阳修在《集古录目序》(《全宋文》,17:716·419—20)以及苏轼在《宝绘堂记》(《苏轼文集》,11·356—57)中,都曾用各种策略来说明,对审美艺术品痴迷自有其合理之处。有关这方面的讨论,请参见蔡九迪(Zeitlin,Judith)《石化的心:中国文学、艺术和医学中的恋物》("The Petrified Heart: Obsession in Chinese Literature, Art, and Medicine"),5—6 页。苏轼全诗的翻译,可参见宇文所安《中国文学作品选:从先秦到 1911 年》(*An Anthology of Chinese Literature: Beginning to 1911*)的 663—665 页,和艾郎诺(Egan)《欧阳修与苏轼的书法理论》("Ou-yang Hsiu and Su Shih on Calligraphy")一文的 404—405 页。Egan 的文章里有一部分(402 到 412 页)涉及到苏轼对于收藏的态度。对"无所住"的讨论可视为佛教对苏轼思想的影响,见 Egan《苏轼生活中的言语、意象和事迹》(*Word,Image and Deed in the Life of Su Shi*)的 157—162 页。

此处有三点要注意：第一，在欧阳修看来，刘金的"爱赏奇异"，违犯了男、女之别以及长、幼之别的规矩。第二，欧阳修把刘金的显财露富看成是一种权利炫耀，也是一种对权力的滥用。这一点与文同的《书平泉草木记后二首》不谋而合。第三，仅仅是看到一块石头，欧阳修就用他的想象构建了一个巨大的私人园林空间，其中有标准的"陂池台榭"、"奇木异草"等风景建筑，更有以奢华淫逸为特点的生活方式。欧阳修把刘金先前园林的奢华与眼前刘金后人的落魄相对比，又一次让我们想起了文同所说的李德裕"身未冷"其平生所藏却很快四散而空。

欧阳修觉得如此可爱的石头被遗弃委实可惜，就让人用三头牛把它拉走了。接着又从别人手里寻访到六块石头中最小的那一块。最后他把这两块石头立于离城不远的亭子之南北，以便人们在节日嬉游之际可以到此赏石。欧阳修在文章的结尾，来了一番老生常谈，说明他为什么要把自己的审美体验和世人共享：

> 予感夫人物之兴废，惜其可爱而弃也。乃以三牛曳置幽谷，又索其小者，得于白塔民朱氏，遂立于亭之南北。亭负城而近，以为滁人岁时嬉游之好。夫物之奇者，弃没于幽远则可惜，置之耳目则爱者不免取之而去。嗟夫！刘金者虽不足道，然亦可谓雄勇之士，其平生志意岂不伟哉？及其后世，荒堙零落，至于子孙泯没而无闻，况欲长有此石乎？用此可为富贵者之戒。而好奇之士闻此石者，可以一赏而足，何必取而去也哉？①

刘金"欲长有此石"，欧阳修提醒"富贵者"不要步其后尘，从而把自己打扮成"好奇之士"的楷模。欧阳修把菱溪石公之于众，与民同享，这样一来，他既可不必放弃自己的审美体验，又避免占石于一己之有的嫌疑。

---

① 《全宋文》，18:740·112—13。此段英文译文经过一些修改，摘自艾郎诺（Egan）《欧阳修的文学作品》[*The Literary Works of Ou-yang Hsiu* （1007-1072）]的217—218页。Egan 有关这首诗的讨论，可以在该书的41页和42页中找到。我把《全宋诗》中欧阳修这首诗诗题中的"鏠"字改为了"溪"。

可惜的是,欧阳修的高风亮节让人难以望其项背。愿意或者能够言听计从的同代人实在是寥寥无几。事实上,从欧阳修有关菱溪石的那篇诗歌来看,他自己就远非"一赏而足"之人①。

对绝大多数人来说,赏而不有依然是一个很难达到的理想境界。因此就得想方设法,从哲理的角度找到一种更切实际的妥协,从而让占有者在占有的同时免受道德的损伤。比如说,杨杰(1059年进士)在《屏石谣赠郭功父》里,就提出了一种温和得多的"一胜百"的建议。这首诗以一个常见的主题开篇,那就是对一块迄今无人赏识的石头的发现:

> 屏石屏石何嶙岩,云初得自江之南。
> 沙埋土蚀几千载,无人辨别嗟沉淹。
> 净空居士物鉴精②,获之不贵黄金兼。

杨杰接着用了一连串标准的修辞手法描绘石屏。之后,杨杰指出,从数量上和实质上来看,获取一座石屏无伤大雅,与耗资靡多的藏石不可同日而语:

> 唐朝牛公嗜怪石,取之不已其亦贪。
> 争如夫君一胜百,得此自足无伤廉。
> (《全宋诗》,672·7847)

在这首诗里,郭祥正(1087年健在)有节有制,绕过了"贪"的陷阱,使得自己的"廉"安然无恙。我们在上文已经看到,唐代的石癖者一直被如何洁身自好这个问题所困扰。白居易在替牛僧孺藏石之富加以开脱的时候曾经强调,牛僧孺除了藏石,身无外物。而杨杰则是通过强调郭祥正能

---

① 在《菱溪大石》(《全宋诗》,284·3608—9)中,欧阳修表达了他希望能够每日和友人坐在石边饮酒的愿望。这首诗的翻译见艾郎诺(Egan)的《欧阳修的文学作品》(*The Literary Works of Ou-yang Hsiu*(1007—1072))101页和102页。《菱溪石记》一文看上去平铺直叙,他的《菱溪大石》一诗更具神话色彩。艾郎诺对这二者之间不同的讨论,非常有启发性。还可以参考苏舜钦的《和菱溪石歌》(《全宋诗》,313·3924—25)。
② "净空居士"显然是称郭祥正(字功父)。

够仅仅满足于一块石头的占有,把郭祥正从道德怀疑中豁免了出来。当然,杨杰赞赏郭祥正得一而足,也是在巧妙地提醒他不要步牛僧孺之后尘。

司马光在《括苍石屏》一诗中,提出了另外一种建议。这个建议不同于欧阳修提倡的赏而不有,也不同于杨杰所谓的以中庸节制来克服过度贪婪。司马光的建议是把石癖控制在小范围之内,以免造成更为广泛的社会影响:

> 主人小石屏,得之括苍山。
> 括苍道里远,致此良亦难。
> 层崖万仞余,腾出浮云端。
> 吴儿采石时,萝蔓愁攀缘。
> 石文状松雪,毫发皆天然。
> 置之坐席旁,清风常在颜。
> 愿君善藏蓄,永日供余闲。
> 慎勿示要人,坐致求者繁。
> 将使括苍民,吁嗟山谷间。①

(《全宋诗》,499·6030)

本诗略显笨拙地在美、刺之间摇摆不定。司马光在把石癖者的个人乐趣说成是合情合理的事情,同时又发出警告,说对这种乐趣的追求有潜在的社会后果。这种亦赞亦诫的主题贯穿北宋时期题咏僚友奇石的诗歌之中。在这首诗里,司马光对精美石屏的欣赏是发自内心的。但在另一方面,他又无法不在意获取石头的方式是令人反感的。把石癖者私人生活的愉悦和"吴儿"的艰辛并置起来,就不可避免地产生反讽的效果。然而,司马光对在有限范围内追求精神的满足和审

---

① 这是《和圣俞咏昌言五物》的第一首。梅尧臣《赋石昌言家五题》的第一首《括苍石屏》(《全宋诗》,253·3033),则把笔墨集中于赞赏石屏上的树形花纹足以以假乱真。

美的愉悦,做出了道德方面的让步。这样一来,这种讽刺的锋芒就不那么尖锐了。同时,司马光对友人的所作所为也没有真心诚意地认可。他提醒友人,如果"要人"也要来附庸风雅的话,其后果可能会不堪设想。

第九节 尾 声

不幸的是,结果证明,司马光的担心绝非杞人忧天。在宋徽宗的身上,石癖潜在的负面影响得到了充分的展现。宋徽宗沉湎于享乐是富有传奇性的。在苏州和杭州设立制造局的下属机构,为的就是专门收集江南的奇好之物,并通过花石纲把它们运送到京城,建造皇城东北面神话般的御苑假山艮岳①。北宋当朝有两条文献,可以说明奇石在北宋的覆灭过程中所扮演的不光彩角色。第一则记录来自方勺(生于1066年)。他指出,像朱勔(1075—1126)这样贪婪的官员不仅要对方腊(卒于1121年)起义和北宋灭亡负责任,还要为后来南宋王朝无力收复北方失地承担责任②:

> 迨徽庙继统,蔡京父子欲固其位,乃倡丰亨豫大之说,以姿盅惑。童贯遂开造作局于苏、杭,以制御器。又引吴人朱勔进花石媚上,上心既侈,岁加增焉。舳舻相衔于淮、汴,号花石纲……
>
> 其尤重者,漕河勿能运,则取道于海,每遇风涛,则人船皆没,柱死无算。江南数十郡,深山幽谷,搜剔殆徧。或有奇石在江湖不测之渊,百计取之,必得乃止,程限惨刻,无间寒暑。士庶之家,一石一

---

① 有关艮岳修建的原因及其外观,可以参看何瞻(Hargett, James M.)的《宋徽宗的神奇的假山:开封的艮岳乐园》("Huizong's Magic Marchmount: The Genyue Pleasure Park of Kaifeng")。艮岳在园林建造技巧方面的成就,可以参阅侯迺惠《试论宋徽宗汴京艮岳的造园成就》。
② 关于朱勔的传记资料可以参考《宋史》(470·13684—86)。关于方腊的记载也可以在《宋史》(468·13659—60)中找到。

木稍堪玩者,即领健卒直入其家,用黄帕覆之,指为御物,又不即取,因使护视,微不谨,则重谴随之,及启行,必发屋撤墙以出。由是人有一物小异,共指为不祥,惟恐芟夷之不速。民预是役者,多鬻田宅子女以供其须,思乱者益众……

遂部署其众千余人,以诛朱勔为名,见官吏公使人皆杀之。民方苦于侵渔,果所在响应,数日,有众十万,遂连陷郡县数十,众殆百万,四方大震。时朝廷方约女真攻契丹,取燕云地,兵食皆已调习待命,适闻腊起,遂以童贯为江淮荆浙宣抚使,移师南下,腊不虞如是速也……

前后所戕人命数百万,江南由是凋瘵,不复昔日之十一矣。迨建炎南渡,经费多端,愈益穷困,不可复支。

向非腊之耗乱,江淮、二浙,公私充实,南渡后可借为恢复之资,亦未可知也。噫,腊之耗乱可哀也已!然所以致是者,谁欤?①

方勺把主要的矛头指向那些怂恿宋徽宗纵情享受而不理朝政的臣子。庄绰(生活于公元11—12世纪)则把矛头直接指向耽于享乐的石癖帝王宋徽宗本人:

上皇始爱灵璧石,既而嫌其止一面,遂远取太湖。然湖石粗而太大,后又撅于衢州之常山县南私村,其石皆峰岩青润,可置几案,号为巧石。乃以大者,叠为山岭,上设殿亭。所用既广,取之不绝,舳舻相衔。渊圣即位,罢花石纲,沿流皆委弃道傍。金人围都城,城中之(乏)机石,多碎以为炮。虏既去,晁说之以道舍人东下过符离,有高贶者以二石遗之,晁以诗谢曰:

泗滨浮石岂不好②?怊怅上方承眷时。

---

① 方勺,《泊宅编·青溪寇轨》,111—113页。
② 在进贡给大禹的贡品中,有产于泗水两岸的、可以用来制磬的回音石,是为"泗滨浮磬"。见《尚书正义·禹贡》,148页。

今日道傍谁著眼？女墙犹得掷胡儿①。

在庄绰哀婉的记录中，晁说之(1059—1129)代表着国家残破之后对奇石的一种新态度。诗人审美的敏锐感虽然还有，但是，包含这种审美感的则是一种更为宏大的意识，那就是君主的石癖是如何地祸国殃民。

虽然北宋末期发生了这一切，但是石癖在后代的文人当中依然经久不衰。然而艮岳的教训也不时地投下沉重的阴影，让人们对奇石重新加以审视。在石址和已经破灭的王朝有着千丝万缕的关联时，这种情况尤为明显。刘克庄(1187—1269)的四首组诗《药洲》就是其中一例。在四首诗的第一首中，这些石头被说成是女娲补天时遗留下来的，药洲则被说成是仙人的居所。在最后一首诗里，诗人深深地被美景所吸引，以至忘记了自己身处岭南。然而在中间的两首诗里，刘克庄却把注意力放在石头在以往历史中所扮演的负面角色之上：

其二

役民如犬马，国破作降俘。
往往湖中石，宣和艮岳无。

其三

怪怪奇奇石，谁能辨丑妍。
莫教赞皇见，定辇入平泉。

(《全宋诗》,3044·36305)

刘克庄的诗歌刻写在药洲九大巨石的一块之上。药洲是建于南汉首府广州的一座怡人的园子。在南汉王刘䶮(889—942)统治时期,

---

① 庄绰,《鸡肋编》(2·74—75)。晁说之还有一些诗歌，也提到了靖康之难以后的奇石，其中包括《灵璧石有未上供者狼藉两岸》(《全宋诗》,1208:13717)和《花石题南庄壁》(《全宋诗》,1211·13788)。

由罪囚通过海路把这块"九曜石"从太湖和灵璧运到此地。之所以把这九块巨石称为"九曜",是因为它们在药洲上的格局形同北斗七星及其辅佐二星①。南汉败亡于北宋之手,而北宋又败亡于金人之手。透过这二者的类比,刘克庄把历史的悲剧说成是同样错误无休止的重复②。

与刘克庄的诗歌相近,周密(1233—1298)记录吴兴园圃的一段文字又把我们带回到太湖石的问题上:

> 沈德和尚书园,依南城,近百余亩③,果树甚多,林檎尤盛。内有聚芝堂、藏书室,堂前凿大池几十亩,中有小山,谓之蓬莱。池南竖太湖三大石,各高数丈,秀润奇峭,有名于时。其后贾师宪欲得之,募力夫数百人④,以大木构大架,悬巨绠,缒城而出,载以连舫,涉溪绝江,致之越第,凡损数夫⑤。其后贾败,官斥卖其家诸物,独此石卧泥沙中。适王子才好奇,请买于官⑥,募工移植,其费不赀。未几,有指为盗卖者,省府追逮几半岁,所费十倍于石,遂复舁还之,可

---

① 见屈大均《广东新语》(5·182—183)。还有一个稍微有些不同的说法是,这些石头都是太湖石,把它们运送到广州来是富人抵罪的一种途径(见吴兰修,《南汉记》,2·43)。但是,还有其他的文献资料表明,这一工程是南汉的最后一个统治者刘鋹(958—971 年在位)一手操办的(见朱彧,《萍洲可谈》,2·28;郭祥正《独游药洲怀颖叔修撰》,《全宋诗》763·8871)。有关药洲构建的讨论可以参见孟亚男的《中国园林史》,70—71 页。
② 刘克庄对九曜石的描述,与郭祥正《独游药洲怀颖叔修撰》(《全宋诗》763·8871—8872)和《九曜石奉呈同游将帅颖叔吴漕翼道》(《全宋诗》763·8871—8872)里对九曜石的描绘相比,可谓是意味深长。郭祥正的两首诗都用了惯常的手法,把奇石比喻成动物和兵器。在第一首诗中,郭祥正提到了刘鋹政权的破亡,却并没有对自己的赏石感到什么不适。在第二首诗中,他宣称,即便是曾被欧阳修称赏过的灵溪石和太湖石,都无法和九曜石相媲美。其他称赏药洲的诗歌,还有许颜先(11 世纪健在)的《药洲》(《全宋诗》909·10692)和米芾的《题仙掌石》(《全宋诗》,1078·12285)。在《全宋诗》里,米芾诗歌的第三句脱漏了一字,孟亚男在《中国园林史》(70 页)里,在脱漏处填了一个"九"字。
③ 沈介(字德和,1138 年进士)于 1164 年出任兵部尚书,见《宋史》(33·629)。他的生平事迹可以参阅陆心源的《宋史翼》12·15b—16a。
④ 贾似道(字师宪,1213—1275)一度是朝廷最有权势的外戚。他的生平事迹可见《宋史》(474·13779—13787)。
⑤ 这种运送石头的架势很容易让我们想起花石纲的运作,这种联想有点令人不安。
⑥ 王英孙(13 世纪健在)以画家和书画收藏家知名于世。他字"子才",还有一个字是"才翁"。

谓石妖矣。①

从白居易的美化到周密的妖化,太湖石在中国文人的想象之中可谓是经过了一个漫长曲折的路程。

---

① 周密,《癸辛杂识·前集》,《吴兴园囿》,第8页。

第四章　言辞与实物：诗歌的交换和描写交换的诗歌

第一节　双鹤记

公元829年,白居易刚回到洛阳的时候,写有《池上篇》一诗。在该诗的序言里,白居易开出了一份他在江南任职期间收集到的奇珍玩好的详细目录。其中包括他在杭州任职期间(822—824年)从天竺山得来的一块石头和一双华亭鹤,苏州任职期间(825—826年)网罗到的东西有两块太湖石、一些白莲、折腰菱和一块青板舫①。这些东西和其他物品一起,被用来装点他的园林。

白居易看似详尽的清单里,却没有提到他从杭州所得的一双白鹤,这反而显得有点欲盖弥彰了。写于同一年的《问江南物》里,白居易提到了这双鹤为什么已经不在他的园子里:

　　归来未及问生涯,先问江南物在耶?

---

① 《白居易集笺校》,69·3705—3706。要么是原文有误,要么是白居易的记忆出了错。白居易在824年写的《洛下卜居》(《白居易集笺校》,8·449—450)和《三年为刺史》之二(《白居易集笺校》,8·447)两首诗中,很清楚地说,他在杭州任上得到了两块天竺石和一双鹤。

引手摩挲青石笋,回头点检白莲花。

苏州舫故龙头暗,王尹桥倾雁齿斜。

别有夜深惆怅事,月明双鹤在裴家。

(《白居易集笺校》,27·1882—1883)

"裴家"指的是裴度在长安的宅第(后面将会讲到)。此处的语气转换值得注意。当白居易的描绘从眼前之景转移到想象之景时,他对自己战利品的那种几近色情意味的兴奋突然消逝了。继而陷入了一种深深的惆怅与思念之中,因为在这些战利品中少了一对仙鹤。如今,这对仙鹤乃在另一个城市的另一座园子里。

要了解白居易的心情为什么从轻快的自得转而为忧伤的思念,我们就必须追溯这对白鹤随主而栖的历程。首先,它们从苏州辗转到洛阳。接着,又从洛阳转到长安。最后,又从长安回到了洛阳①。这两只鹤的故事揭示了中唐以降诗歌的交换与描写交换的诗歌之间的一种新动向。

白居易在苏州的时候,得到了一双雏鹤,乃是赫赫有名的华亭品种。白居易把它们当成宠物来喂养。826 年冬天任期结束之后,白居易带着这双鹤离开苏州返回了洛阳。或是出于偶然,或是出于精心的安排,白居易在扬州和刘禹锡相遇。两人与这对鹤嬉戏了一天的时间。白居易在洛阳停留了很短的一段时间之后就去了长安。这对鹤便被留在了洛阳的园子里。此后,刘禹锡在洛阳呆了一年半左右的时间。827 年的某个时候,刘禹锡去白居易府上拜访。当时白居易不在家,这两只鹤却翩翩起舞,以示欢迎,似乎还记得刘禹锡在扬州和它们相得甚欢。刘禹锡被眼前这可爱的一幕深深地打动了,于是他写下了两首诗歌并寄给了远在长安的白居易②。一年之后,白居易因公务回到了洛阳,回赠了刘禹

---

① 白居易有关鹤的诗歌,还有刘禹锡、裴度相关诗篇的翻译和相关讨论,可以参见司马德琳(Spring, Madeline K.)的《白居易的名鹤》("The Celebrated Cranes of Po Chüi")。下文征引和提到的大部分诗篇,司马德琳都有翻译。但本书中的译文则是出自笔者本人的手笔。

② 《鹤叹二首》,《全唐诗》,357·4024—4025。

锡两首诗歌①。

刘禹锡和白居易之间的诗歌赠答,显然扬播了这对鹤的声名。这引起了裴度的注意。他写了一首诗给白居易,是为《白二十二侍郎有双鹤留在洛下予西园多野水长松可以栖息遂以诗请之》:

闻君有双鹤,羁旅洛城东。
未放归仙去,何如乞老翁。
且将临野水,莫闭在樊笼。
好是长鸣处,西园白露中。
(《全唐诗》,335·3755)

裴度把自家园林和白居易园林两相对比,这种对比当然是对他自己有利,以此证明他的请求是合情合理的。对那对仙鹤来说,白居易的园子乃是他乡异土,它们只能形同"羁旅"、身处"樊笼",翱翔和漫步的天性受到了限制。由于主人不在,它们也无人赏识。与此相反,裴度的园林显然是更优胜的所在:这里有"野水"、有"长松"、有"白露",可以为双鹤提供无限的胜景,让它们栖息,也可以让它们尽情地施展天性善鸣的才干。

裴度的请求引发了他与白居易和刘禹锡的诗歌唱和。白居易在《答裴相公乞鹤》一诗中,支支吾吾,没有把话说死:

警露声音好②,冲天相貌殊。
终宜向辽廓,不称在泥涂。
白首劳为伴,朱门幸见呼。

---

① 《有双鹤留在洛中忽见刘郎中依然鸣顾刘因为鹤叹二篇寄予予以二绝句答之》,《白居易集笺校》,25·1740—1741。

② "警露"指的是这样的一个传说:每年八月降露的时候,鹤的鸣声非常高。它们互相提醒对方迁徙到其他地方去栖息,以避开任何可能发生的危险。见《艺文类聚》所举的《风土记》(90·1565)。也可参看司马德琳(Spring, Madeline K.)的《白居易的名鹤》("The Celebrated Cranes of Po Chü-i"),13—37页。

不知疏野性,解爱凤池无①?

(《白居易集笺校》,25·1761)

裴度在诗中处心积虑地把自己在长安的园子说成是一片乡野气息,其旨何在,白居易是一清二楚的。于是白居易又用"朱门"和"凤池"这两个色彩浓重的意象来反唇相讥。"朱门"通常用来指代权贵们的都市豪宅。由于杜甫在谴责长安权贵府邸豪奢堕落的著名诗句中曾经用过"朱门"这个词(见第一章)②,所以白居易诗中的"朱门"就格外增添了几许否定的意味。"凤池"原本指御苑中的水池。从魏开始,"凤池"成为了中书省的同义词。中书令往往是皇帝最宠幸的臣子③。到了唐代,"凤池"开始用来指代宰相了,因为宰相还有同中书门下平章事的头衔。白居易经常用"凤池"作为城市园林的一般性指称④。然而,在这首回赠诗中,这个意象有具体的含义,使人想起了裴度作为宰辅的权势。裴度的权势暗示着什么,我们将在下文展开讨论。在此我只需指出一点,通过"朱门"和"凤池"这两个意象,白居易明白无误地把裴度的园林由乡村野致变为了城市权势的中心。白居易在诗的结尾处非常怀疑地问道,具有"疏野性"的仙鹤是否能够欣赏、能够适应裴度的豪华苑邸呢?

裴度说自己的长安苑邸更适合双鹤栖息,对于这一点,白居易成功地予以驳斥。但是他却很难说双鹤离开主人后无法被人欣赏不是一个甚大的遗憾。裴度理直气壮地宣称,在他的长安园林里,仙鹤可以在新

---

① 在《白居易的名鹤》("The Celebrated Cranes of Po Chü-i")的 13 页中,司马德琳认为这首诗写于刘禹锡的调解诗(后文将会谈到)和白居易决定放弃自己的这对仙鹤之后。
② 杜甫,《自京赴奉先县咏怀五百字》,《全唐诗》,216·2265。
③ 见杜佑《通典》(21·561)。荀勗(卒于 289 年)由中书监升任尚书令后,对向他表示祝贺的人说:"夺我凤凰池,诸君贺我耶?"(《晋书》,39·1157)
④ 比如白居易的《宿蓝溪对月》(《白居易集笺校》,8·417)、《和韩侍郎题杨舍人林池见寄》(《白居易集笺校》,19·1276)、《酬裴相公题兴化小池见招长句》(《白居易集笺校》,25·1720)、《令狐相公拜尚书后有喜从镇归朝之作刘郎中先和因以继之》(《白居易集笺校》,26·1798)、《和春深二十首》之三(《白居易集笺校》,26·1828)、《对琴酒》(《白居易集笺校》,30·2060)、《得潮州杨相公继之书并诗以此寄之》(《白居易集笺校》,37·2557)。

主人的宠爱下生活得更好。在答复诗中,白居易转移了辩论的中心。他强调的是他与双鹤之间的亲密关系——他与之"为伴"。这是一种相当无力的辩护。因为,他其实长期不在它们身边。

白居易和裴度各作诗一首,相持不下。后来刘禹锡以诗介入,打破了这种僵持,使得局势开始对裴度有利。刘禹锡的诗是《和裴相公寄白侍郎求双鹤》:

> 皎皎华亭鹤,来随太守船。
> 青云意长在,沧海别经年。
> 留滞清洛苑,裴回明月天。
> 何如凤池上,双舞入祥烟。

(《全唐诗》,357·4025)

开头一联追溯了双鹤跟随它们的主人从苏州来到洛阳的行迹。其中浓缩了白居易和刘禹锡在一起时的快乐回忆。通过这种追忆,刘禹锡传达出的信息是,他对白居易与双鹤难舍难分表示同情和理解。对白居易的园林,刘禹锡许以一定的赞许目光。刘禹锡认为双鹤在那儿多多少少可以自由地漫步。这与裴度相反,裴度把白居易的园子定义为"樊笼",说双鹤在那儿是"羁旅"。但归根结底,刘禹锡还是立场分明的。他重申了裴度的说法,即白居易的双鹤"留滞"在洛阳,受到了冷落①。刘禹锡把裴度的苑邸说成是"凤池",这在一定程度上是一种习惯说法,但也极有一种可能性,那就是刘禹锡在有意地提醒白居易不要忘了裴度的权势②。

刘禹锡措辞谨慎,言之有理。经过他的一番调停,双鹤的僵局

---

① 在刘禹锡先前的《鹤叹二首》中,也有类似的观点。
② 在《白居易的名鹤》("The Celebrated Cranes of Po Chü-i")中,司马德琳认为"凤池"指的是裴度在洛阳的午桥庄(即绿野堂)。绿野堂建造于大和九年(835年)。那时关于这双鹤的争夺早已成往日之事了。此处的裴家指的是裴度在长安的宅邸。

被打破了①。白居易最终决定忍痛割爱,把双鹤送给裴度。双鹤临行之际,白居易赋诗一首,是为《送鹤与裴相公临别赠诗》。这首诗不仅表明了白居易对双鹤的真心喜爱,而且还说双鹤对他也是难分难舍。白居易替自己的失败演说披上了利他主义的外衣。他告诉两位鹤友,不要再思念旧主,因为在裴度的园子里等待它们的是更为丰美的饲养和更为开阔的活动区域:

> 稳上青云勿回顾,的应胜在白家时。
> (《白居易集笺校》,26・1797)

"青云"一词在这里既是直述,也是隐喻。它既指双鹤的飞翔空间,也指裴度在朝廷的高贵地位。

值此双鹤临行之际,刘禹锡也奋笔题诗,名为《和乐天送鹤上裴相公别鹤之作》(《全唐诗》,360・4062)。他写道,双鹤乍入"朱门",可能会迷路。但是,除非双鹤能回归三山碧海,否则裴度的园子就已经是人间最佳之境了,在那里它们可以充分地展示它们那优雅的"羽仪"。刘禹锡似乎是在说,白居易之所失正是仙鹤之所得。

围绕两只鹤展开的颇有戏剧性的诗歌唱和,并没有因为白居易的让步而结束。有证据表明,这双鹤很快又回到了白居易身边。在这个饶有趣味的故事里,一些细节已经无证可查了。但是,可以确信的是,829年白居易回到洛阳后不久,他又与双鹤团圆了。这一点我们可以从《酬裴相公见寄二绝》一诗中揣测出来:

> 其一
>
> 习静心方泰,劳生事渐稀。
> 可怜安稳地,舍此欲何归?

---

① 张籍在《和裴司空以诗请刑部白侍郎双鹤》(《全唐诗》,348・4321)一诗中,也替刘禹锡帮腔,劝导白居易放弃双鹤。

其二

　　一双垂翅鹤,数首解嘲文①。

　　总是迂闲物,争堪伴相君?

　　(《白居易集笺校》,27·1889)

尽管裴度的诗歌已经失传,但我们能够就此推测,他肯定提到了这两只鹤。曾经被称许为可以高翔入云的仙鹤,在这里的形象是低垂着翅膀。作为一种"迂闲物",它们不堪陪伴像裴度这样显赫的人物。

829 年之后,我们找不到有关这两只鹤的诗歌记录了。但我可以相当肯定地说,这对禽鸟是在白居易的园子里寿终正寝的。833 年,白居易把它们从苏州带回洛阳后的第七年,它们依然活着,虽然已经是活得有一点窝囊了。《代鹤》一诗对此有所描述:

　　我本海上鹤,偶逢江南客。

　　感君一顾恩,同来洛阳陌。

　　洛阳寡族类,皎皎唯两翼。

　　貌是天与高,色非日浴白②。

　　主人诚可恋,其奈轩庭窄。

　　饮啄杂鸡群,年深损标格。

　　故乡渺何处? 云水重重隔。

　　谁念深笼中,七换摩天翮③?

---

① 汉哀帝在位期间(公元前 6—前 1 年)董贤(公元前 23—前 1 年)之流把持朝政。当时,扬雄(公元前 53—前 18 年)刚完成他的大作《太玄》,有以自守,拒不同流合污。有人嘲笑扬雄未能在朝廷得到高官厚禄,扬雄于是写了《解嘲》一文。见《汉书》(87·3565—3566)。
② 这个典故出自《庄子·天运》(《庄子集释》,522 页)。老子向孔子讲述自然事物的天性时说:"夫鹄不日浴而白,乌不日黔而黑。"鹄是鹤的另一种称谓。
③ 另一种翻译可以参见司马德琳(Spring, Madeline K.)的《白居易的名鹤》("The Celebrated Cranes of Po Chü-i"),16 页。司马德琳认为这首诗歌咏的对象是白居易从杭州带回的鹤之一。但是,这首诗的最后一句很清楚地表明,此诗写的是白居易从苏州带回来的那对鹤。从 826 年他离开苏州到 833 年白居易写作此诗,正好相隔七年。

(《白居易集笺校》,29·2008)

显然,事到如今,白居易对自己的园子是否适合白鹤栖息这一问题依然耿耿于怀。其实,从白鹤的角度来说,不管是谁的园子,都是他乡异土。白居易在838年写的一首诗里最后一次提到了这对白鹤。那首诗写到双鹤已死、白莲花也凋谢了的景象①。

我们在本章开头所引的诗中看到,白居易在检点园子里从江南带回的故物时,两只白鹤暂时性的离去使他陷入了极度的忧郁之中。这两只鹤的故事就是如上所述的那样。从这一个小小的片断里,我们可以考察一下,中国传统的诗歌酬答与物质交换之间的关联(下文将具体展开)。同时,也可以窥见权势关系在这种交换中所发挥的作用。从作为请求者的裴度、被请求者的白居易和调停人刘禹锡身上,我们不难看到这层关系。

关于白居易与刘禹锡何时相识这一问题,一直没有过一个满意的答案。他们二人相识的最早时间可能是在804年初,当时他们都在长安任职。白居易任校书郎,刘禹锡正担任监察御史②。805年,以王叔文(753—806)和王伾(卒于805年)为首的改革失败,刘禹锡也因之被贬出京城。接下来二十几年的时间里,刘禹锡和白居易不可能相见。因为他们根本就不生活在同一个地方。但是,二人之间的诗歌唱和早在808年就已经开始了。那一年,还在朗州的刘禹锡收到了白居易的一百首诗,

---

① 白居易在《苏州故吏》(《白居易集笺校》,34·2368)中提到,这两只鹤和这些花都是他从苏州带回来的。
② 杨宗莹认为白居易和刘禹锡的相识是在804年。但是他没有拿出证据来支持这一假设,不过是指出他们当时都住在长安这一事实(《白居易研究》,86页)。陈友琴也持此观点。其根据是白居易给刘禹锡的一封信里的一句话(《白居易》,61页)。陈友琴对白居易的那句话的解读有点成问题。瞿蜕园考察说,800年白居易游历南方的时候可能见过刘禹锡。那时,刘禹锡正在淮南杜佑(735—812)的幕府中任事(《刘禹锡交游录》,1607—1608页)。但瞿蜕园承认这纯粹是一种推测而已。

并作了和诗①。从 808 年到 824 年刘禹锡任和州刺史期间,他们至少有过两次相互赠诗②。从 824 年一直到 842 年刘禹锡去世,几乎没有哪一年他们不互相以诗相酬的。但是,他们二人之间有证可查的第一次相遇,是 826 年的扬州之聚。

白居易有可能早在 814 年就结识了裴度。那时他们都在京都长安任职。但是,当时的裴度是御史中丞,而白居易担任的是职位更低的太子左善赞大夫。尽管他们两人可能已经认识,但没有迹象表明当时二人有什么更密切的关系。820 年,张籍收到裴度馈赠的一匹马,于是以诗申谢,白居易写了和诗。现在已经弄不清楚到底白居易的诗仅仅是与张籍唱和,还是同时酬答张籍和裴度③。白居易和裴度交往最早的确凿证据是白居易写于 827 年的一首诗歌。当时,白居易应邀前往裴度在长安兴化坊的园子里举行的雅集,因此写下了这首诗④。

裴度在他家里经常举行集会,这或许有政治上的意义。德宗(779—805 年在位)是一位多疑的君主,常常要打探朝官的私会,结果弄得宰辅们都不敢在家里会客。816 年裴度辅政,上表宪宗说,由于各地的叛乱还没有被镇压下去,丞相应该尽可能地与更多有才能的人商讨国事。裴度的私人寓所成为了商量朝廷政务的地方。他在家中接纳宾客之举也得到了皇帝的恩准⑤。一年之后的 817 年,当宪宗似乎欲改初衷时,裴度又

---

① 刘禹锡,《翰林白二十二学士见寄诗一百篇因以答贶》(《全唐诗》,356·4003)。我暂时采用橘英范(Tachibana Hidenori)在《刘白唱和诗研究序说》(*Ryu-Haku showashi kenkyu josetsu*)书中 16 页考订的时间。朱金城认为刘禹锡的这首诗大概写于 807 年到 811 年之间(《白居易年谱》,176 页)。卞孝萱认为此诗作于元和六年(公元 811 年)四月(《刘禹锡丛考》,196 页)。
② 822 年,刘禹锡写了一首诗,名为《始至云安寄兵部韩侍郎中书白舍人二公近曾远守故有属焉》(《全唐诗》,355·3994)。这首诗的目的很实际,是在向韩愈和白居易寻求帮助。可参见瞿蜕园关于这首诗的注解(《刘禹锡集笺证》,1029 页)。以及橘英范(Tachibana Hidenori)的《刘白唱和诗研究序说》(*Ryu-Haku showashi kenkyu josetsu*),16 页。
③ 见白居易《和张十八秘书谢裴相公寄马》,《白居易集笺校》,19·1225。
④ 见白居易《酬裴相公题兴化小池见招长句》,《白居易集笺校》,25·1720。
⑤ 《旧唐书》,170·4417—4418。《新唐书》,173·5210。《资治通鉴》,239·7714。

进言皇上说,君子有徒,对朝廷无害①。

因此可以说,白居易参加的在裴度长安园子里的那场聚会,其目的可能是为了同僚之间拉关系,虽然这种拉关系还不能说是结党成帮。当时裴度身为中书门下平章事,乃是朝廷里最有权势的官员②。而白居易则刚刚应召回朝,任秘书监。尽管相关文献已经无据可查,但现代学者常常推测,白居易一开始出任秘书监,后来又担任刑部侍郎,都与裴度的帮助有关③。据这些学者们的估计,刘禹锡在白居易与裴度的交谊中起到了非常重要的作用④。

说裴度曾经影响白居易在朝廷的升迁,是一种合情合理的推测,但毕竟没有确凿的证据。而裴度对刘禹锡的提携却是有案可查的。815年,当刘禹锡将要被贬谪到荒芜边远的播州(在今贵州境内)时,裴度向皇帝求情说,尚应顾念刘禹锡需要照顾年事已高的老母。结果,刘禹锡被改迁连州(今广东境内)⑤。刘禹锡能回到长安,先出任礼部侍郎,后来又被任命为集贤直学士,都是由于裴度的举荐之功⑥。

梳理的三人的关系,有助于我们了解刘禹锡何以既同情白居易的恋恋不舍,又非常坚决地站在裴度的那一边。当然,以白居易之精明,也绝不会因小失大,为了留下两只鹤而冒险去损害他与当朝最有权势的人物之间的友情,而当时这种友情正处于萌芽状态。在情感上,白居易可以和双鹤藕断丝连,但是和裴度保持良好的关系则更为重要,足以让

---

① 《旧唐书》,15·465。
② 裴度于826年再次被任命为宰相。827年,他与宦官联合,扶助文宗继位,因此又封官加爵。
③ 见王拾遗《白居易传》,230—231页。瞿蜕园,《刘禹锡集证》,1578页。朱金城,《白居易年谱》,173页。在《白居易年谱简编》的4033页里,朱金城为这种假设提供了进一步证据。他指出,白居易在结束苏州任期之前就返回了京城。他被过早地召回朝廷,可能与裴度刚刚在朝廷掌权有关。
④ 杨宗莹,《白居易研究》,101页。
⑤ 见《旧唐书》,15·452、160·4211、160·4214。《新唐书》,168·5129。裴度对刘禹锡的帮助很大一部分是由于他与刘禹锡母家的亲戚有朋友之谊。
⑥ 《新唐书》,168·5131。

白居易忍痛割爱,与双鹤分手。所以说,在双鹤转手的过程中起决定性作用的因素,不是作为禽鸟栖息地的两座园林之间的优与劣,也不是禽鸟和主人之间的关系,而是裴度、白居易和刘禹锡之间的社会政治关系①。

第二节 爱妾换马

白居易的双鹤故事还与中唐以来不断发展的园林文化和收藏文化有关。我们已经看到,北方城市园林往往好以一些从江南运来的、有异域色彩的禽鸟、石头和植物为装点②。这些物品的可携带性不仅在于它们可以长途运送,也在于它们在社会关系网络中的流动性。这种流动性使我们看到,士人文化的点缀品都具有可替换性和可交换性,而后者则是更为重要的。随着诗歌赠答和物品交换关系的日趋密切,相关等值观念和交换价值的词语就渗透到诗歌语言之中,有时还占据了主导地位。

838年,裴度还在太原任北都留守的时候,他把一匹马作为礼物送给在洛阳的白居易。这或许是对白居易请求的一种答复。和这匹马一同到达白居易手中的,还有一首诗。这首诗现今只留下了一联:

君若有心求逸足,我还留意在名姝。

白居易在和诗《酬裴令公赠马相戏》中曾引过此联。白居易本人的诗如下:

---

① 在《白居易的名鹤》("The Celebrated Cranes of Po Chü-i")的13页中,司马德琳(Spring)认为裴度的支撑是刘禹锡升迁的决定性因素。我们也必须适当考虑裴度和白居易之间的关系。
② 从白居易《池上篇》序的有关记录来看,白居易在任职杭州期间就已经成为一个收藏家了。更重要的是,他从杭州收集来的所有物品,几乎都是为了装点他在洛阳的园林。

> 安石风流无奈何！欲将赤骥换青娥。①
> 不辞便送东山去，临老何人与唱歌？
> (《白居易集笺校》,34·2334)

谢安(字安石,320—385)"风流",指的是谢安退居东山时常常携歌伎出游的典故。谢安的出游虽然遭到许多正人君子的非议,但却在简文帝(371—373 年在位)那里得到了积极的肯定。简文帝预言说:"安石必出。既与人同乐,亦不得不与人同忧"②。谢安和裴度的相似之处似乎在于,谢安最后东山再起了,裴度有朝一日也会从太原任上返朝。即使不考虑裴、白二人之间的友情,光是裴度的政治前景也会促使白居易有求必应。然而在这首诗中,白居易一如既往,支支吾吾。他还故作糊涂地问道,若果真失去了爱妾,那么他上了年纪以后,又有谁来给他唱歌取乐呢?

收到白居易的答复之后,裴度又回赠了一首诗。很显然,在这首诗中,裴度嘲笑了白居易的吝啬。但是裴度没有把这首诗直接寄给白居易,却把它寄给了当时也住在洛阳的刘禹锡。裴度这种绕道的方式不知是否是因为刘禹锡在上一次解决双鹤问题时扮演了重要的角色,所以希望他能再次调停此事。不管裴度的动机如何,有一点是清楚的:刘禹锡当仁不让,再度出面调停,而且是不出所料地站在了裴度一方③。

裴度写给白居易结果却送到刘禹锡手中的那首诗,我们已经看不到了。但是我们可以从刘禹锡的和诗《裴令公见示诮乐天寄奴买马绝句斐

---

① "赤骥"是穆王八骑神马中的一种,见《穆天子传》(4·21)。在《列子》中,这八匹马的名字,有些和《穆天子传》中不一样。具体可以参见《列子集释》(3·94—95)。在张华的《博物志》(6·6a)中,八匹马的名字又略有不同。"青娥"是美女的代称,因为她们的卧蚕眉被染成了深蓝色。这里用来指白居易的侍妾。
② 刘义庆,《世说新语·简疏》,7·403。
③ 王拾遗认为,刘禹锡的诗歌是在婉转地给白居易提建议(《白居易生活系年》,276 页)。

言仰和且戏乐天》中找到重要线索：

> 常奴安得似方回①，争望追风绝足来②。
> 若把翠娥酬骆耳③，始知天下有奇才。
>
> （《全唐诗》，365·4124）

这里需要注意的是，三个人描绘这场交易的措词有所不同。白居易的诗歌题目使人以为裴度以马相赠，别无他求，但诗中的第一联点明裴度旨在以马换妾。我们已经无法弄清，刘禹锡的诗歌标题是否逐字或大致仿写了裴度的诗题。不论如何，刘禹锡的表述非常清楚，裴度的马是用来换取白居易的妾的，所谓"寄奴买马"是也④。刘禹锡诗里第三句的"酬"字也突出强调了马和妾之间相等的交换价值。

于是，裴度看似慷慨的潇洒之举就变得不像我们原来想象的那么大方了。但是刘禹锡小心翼翼地给这种赤裸裸的商品交换裹上一层糖衣：他在诗歌的最后声称，只有通过这样的交换才能体现出交换品作为"奇才"的价值。另外，"奇才"一词也可以用来指裴度和白居易。所以说，以妾换马能揭示裴、白二人鉴赏精品的能力。

白居易在《酬裴令公赠马相戏》一诗中自注道，裴度的那一联诗句指

---

① 这个典故出自《晋书》(75·1991)："郗愔有伧奴，善知文章。羲之爱之，每称奴于愔。愔曰：'何如方回邪？'羲之曰：'小人耳，何比郗公？'愔曰：'若不如方回，故常奴耳。'"(《晋书》，75·1991)
② "追风"是秦始皇的七匹马之一，见崔豹《古今注》(2·12)。在与燕昭王（公元前 311—前 279 年在位）的一次谈话中，郭隗讲了这样一个故事：古代有一个国君想买一匹日行千里的骏马。但求了三年也没有求到。于是他派使者带了一千金去另外一个国家买千里马。这个使者还没到达目的地，千里马就死了。使者便花了五百金把死马的头买了回来。国君非常震怒，准备处死这名使者。使者说道："死马尚市之，况生者乎？天下必君之好也，马将至矣。"一年之内，果然有三匹千里马被送到国君手中(《战国策校注》，9·405)。"绝足"这个词来自孔融在《与曹操论盛孝章书》中对这个寓言故事的转述："燕君市骏马之骨，非欲以聘道里，乃当以招绝足也"(《文选》，41·1874)。
③ "骆耳"是穆王的八神骑之一。"翠娥"和白居易诗中的"青娥"一样，指的都是同一名姬妾。
④ 妾可以指姬妾，也可以指"奴"。但是，其间的区别并不总是在诗歌中得到体现。

的是爱妾换马的故事①。这个典故可能有两个出处。第一个出处是关于古乐府诗题"爱妾换马"的背景故事。根据传统文献的说法,这一乐府诗题又有两个来源。其一是刘安(公元前179—公元前122)写的一首以《爱妾换马》为题的乐府诗②,但该诗已经失传。第二个来源是下面的这个故事:

> 后魏曹彰,性倜傥。偶逢骏马,爱之。其主所惜也。彰曰:"余有美妾可换,惟君所选。"马主因指一伎,彰遂换之。马号曰白鹄,后因猎跪献于文帝。③

由于时值中唐,裴度的典故很可能还与另一个关于魏氏和鲍氏的故事有关。这两个贵胄公子,一个好收集骏马,一个好纳聚美姬。一次在水榭的酒宴中,鲍氏让两名美妾唱曲助兴。酒酣耳热之后,两人靠在水榭的栏杆上欣赏魏氏收藏的骏马。魏氏对鲍氏说,你可以随便挑选我的一匹马,但必须以一名美姬作为交换。鲍氏接受了魏氏的建议,并将魏氏看上的那个美姬拿去换了马。这名美妾在盛装之后先为魏氏唱了一支歌,并给魏氏劝酒。完成了主人给定的任务之后,她又唱了一首歌向鲍氏道别。后来魏氏将一匹名为汗血紫花的马送给鲍氏以为交换④。在9世纪的前几十年里,这个爱妾换马的故事非常流行。比如,它直接引发了张祜(约792—约853)的《爱妾换马》二首⑤。

裴度和白居易到底依据的是哪一个典故并不重要。对我们来说,更重要的是,与以前的乐府诗歌不同⑥,中唐人在处理这个故事时,更加突

---

① 张籍对裴度相赠以马表示感谢,裴度在《答张籍诗》(《全唐诗》,335·3755)里也用了爱妾换马这个典故。白居易在《有小白马乘驭多时奉使东行至稠桑驿瀫然而斃足可惊伤不能忘情题二十韵》(《白居易集笺校》,25·1728)中,也间接地提到了这个故事。
② 见《乐府诗集》,73·1042。
③ 李冗,《独异志》,2·31。
④ 计有功,《唐诗纪事校笺》,52·1418。
⑤ 同上。
⑥ 唐代以前的乐府诗里,有四首以《爱妾换马》为题,见《乐府诗集》(73·1042—1043)。

出有关等价交换的词汇。张祜两首诗中的开头一联就这么写道：

一面妖桃千里蹄，娇姿骏骨价应齐①。

确实，马和姬妾(或者是歌伎)被认为是功能相同的商品。拥有二者很容易被视为财富的象征。比如，王瀚(710年进士)性好奢华，其本传中就把妾、马相提并论，说他："极多名马，家有伎乐"②。相同的例子还可以在著名的唐代传奇，蒋防(9世纪早期健在)的《霍小玉传》中找到。这篇小说中的一个人物就吹嘘自己的府邸里有"妖姬八九人，骏马十数匹"③。

在《洛下卜居》中，白居易解释道，他在选择住址的时候，不仅考虑到自己的喜好，还考虑了他从江南捎回来的鹤和石头(见《白居易集笺校》，8·449—450)。解读这首诗时，宇文所安做了以下的评论："白居易对石头和鹤的占有，与其说是一种婚姻关系，不如说是一种对妾的所有关系"。因为白居易此处用了一个"得"字，而"得""对于获得一名姬妾来说是一个准确的表述。但这个词不能用于寻找妻子"④。妻和妾之间的一个重大的区别是，妾是可以交换、可以任意摆布的。而妻的情况则不同，至少在一般情况下是这样的。妾和奇特的石、鹤和马一样，属于可收集的物品。白居易就提到过，他从杭州收集的、带回洛阳的物品之中，就包括几名姬妾⑤。就像其他优秀的收藏品一样，貌美的女人常常被称为"尤物"⑥。然而与此矛盾的是，她们又常常被认为是"长物"。既是"长物"，就可以被随意打发掉。白居易晚年就把所有的歌姬都送回杭州去了⑦。

---

① 《爱妾换马》，《全唐诗》，26·362。也见于《全唐诗》，511·5826。
② 《旧唐书》，190·5039。
③ 见汪辟疆，《唐人小说》，96页。
④ 宇文所安，《中国"中世纪"的终结》(The End of the Chinese "Middle Ages")，103页。
⑤ 计有功，《唐诗纪事校笺》，39·1072。
⑥ 在中国的诗歌传统中，像砚台、书画纸、绘画、石头、名花和美妾等士人文化的装点之物，常常被称为"尤物"。
⑦ 钱易，《南部新书》，45页。也可见刘禹锡《乐天寄忆旧游因作报白君以答》，《全唐诗》，356·4003。

马和妾之间具有相似的可消费性,这一点还可以在白居易的《不能忘情吟并序》中找到进一步的例证。白居易得了病以后,决定"录家事,会经费,去长物"。在落实这个决定时,他卖掉了自己的马(这被他称为"长物"),遣送了他最知名的宠姬樊素(白居易把她列为"经费"之中)。樊素似乎意识到,从功能上来说,自己和马之间不无相似之处。在以歌辞主时,她把自己对主人的服侍比作白居易的马①(见《白居易集笺校》,71·3810—3811)。

白居易卖马之后不久,一个老朋友又赠送了他一匹马。他的答谢诗《公垂尚书以白马见寄光洁稳善以诗谢之》中有这么一联:

> 免将妾换惭来处,试使奴牵欲上时。
>
> (《白居易集笺校》,34·2379)

在此诗写作一年前左右,白居易与裴度之间有过一次爱妾换马的瓜葛。白居易在这里庆幸自己不用以妾换马,可谓肺腑之言。

在白居易和裴度之间的两次交易,有几点值得注意:第一,诗歌交换和物质交换发生了交叉。园林虽然不是这种交叉得以发生的唯一空间,也是核心空间。尽管园林作为一种物质空间是固定的、有边界的,但是园林的某些组成部分却是可以携带、可以转移和可以交换的。因此,园林本身的物质构造是具有流动性的,而不是固定不变的。

第二,在这些交换中,双方使用的语言都是亦庄亦谐的,但是对于双方的权力关系却是心照不宣,这种权力结构可以决定交换的结果。物主在即将忍痛割爱的时候,也可以把种权力结构作为一个标准的诗歌主题来吟唱。我们在下文要看到的苏轼双石的故事就属于后一种情况。

第三,调停者的角色大大地增加了交换行为的戏剧性。调停者有时候息事宁人,有时候却火上加油。我们下文将要讨论苏轼的双石故事,

---

① 白居易在遣送樊素时,用了一个"放"字。这个字常常用来指放飞关在鸟笼里的宠物鸟。

其中,调停者就起了后一种作用。之所以有必要调停,就说明围绕物品交换所产生的争论在很大程度上主宰了诗歌唱和本身,并进而取代了把物品交换作为礼尚往来的常见主题。

第四,在物品流通的过程中,诗歌唱和不仅记录和解释了物品的交换,还积极地参与到这个过程中去了——或据理力争,或讨价还价,或协商谈判,或推三阻四,或调停缓解。凡此种种,都是用物物交换的语言来进行的。这当中有一个基本前提,那就是,凡是可收藏的东西都是可以转移、可以交换、可以被取代的。

最后,关于交换物品的诗歌,不论是以注释、冗长的解说、详细的标题,还是逐字引用(或简单提及)他人的诗歌,常常采用一种解释性的语言。这种解释性措辞的目的,不仅是为了避免他人的误解,也是出于揭发他人的态度和捍卫自己立场的需要。

第三节　自然而然的艺术与精打细算的交易

北宋时期,诗歌唱和和物品交换之间的相互关系,在不同程度上也反映了上述几点。北宋诗坛主要人物所写的有关礼品赠答的诗歌,远远超过中唐。欧阳修、梅尧臣、苏轼和黄庭坚(1045—1105)等无不如此①。这些礼物大致可以分为两类:(1)像茶、酒、鱼之类的日常用品。(2)品质更为持久的艺术收藏品,如书画、砚台、剑、香炉和奇石。苏轼的作品很多都是围绕第二类物品展开的。苏轼有时候以礼赠人,有时候向别人求索,有时候提出物物交换,有时候是对别人的索求做出答复。苏轼的这类作品,对中唐诗歌中的某些主题和词汇,既有继承,又有革新。

---

① 见合山究(Goyama)的《礼品赠答诗中所展现的宋代文人优雅的交往方式》("Zōtōhin ni kansuru shi ni arawareta Sōdai bunjin no shumiteki kōyū seikatsu")。黄庭坚收到礼物"宝薰"之后写了两组答复诗,相关讨论见萨进德(Sargent, Stuart)《黄庭坚的"意薰":交换的诗歌和启发的诗歌》("Huang T'ing-chien's 'Incense of Awareness': Poems of Exchange, Poems of Enlightenment")。

苏轼诗歌与中唐诗歌的不同之处在于,他喜欢在诗歌中做道德和哲学方面的说教。他经常表达的一个观点是,一个人对自己喜爱的物品,一方面应该能够玩赏,一方面又要保持超脱的态度。能够说明这个问题的诗歌有《张近几仲有龙尾子石砚,以铜剑易之》:

> 我家铜剑如赤蛇,君家石砚苍璧椭而洼。
> 君持我剑向何许,大明宫里玉佩鸣冲牙。
> 我得君砚亦安用,雪堂窗下尔雅笺虫虾①。
> 二物与人初不异,飘落高下随风花。
> 剸绳玉具皆外物②,视草草玄无等差③。
> 君不见秦赵城易璧,指图睨柱相矜夸。
> 又不见二生妄换马,骄鸣啜泣思其家。
> 不如无情两相与,永以为好譬之桃李与琼华。

(《苏轼诗集》,23·1237—1238)

苏轼先是对砚石和铜剑的形状和作用作了一番渲染,然后又有一点突如其来地宣布这些不过都是"外物"而已。从哲理上来说,砚石和铜剑属于谁都无所谓,因此苏轼就必须说明,他为什么要建议以剑换砚。为此,他从历史上有关物品交换的典故中选取了三个例子。

第一个典故是秦国以十五座城池换赵国之玉的故事。秦昭王(公元

---

① "雪堂"是苏轼在黄州建的屋舍名。这个名字的含意,可以参见艾郎诺(Egan, Ronald C.)的《苏轼生活中的言语、意象和事迹》(*Word, Image and Deed in the Life of Su Shi*),238 页。"尔雅"是一部辞书,作者是谁已经不清楚了。大概编纂于公元前 3 世纪到公元前 2 世纪。
② 孟尝君的宾客冯驩非常贫穷,他在人世所有的资产不过是一把剑。这把剑无物可为装饰,只能把剸绳缠在剑柄上,故云"剸缳"(《史记》,75·2359)。"玉具"是宝剑的名字,通常只有帝王才能佩带它,但有时一品朝官也有权佩带。
③ 汉武帝(公元前 140—前 87 年在位)对刘安(公元前 179—前 122 年)非常尊敬。每次给刘安写书信或有所赏赐,武帝都要让文学侍臣司马相如等人先看草稿(视草)再誊抄送过去(《汉书》,44·2145)。这一句和上面提到《尔雅》的那一句,很可能苏轼都暗中模仿了刘禹锡《唐秀才赠端州紫石砚以诗答之》的开头一联:"端州石砚人间重,赠我因知正草玄"(《全唐诗》,359·4051)。

前295—前251年在位)听说赵惠文王(公元前298—前266年在位)得到了"和氏璧"①,表示愿意以十五座城池换取"和氏璧"。赵惠文王和他的谋臣们感到非常为难。如果把"和氏璧"送往秦国,他们很可能根本就得不到城池。如果他们拒绝秦王的请求,那么他们面对的很可能就是强大的秦国军队。在蔺相如离开赵国前往秦国之前,他承诺说,要么取回秦国的十五座城池,要么完璧归赵。当蔺相如把"和氏璧"送到秦昭王手里以后,他意识到秦王根本就不想兑现许下的诺言。蔺相如耍了一个小诡计,哄骗秦王把玉暂时拿回给他一小会儿。拿到"和氏璧"之后,蔺相如斥责秦王不讲信用,并威胁说,要将宝玉(还有自己的脑袋)撞碎在大殿的柱子上。蔺相如持璧睨柱,秦王焦虑万分,立刻展开秦国的地图,指明准备送给赵国的那十五座城池。最后,"和氏璧"完好无损地被送回了赵国②。秦赵之争,原本事关大局。但是,在苏轼的再诠释中,这场冲突变得微不足道了,他所关注的是两位君王一位想保持手中之玉,另一位则想夺人所爱,都无法超脱自己的欲望。当然这块宝玉也被赋予了很大的象征力量。

在爱妾换马的故事里,苏轼在哲理上所批判的不是两个年青贵胄公子的无聊行为,而是被交换的物品本身所体现出来的无知。苏轼劝告骄鸣之马和啜泣之妾,要以随风飘零的花朵为榜样,在情感上和主人一刀两断。

苏轼的第三个例子来自《诗经·卫风·木瓜》:

> 投我以木瓜,报之以琼琚。
> 匪报也,永以为好也。
> 投我以木桃,报之以琼瑶。
> 匪报也,永以为好也。

---

① 关于"和氏璧"的故事,见本书81页注释2。
② 见《史记》,81·2439—2441。

> 投我以木李,报之以琼玖。
> 匪报也,永以为好也。

在这个把物品交换作为感情交流方式的经典例子里,苏轼似乎找到了自己以铜剑换取砚石的最好模型。同时,他强调对物品保持"无情"的重要性。"情"在人际关系中弥足珍贵,但却不可施之于物。

然而,就像苏轼在这首诗的后序中所承认的那样,他对砚石的获取正好就是他屈服于外物诱惑的一个例证:

> 东坡云:仆少时好书画笔砚之类,如好声色。壮大渐知,自笑至老无复此病。昨日见张君卯石砚,辄复萌此意。卒以剑易之。既得之,亦复何益?乃知习气难尽除也。①

从苏轼自己的文字,包括与他同时代人的文字中,我们得知苏轼对鉴赏和收集砚台非常地热衷②。而且他从来就没有克服自己对砚台的痴迷。下面米芾的这条记录就很能说明问题:

> 苏子瞻携吾紫金砚去,嘱其子入棺。吾今得之不以敛,传世之物,岂可与清净圆明本来妙觉真常之性同去住哉?③

石慢(Peter Sturman)指出,米芾的记录可以有三种解释。第一,对米芾来说,这方砚台实在是太珍贵了④。第二,"苏轼曾经公开批评米芾收藏得过了分,现在米芾故作吝啬,算是一种回报"。这一条记录"可以代表米芾对苏轼的言行不一做了一次盖棺论定式的嘲讽"。第三,米芾

---

① 见高似孙,《砚笺》(2·7b)。早在苏轼在黄州的时候(1071—1073 年),他就宣称他渐渐认识到绘画、书法和古玩就如同粪土一样无用。见《与蒲传正》(《苏轼文集》,60·1819)。英文翻译可见艾朗诺(Egan)《作为历史和文学资料的苏轼笔记》("Su Shih's Notes as a Historical and Literary Source")的 571 页。
② 《苏轼文集》中有关各种砚台的 27 篇铭文和 16 篇书,分别在《苏轼文集》的 19·548—557 和 70·2237—2242。
③ 米芾,《书紫金砚事》,《宝晋光英集补遗》,72 页。
④ 米芾对这方砚台的估价,可见米芾的《宝晋光英集》,8·65。

旨在说明,物品是可以经久不朽的——这种观念和欧阳修、苏轼等的老生常谈是针锋相对的①。我们也可能会想到,苏轼是想仿效唐太宗的所作所为。在弥留之际,唐太宗对儿子唐高宗的唯一要求就是用王羲之(303—361)的墨宝陪葬②。无论实际情况如何,苏轼希望哪怕在死后也永远拥有心爱砚台的强烈愿望,说明对自己的心爱之物保持"无情"是多么的困难。

苏轼通过各种各样的方式获取砚石,包括作为礼品接收、购买和物物交换。除了上面这首诗记录的那种实物交换方式以外,他还有一种可以信手拈来而且似乎是取之不竭的资源来进行交换,那就是他的诗歌。他曾获得过另一方亦是产自龙尾山的砚石。其前前后后的过程,证明了他的诗歌的特殊功能。此事的来龙去脉,在《龙尾砚歌》的小序里有所记录:

> 余旧作凤咮石砚铭,其略云:
> 苏子一见名凤咮,坐令龙尾羞牛后③。
> 已而求砚于歙。歙人云:子自有凤咮,何以此为?盖不能平也。奉议郎方君彦德,有龙尾大砚,奇甚。谓余若能作诗,少解前语者,当奉饷,乃作此诗。
>
> (《苏轼诗集》,23·1235)

从其效果上来说,苏轼对凤咮石的赞赏和现代名人替商品做广告不无相似之处。苏轼乃文坛巨子,他对日常生活精美之物的判断,能够传播很大的范围,并被人们奉为至理名言。因此,在此处他虽然是有口无心,但一定是弄得龙尾砚名声大跌。因而,既伤害了歙地人民感情,也

---

① 石慢(Sturman, Peter Charles),《米芾:风格及中国北宋的书法艺术》(*Mi Fu: Style and the Art of Calligraphy in Northern Song China*),196—198页。
② 见张彦远,《法书要录》,3·57b—58a。
③ 这一句出自《凤咮砚铭》,《苏轼文集》,19·550。有关这方著名砚石的更多记录可见《凤咮砚铭并序》(《苏轼文集》,19·550)和《书凤咮砚》(《苏轼文集》,70·2237)。

有损他们的腰包①。

形势逼人,就得不择手段。在应方彦德请求所作的龙尾砚诗中,苏轼不惜屈尊俯就以平息歙地百姓的激愤。他不仅夸大其词地赞赏他们的特产,而且还乐呵呵地自我贬损,承认自己乃是"贪夫"。

苏轼以诗换砚,这在他自己看来,可能只是一段趣闻。但这件事情本身却是一个很有力的证据,说明他的诗歌在当时的名气之大。此外,他的书法和绘画作品也提升了他作为他那个时代文化偶像的地位②。这些都是当时文化消费市场上的抢手货。并不是没有人批评苏轼的书法③,但是热切收集苏轼手稿的人在整个社会的上上下下都可以找到。结果,他的书法获得了一定的"市场价",这还将随着时间的推移不断地增值。比如,王诜在写给苏轼的一封信中,就说自己一直在没日没夜地收集苏轼的书法。前不久,他曾用三匹丝绸换回了两篇苏轼写在纸上的手迹④。苏轼虽然有时候会装不明白,为什么人们对他的书法汲汲以求⑤,但是他从来没忘记自己的书法是何等地畅销。他毫不犹豫地把书

---

① 这两种砚石用的是产地两座山的名字,一个叫"凤咮",一个叫"龙尾",很容易让人相互联想。苏轼可能看到了凤咮砚,马上就联想到了龙尾砚,于是顺口说了一句对龙尾砚不恭敬的话。
② 答复友人索求书法和绘画作品的文字,很容易在苏轼个人的尺牍中找到。比如,《与王定国》之十二、十三(《苏轼文集》,52·1520—1521)、《与程正辅》之十九(《苏轼文集》,54·1596)和二十八(《苏轼文集》,54·1599)、《与黄洞秀才》之一(《苏轼文集》,57·1729)、《与朱康叔》之十一(《苏轼文集》,59·1788)、《与参寥子》之十八(《苏轼文集》,61·1865)。在这些信件中,苏轼经常说他的书画刚一脱手,马上就被别人拿走了。傅君劢(Fuller)认为,苏轼作为书法家的地位是在 1060 年晚期和 1070 年早期确立的。他还统计到:"在凤翔,他在各种场合为招待他的主人写了十篇散文——既包括记也包括跋。在杭州,他写了三十四篇,包括序、铭和赞。而且,在杭州的时候,他还答应了九位索求笔墨者的请求"[《东坡之路:苏轼诗歌表达的发展》(*The Road to East Slope:The Development of Su Shi's Poetic Voice*),334 页]。
③ 有人批评苏轼的书法不守古法,黄庭坚曾为之辩护。见黄庭坚《跋东坡水陆赞》,《山谷题跋》,5·43—44。有关黄庭坚这篇题跋的翻译和讨论,可参见艾郎诺(Egan)的《欧阳修与苏轼的书法理论》("Ou-yang Hsiu and Su Shih on Calligraphy"),414—416 页。
④ 林语堂,《乐天知命的天才:苏东坡的生平与时代》(*The Gay Genius:The Life and Times of Su Tungpo*),278 页。苏轼作品具有相当的经济价值,以致他为一所寺庙写的一幅字碑竟然成为窃贼的偷盗目标(罗大经,《鹤林玉露·一编》,3·170)。
⑤ 见《石苍舒醉墨堂》,《苏轼诗集》,6·236。

法当钱用。例如,一次接受一个道士的几帖药时,他就写了几页草书以资酬报①。

苏轼的书法常常是在酒酣耳热之际信笔而成的,其绘画作品也是如此。人们在欣赏和评价这些作品时,往往受到这一因素的影响②。黄庭坚在《题子瞻画竹石》里,对苏轼那自发的艺术灵感作了一个规范化的表述:

> 风枝雨叶瘠土竹,龙蹲虎踞苍藓石。
> 东坡老人翰林公,醉时吐出胸中墨。
> (《全宋诗》,993·11417)

苏轼那种即兴挥洒的艺术家形象,其实就是他本人塑造出来的。黄庭坚诗中说的竹石画就是苏轼在《郭祥正家,醉画竹石壁上,郭作诗为谢,且遗二古铜剑》中叙说的那一幅。黄诗乃是受苏诗感发而作。苏轼的那首诗是:

> 空肠得酒芒角出,肝肺槎牙生竹石。
> 森然欲作不可回,吐向君家雪色壁。
> 平生好诗仍好画,书墙涴壁长遭骂。
> 不嗔不骂喜有余,世间谁复如君者。
> 一双铜剑秋水光,两首新诗争剑铓。
> 剑在床头诗在手,不知谁作蛟龙吼。
> (《苏轼诗集》,23·1234—1235)

无论是在黄诗还是在苏诗中,苏轼的艺术创作过程都被比喻为一种生理反应:吐。"吐"这个词也意味着喷洒。"吐"是喝酒时的一种生理冲

---

① 《与胡道师》之一,《苏轼文集》,60·1852。
② 在《题东坡字后》(《山谷题跋》,4·43)中,黄庭坚记录他亲眼见过苏轼酒后狂书。探讨苏轼醉后作书的文章,可见林语堂的《乐天知命的天才:苏东坡的生平与时代》(*The Gay Genius: The Life and Times of Su Tungpo*)277页。

动,而喷洒作为一种有意识的行为却有着一种方向感。这个词的双重意味强化了苏轼艺术绘画时的自发性和有意构造之间的相互渗透关系。

在这首诗里,苏轼创作力中的那种合目的性的自发,与天地的运作是互相和谐的。他在第三句里用"作"这个字来描述自己艺术创造性的形成。此处的"作"字源于《易经》中的:"天地解而雷雨作,雷雨作而百果草木皆甲坼"①。苏轼的身体和宇宙之间的类比既滑稽又宏伟:"天地"是大宇宙,而他的"空肠"则成了小宇宙。"雷雨"催化了天地万物,酒则使苏轼的空肠如出芒角。雷雨一"作",则百果草木皆甲坼;苏轼一"吐",则竹石之画浑然而成。

苏轼诗歌里的第一个对句常常被人例举,说明艺术创作是由内而外的自发行为②。然而,这还能说明苏轼绘画的另一个侧面,那就是:他的绘画常常陷在诗歌唱和和物质交换的迷网之中。在这首诗里,苏轼的绘画一旦跃然纸上之后,他那豪放无阻的创造力立刻就被卷入种种精打细算的交换之中。他的绘画可能是在酒酣耳热状态下一挥而就的,但是他的艺术行为本身的目的和动机却不再是简单地释放自己的创造能量。因为,竹石一旦画成,就起到了回报郭祥正热情好客的作用。郭祥正写了两首诗来回报苏轼的绘画,这样又是一轮你来我往。然而仅仅是这种口头致谢显然还是不够的,所以郭祥正又饶上两把铜剑来平衡这桩交易(苏轼显然是个鉴赏铜剑的行家,但我们不知道他是否曾经流露出对这两把铜剑的喜爱。如果他有所流露的话,也是不足为奇的)。最后,苏轼本人的诗歌了却了这桩交易。这首诗肯定了苏轼自己艺术创作的能量,对郭祥正能够欣赏这种创作能量表示欣赏,并把诗歌唱和和物质交换融为了一体。

---

① 《周易正义·解损》,52a。
② 比如,傅君劢(Fuller, Michael A.),《胸有成竹:中国古代对神速的观念表达》("Pursuing the Complete Bamboo in the Breast: Reflections on a Classical Chinese Image for Immediacy"),9—10页。艾郎诺(Egan),《苏轼生活中的言语、意象和事迹》(*Word, Image and Deed in the Life of Su Shi*),292页。

苏轼绘画于其上的"壁",并非真是屋子里的一面墙,而是郭祥正家里的一扇屏风①。这个小小的细节值得我们注意:由于与屏风连为一体,这幅绘画作品成了可以移动的物品,可以在交换的圈子里无限地循环下去。如果这幅画是画在墙上的,那么它作为交换物品的便携性就将受到极大的限制。由于苏轼在这扇屏风上画了一幅画,屏风的审美价值就大为增长,郭祥正对此当然是一清二楚的。他对这座屏风爱护备至,二十八年之后的1102年,当黄庭坚写《书东坡画郭功父壁上墨竹》一诗时,这座屏风依然保存完好(见《全宋诗》,39·11601)。

郭祥正对该屏风的珍藏固然可能主要是由于其情感上的价值,但毫无疑问的是,在繁荣的文化消费市场上,任何出自苏轼之手的作品都具有相当高的商品价值。苏轼本人对此是非常清楚的,这一点可以从下面这条记录中看出。这段文字记载的是苏轼把一幅绘画作为礼物送给贾收(1068年至1086年之间健在)的事:

> 今日舟中无他事,十指如悬槌,适有人致嘉酒,遂独饮一杯,醺然径醉。念贾处士贫甚,无以慰其意,乃为作怪石古木一纸,每遇饥时,辄一开看,还能饱人否? 若吴兴有好事者,能为君月致米三石,酒二斗,终君之世者,便以赠之。不尔者,可令双荷叶收掌②,须添丁长,以付之也。③

像往常一样,一杯半盏之后,苏轼的艺术创造力就被激发起来了。但是一旦画成,他就预想着此画可以用来做交换品。在苏轼的料想之中,这幅画可以有三种功能:第一,他让贾收"辄一开看",这是这幅绘画作品作为艺术品的"正当"功能。然而,由于贾收身处贫困境地,他对日常生活用品的需求显然比对艺术作品的审美享受来得迫切

---

① 这一点可以在郭祥正的《跋黄鲁直书东坡所画壁上墨竹诗》(《郭祥正集》,561页)一诗中得到确证。
② "双荷叶"是贾收妾的名字。
③ 《答贾耘老》之四,《苏轼文集》,57·1726。

得多。苏轼意识到这幅画虽然可以让贾收大饱眼福,但并不能代替柴米油盐。于是,他提出了一个更切实用的建议:用这幅画去换取足够的日常生活用品,供他每个月安安稳稳地过日子。最后,苏轼又建议他的朋友妥善保存这幅画并以之为传家宝。他预料,他的画将来会大为增值,这里说的值是金钱意义上的值,而不是审美意义上的值①。

苏轼说的具体数字("月致米三石,酒二斗")当然不可过于拘泥,这很可能只是一种措辞而已。然而,苏轼在此处提到了具体的数字,这就提醒我们,他的艺术作品的商品价值是可以计算的:

> 先生临钱塘日,有陈诉负绫绢钱二万不偿者。公呼至询之,云:"某家以制扇为业,适父死,而又自今春已来,连两天寒,所制不售,非故负之也。"公熟视久之,曰:"姑取汝所制扇来,吾当为汝发市也。"须臾扇至,公取白团夹绢二十扇,就判笔作行书草圣及枯木竹石,顷刻而尽。即以付之曰:"出外速偿所负也。"其人抱扇泣谢而出。始逾府门,而好事者争以千钱取一扇,所持立尽,后至而不得者,至懊恨不胜而去。遂尽偿所逋,一郡称嗟,至有泣下者。②

苏轼在给贾收送礼的时候提到了潜在的购画者,那不过是想入非非罢了。而在上面的这个故事里,苏轼艺术品的鉴赏家则是化虚为实了,构成了熙攘之众蜂拥在公府门前大街上疯狂抢购的场面。苏轼画的扇面不多不少,正好可够制扇人还清欠款,可见苏轼对自己书画的市场行情

---

① 宋代文人经常会预言,当代的艺术作品将随着时间的推移而增值。苏轼在给米芾的一封短札中,曾经精确地指出,米芾书法的价格之所以低于它们应有的价值,唯一的原因就是米芾还在世。米芾死后,他的作品肯定会是无价之宝。见《与米元章》之二,《苏轼文集》,58·1777。在《跋东坡书帖后》(《山谷题跋》,5·46)中,黄庭坚预测,由于苏轼的人品和才艺都出类拔萃,其书法在百年之后将值万金。黄庭坚大可不必等到一百年之后去印证他的预言。宣和年间(1119—1126年),苏轼的书法作品已经非常稀少了(因为收藏书画的宫殿有一次失火了),以至朝廷专门征集遗留在世的苏轼作品。官方的价格出到了每纸一万金,而苏轼的《英州石桥铭》卖出了三万金的高价(何薳,《春渚纪闻》,6·96)。
② 何薳,《春渚纪闻》,6·93。

了如指掌。

苏轼替制扇人排忧解难的时候,也可能是重演晋朝书法家王羲之的一次异想天开的慷慨之举。有一次,王羲之遇见了一个卖竹扇的老妇人。他在她的每把扇子上写了五个字,并打消老妇人的疑虑说:"但言是王右军书,以求百钱邪"①。这个老妇人按照王羲之教她的那样做,人们果然争相抢购她的扇子②。卖扇老妇人对王羲之书法的价值完全无知,与之相反,这个制扇子人却十分清楚苏轼书画的市场价值。苏轼虽然语焉不详,制扇人却立刻心领神会,并恰如其分地表达了他的感激之情。

苏轼在扇面上画的是石头、竹子和枯木。他画的这些东西在他那个时代显然受到了最高的推崇,以至引得众多的诗人反复吟唱,上文提到的黄庭坚之诗就是一例(此类画作是如此的盛行,以至他经常不得不草草而就,以应对朋友和熟人频频不断、没完没了的索求)③。在下面这段文字里,苏轼本人记录了他在物品交换的过程中如何利用此类作品的流行:

> 灵壁出石,然多一面,刘氏园中砌台下有一株,独嶦然反复可观,作麋鹿宛颈状,东坡居士欲得之,乃画临华阁壁,作丑石风竹,主人喜,乃以遗予。居士载归阳羡。元丰八年四月六日(1085 年,5 月 2 日)。④

和前面苏轼画扇面时的情形一样,苏轼的艺术创作并非是被酒精激起的一种不得不为的冲动,而是一种老谋深算之举。苏轼的绘画如此珍贵,主人在以真石换石画的时候,乃是心甘情愿,甚至是迫不及待的。

---

① 王羲之担任的官职为右军,显然他在世的时候,就以"右军"知名于世了。
② 《晋书》,80·2100。
③ 何薳,《春渚纪闻》,7·110。
④ 《书画壁易石》,《苏轼文集》,70·2214。

第四节 三首诗、两块石头、一幅画

在我们以上考察过的实例中,不论是苏轼用一柄铜剑换取一方砚石,还是用一幅画换取一块石头,这些交换活动都是由苏轼挑起的。他扮演了积极主动而又控制全局的角色,在这些交易中稳操胜券。然而,当苏轼充当相反的角色、由别人来向他要这要那的时候,情况就大不一样了。这一点可以在王诜借石的故事中看出。

1092 年,苏轼得到了两块作为礼物送来的石头。事情的前前后后在他《双石》一诗的小序里记载得很清楚:

> 至扬州,获二石。其一,绿色,冈峦迤逦,有穴达于背。其一,正白可鉴,渍以盆水,置几案间。忽忆在颍州日,梦人请住一官府,榜曰仇池。觉而诵杜子美诗曰:万古仇池穴,潜通小有天①。乃戏作小诗,为僚友一笑。②(《苏轼诗集》,35·1880)

苏轼的小序写得神奇妙幻,他的诗也是如此。眼前的石头使得苏轼的想象力纵横驰骋,时而把他带到太白山,时而又把他带到了峨眉山。诗歌的最后两句聚焦于石头上的孔穴,在苏轼的想象之中,双石变成了他向往已久的仇池山③。后来,苏轼就把这两块石头命名为"仇池石"。

一年之后的 1093 年,苏轼带着这两块石头返回了京城。很快他就与僚友们开始了日常的诗歌酬唱活动。有一次,他的仇池石显然是他与钱勰(字穆父,1043—1097)、王钦臣(字仲至,1070 年进士)、蒋之奇(字颖

---

① 这两句诗出自杜甫的《秦州杂诗二十首》之十四(《全唐诗》,225·2419)。
② 史国兴(Smith, Curist Dean)的《仇池之梦:苏轼的觉醒》("The Dream of Ch'ou-ch'ih: Su Shih's Awakening")从苏轼是吏是隐这一问题的思想斗争出发,探讨了苏轼的仇池梦。
③ 这首诗的英文翻译可以参见华兹生(Watson)的《苏东坡诗选》(*Selected Poems of Su Tung-p'o*),121 页。

叔,1031—1104)三位友人诗歌唱和的主题①。这次唱和的诗作以及苏轼先前有关仇池石的诗歌,很像是刘禹锡和白居易关于华亭鹤的酬唱。苏轼的老友王诜以诗相投,要求借观苏轼的仇池石。这不禁让我们想起了裴度对白居易提出的请求。王诜的索求引出了苏轼三首答复长诗中的第一首《仆所藏仇池石,希代之宝也,王晋卿以小诗借观,意在于夺,仆不敢不借,然以此诗先之》:

> 海石来珠浦,秀色如娥绿。
>
> 坡陀尺寸间,宛转陵峦足。
>
> 连娟二华顶②,空洞三茅腹③。
>
> 初疑仇池化,又恐瀛洲蹙④。
>
> 殷勤峤南使,馈饷扬州牧。
>
> 得之喜无寐,与汝交不渎。
>
> 盛以高丽盆,藉以文登玉。

---

① 这四人在当时被誉为"元祐四友"(陆游,《老学庵笔记》,138页)。这里所说的诗是《见和仇池》(《苏轼诗集》,36·1935—36),此乃《次韵奉和钱穆父蒋颖叔王仲至诗四首》(《苏轼诗集》,36·1934—37)中的第三首。这首诗是否与仇池石有关,有人提出了质疑。我认为它与仇池石有关。

② "二华"是指太华和少华,都在现在的陕西省。

③ "三茅"亦称茅山,指的是现在江苏的句曲山。该名源于茅君,茅君乃道家仙师,葛洪在《神仙传》中首次提到他。流传下来的《神仙传》有两个版本,一个有九十四仙传,另一个版本是八十四传(葛洪著作目录的文献提要,可见贡特斯(Guntsch)的《〈神仙传〉和神仙的形象》(*Das* Shen-hsien chuan *und das Erscheinugsbild eines Hsien*,9—18页)。在九十四仙传的这个版本里,茅君(他的名字叫什么没有说)的故事更为简短一些,可参阅葛洪的《神仙传》9·67。在另一版本里,我们得知茅君的名字叫盈(字叔申),他住在句曲山的一个仙洞里。茅君还有两个弟弟,一个叫茅固,一个叫茅衷。茅固和茅衷在晚年时,放弃官职,离家出走,和茅盈一起居住山中,最后也都成了道家真人。见葛洪的《神仙传》(5·4b—8a,《四库全书》版)。在陶弘景的《真诰》(11·141)里,我们看到,茅盈居住的金坛华阳之天乃是一方圣地,在道家三十六洞天中排名第八。在张君房的《云笈七籤》(27·3b)里,金坛华阳之天在道家十大洞天里居于第八位。关于茅山更多的资料可见《太平御览》(41·4a—5a)。在《双石》的小序中,苏轼提到其中的一块石头"其一绿色,冈峦迤逦,有穴达于背"。在这个对句里,他显然是在把"冈峦"比作"二华顶",把"有穴达于背"比作"三茅腹"。

④ 这两句似乎描写的是双石中的另一块。苏轼在《双石》的小序中描绘为:"其一正白,可鉴渍"。

> 幽光先五夜，冷气压三伏。
>
> 老人生如寄，茅舍久未卜。
>
> 一夫幸可致，千里常相逐。
>
> 风流贵公子，窜谪武当谷。
>
> 见山应已厌，何事夺所欲。
>
> 欲留嗟赵弱，宁许负秦曲①。
>
> 传观慎勿许，间道归应速。

（《苏轼诗集》，36·1940—42）

苏轼的诗题中夸大其词地把仇池石说成是"希代之宝"，这也就暗示了他与这两块石头难分难舍，同时也为两个石头癖好者之间戏剧性的冲突搭好了舞台。苏轼敏锐地察觉到，王诜"借"石之"意"在于"夺"。

苏轼的疑虑绝对不是没有根据的。王诜常常因有借无还而声名不佳。有一次，他向米芾借了一幅画。这副画出自苏轼之手，观音纸上绘有两茎竹子、一株枯木和一块怪石。后来，王诜再也没有把画还给米芾②。还有一次，他向米芾借了一幅王羲之的书法。这幅墨宝是米芾用十种玩好换来的。然而，在归还给米芾之前，王诜却剪下了卷轴末端后人书写的跋③。另有一回，王诜借了米芾一块砚石，迟迟不还，结果

---

① 这一对句暗用了赵惠文王和蔺相如之间关于秦国用十五城池换取"和氏璧"的对话(《史记》，81·2440)：

　　问蔺相如曰："秦王以十五城请易寡人之璧，可予不？"相如曰："秦强而赵弱，不可不许。"王曰："取吾璧，不予我城，奈何？"相如曰："秦以城求璧，而赵不许，曲在赵；赵予璧，而秦不予赵城，曲在秦。"

② 米芾，《画史》，42页。这幅画出于苏轼之手，是苏轼1081年饮酒后所作。苏轼把这幅画作为第一次见面的礼物送给米芾。米芾本人也是一个不择手段的艺术收藏家。很多文献记录了大量关于他使用各种手段和计谋占有书画的逸事，其中许多都很可靠。米芾一些逸事的英文翻译，可以参阅石慢（Sturman, Peter Charles）《米芾：风格及中国北宋的书法艺术》(Mi Fu: Style and the Art of Calligraphy in Northern Song China)，220—224页。

③ 米芾，《跋快雪时晴帖》，《宝晋英光集》，7·58—59。米芾跋文的英文译文，可参阅雷德侯（Ledderose, Lothar）《米芾与中国书法传统》(Mi Fu and the Classical Tradition of Chinese Calligraphy)，106页。王诜的另外一次的恶作剧，可以在米芾的《跋晋贤十三帖》中看到(《宝晋英光集》，7·61)。

毁了米芾的一桩交易。这笔交易是米芾与刘季孙(约 1033—1092 年健在)谈妥了的。刘季孙收藏了大量的书画,其中包括一卷王羲之和王献之(344—386)的书法真迹①。为了得到这幅杰作,米芾用欧阳询(557—641)真迹一帖、王维雪图六幅、正透犀带一条、砚山一枚、玉座珊瑚一枝与刘季孙做交换。但是,这笔交易没做成,因为王诜借走米芾的砚石后没有及时归还。刘季孙赴任泽州太守走后两天,王诜才把东西还给米芾。米芾只好和刘季孙约定,下一次见面再达成此项交换,结果也失败了,因为刘季孙在此之前就死去了。这幅书法卷轴后来被刘季孙的儿子卖给了别人。总共卖了二万——高于乃父买入价的二十倍②。

对王诜的索求,苏轼自称是"不敢不借",看起来他是弱势的一方。苏以"老人"自称,把王诜则说成是"贵公子"。相形之下,苏轼就愈发势弱了。其实,苏轼的年龄和王诜相差无几,说王诜是"贵公子",大概是因为王诜的妻子是宋英宗(1064—1068 年在位)的二女儿③。王诜与皇室结亲似乎导致了苏、王两方的势力不平衡,注定苏轼最终不得不顺从王诜的请求。但与此同时,此诗最后提到了秦赵两国围绕"和氏璧"所发生的故事,这又暗示了另一种不同的冲突结果,即弱者战胜强者。确实,正如我们将要看到的那样,苏轼最终巧用诗歌,使尽招数,智取王诜。

苏轼诗歌的前二十句不仅描绘了大量关于石头形状和轮廓的细节,

---

① 根据苏轼在《记刘景文诗》(《苏轼文集》,68·2153)中所言:"(刘季孙)死之日,家无一钱,但有书三万轴,画数百幅耳"。足见刘季孙乃是一个不惜血本、不计后果的收藏家。
② 米芾,《书史》,第 4 页。这篇文章的英文翻译见于雷德侯(Ledderose, Lothar)《米芾与中国书法传统》(*Mi Fu and the Classical Tradition of Chinese Calligraphy*)的 106—107 页。王诜想把砚石占为己有,故意拖延到刘季孙离开才把它还给米芾,以破坏他们的交易。这块与众不同的砚石显然很珍贵,因为苏轼也曾想要它,但被拒绝了。见米芾的《宝晋英光集》,8·67。
③ 王诜的妻子死于 1080 年,王诜被流放后的第二年。到 1090 年,他已经没有什么权势了。

而且强调它们是被作为礼物从原产地岭南运送到扬州的。苏轼获此双石,乃由他人"馈饷"。相形之下,王诜意在"夺"人所好,不免有粗暴之嫌。

在白居易记录江南战利品的诗歌里看到的一些主题,重新出现在苏轼的诗歌里。白居易卜居时,在很大程度上是为他的仙鹤和石头考虑,尽管这些也许不是唯一的理由。同样,苏轼虽然对自己的居住地漫不经心,对仇池石的安置却是处心积虑。他把仇池石放在一个铜盆里,周围排布着他从文登带回来的一些玉石①。

据苏轼的记载,是他本人发明了把小石子放在盆中以构建微型盆景的方法。早在1082年,当苏轼还在杭州的时候,他就被钱塘江美丽的小石子所吸引,并用煎饼和在江里游泳的小孩子们换取它们。那段时间他总共收集了298块这样的小石子。其中有一块小石子看起来像老虎,嘴巴、鼻子、眼睛一应俱全,苏轼把它当成了群石之首。他把250个石子放在一个古铜盆里(这是他从一个乡下人那儿买回来的。那个乡下人从被水浸了的坟墓里捡到这个铜盆),并把它们送给庐山的佛印和尚。苏轼希望以后来参观佛印寺庙的人,如果不能捐赠食物、衣物和用具的话,就为铜盆提供一些净水②。仇池石经过苏轼的文登石稍加点缀之后,成了可人的小玩意儿,同时又变成了佛门净品。

白居易把仙鹤描写成他晚年的伴侣,同样,苏轼用《易经》里的"君子上交不谄,下交不渎"③来说明他和仇池石之间的关系。在白居易和裴

---

① 1085年,苏轼在文登的时候,收集到这些小石子。直到1090年,他手头还有不少文登石,有些被他当做礼物送人了。可见《始于文登海上得白石数升如芡实可作枕闻梅丈嗜石故以遗其子明学士子明有诗次韵》(《苏轼诗集》,31·1650)和《文登蓬莱阁下石壁千丈为海浪所战时有碎裂陶洒岁久皆圆熟可爱土人谓此弹子涡也取数百枚以养石葛蒲且作诗遗垂慈堂老人》(《苏轼诗集》,31·1651—52)。
② 见《怪石供》(《苏轼文集》,64·1986—87)、《后怪石供》(《苏轼文集》,64·1987)、《玉石偈》(《苏轼文集》,22·644)和《与佛印》之二(《苏轼文集》,61·1868—69)。
③ 《周易正义·系辞》(下),88b。

度有关仙鹤的诗歌唱和中,表面上双方是在争论谁家的园林更适合双鹤栖息。与此不同的是,苏轼和王诜的争论却是双方欲望的直接冲突。有些令人不解的是,苏轼的欲望之所以合情合理,是因为他只拥有两座盆景小山。曾几何时,王诜却可以把武当群山一览无遗,拥为己有。苏轼提起王诜被逐于武当的往事,在此看来多少有些蹊跷。王诜在著名的乌台诗案后不久就遭到了放逐,正是因为他和苏轼有种种瓜葛,牵涉到两人之间过从甚密以及他们在文学艺术上的唱和切磋,还有王诜对苏轼的接济①。难道苏轼是在调侃王诜,警告他说,二人之间再进行礼物交换可能会有风险?

在诗歌的结尾,苏轼提出了两个条件:第一是不得"传观",第二是尽快归还。我们不禁要琢磨,苏轼要求王诜尽快归还石头,可能是因为他还记得米芾砚台的命运。且不说苏轼为什么要提出这两个条件,他这种吝啬的态度和他平时的高谈阔论是有着天壤之别的。苏轼的这些高谈阔论,总是要人们超脱对"身外之物"的难舍难分之情。我们将会看到,这种吝啬的态度与他在下两首诗歌中采取的立场和姿态,有所不同。

苏轼和王诜的争执,就像当初白居易和裴度之间的僵持不下一样,引来了第三方出面调停。这第三方乃是钱勰、王钦臣和蒋之奇三人。尽管他们三人的诗歌现在都已经亡佚了,但是他们的观点大致还保留在苏轼第二首诗超长的诗题里:《王晋卿示诗,欲夺海石,钱穆父、王仲至、蒋颖叔皆次韵。穆、至二公以为不可许,独颖叔不然。今日颖叔见访,亲睹此石之妙,遂悔前语。仆以为晋卿岂可终闭不予者,若能以韩幹二散马

---

① 在《题王晋卿诗后》(《苏轼文集》,68·2137)一诗中,苏轼本人提到是他牵连了王诜。关于这个事件更进一步的考察,可见蔡涵墨(Hartman, Charles)的《1079年的诗歌与政治:苏轼乌台诗案分析》("Poetry and Politics in 1079: The Crow Terrace Poetry Case of Su Shih")。英文的有关讨论,还有艾朗诺(Egan)的《苏轼生活中的言语、意象和事迹》(*Word, Image and Deed in the Life of Su Shi*),46—53页,和林语堂的《乐天知命的天才:苏东坡的生平与时代》(*The Gay Genius: The Life and Times of Su Tungpo*)187—204页。

易之者,盖可许也。复次前韵》:

> 相如有家山,缥缈在眉绿。
> 谁云千里远,寄此一拳足。
> 平生锦绣肠,早岁藜苋腹。
> 纵教四壁空,未遣两峰蹙。
> 吾今况衰病,义不忘樵牧。
> 逝将仇池石,归泝岷山渎。
> 守子不贪宝,完我无瑕玉①
> 故人诗相戒,妙语予所伏。
> 一篇独异论,三占从两卜。
> 君家画可数,天骥纷相逐。
> 风骏掠原野,电尾捎涧谷。
> 君如许相易,是亦我所欲。
> 今朝安西守,来听阳关曲。
> 劝我留此峰,他日来不速。

(《苏轼诗集》,36·1945—47)

苏轼写第一首回复诗后不久,所有的人似乎都达成了一种共识,那就是王诜的"借"实际上就等于"夺"。但是,对于苏轼是否应该答应王诜的请求这一点,三位自告奋勇的调解者却各持己见,使事态变得更有戏剧性了。从第二首诗的结尾我们可以清楚地看到,蒋之奇亲眼见到这两块非同寻常的石头之后,改变了观点,并敦促苏轼不要放弃这两块石头。至此,三位调停者之间的意见分歧至少是暂时性地解决了。

诗歌前八句提到了司马相如和他的妻子卓文君的故事。这个典故有两个主要的出处。其中的一处用"(卓)文君姣好,眉色如望远山。脸

---

① 此处优势指秦、赵二国的"和氏璧"之争。上文曾经提到,"和氏璧"最后完璧归赵了。

际常若芙蓉,肌肤柔滑如脂"来描绘卓文君①。诗歌的第七句用了另一处的典故,说司马相如和卓文君私奔之后,处于"家徒四壁"的困窘之中②。此处仇池石、山和"眉色如望远山"的美女这三个意象可以相互指代,因此就产生了一种类比关系:仇池石之于苏轼,如同卓文君之于司马相如③。

然而,苏轼把自己与仇池石的关系说成夫妻关系,这个暗喻马上就显得不那么恰如其分了。因为,苏轼的仇池石在被女性化以后,其化身更像是一名姬妾,而非妻子。我们在上文曾经说过,姬妾与正室是不一样的。姬妾是可以交换和转手的。苏轼在这里对仇池石的态度恰似对待姬妾的态度。虽然他信誓旦旦地说要"完我无瑕玉",且不会贪念其他的"宝",其实已经准备好要做交易了。他更切实际地给王诜还了个价,要用双石去换王诜收藏的韩幹(卒于780年)所画的两匹马④。也许这纯粹是巧合,但我们在此好像隐隐约约地听到了爱妾换马的故事。苏轼在给张进的诗歌里,就提到了这个故事⑤。所不同的是,在这里真马被画上的马所替代,姬妾被仇池石所替代。仇池石被比作"绿眉","绿眉"乃是一种熟烂的借喻法,用来指代美女。

骏马图也是苏轼那个时代的收藏品之一,尤其是那些出于8世纪画家韦偃(7世纪晚期至8世纪早期健在)、曹霸(713—741年之间健

---

① 刘歆,《西京杂记》,2·82。
② 《史记》,117·3000。
③ 苏轼是蜀人,对司马相如有心心相通之感。司马相如乃是来自蜀地的第一位有影响力的诗人。后世蜀地诗人在自我表现时,常常以司马相如为楷模。相关的研究可见米勒·法梅尔(Farmer, J. Michael)的《通畅无阻:写在荆口的三首诗歌》("Passages: Three Poems at Thorn Portal")。
④ 薛爱华(Schafer)在《杜绾的灵璧石目录:注释与概要》(*Tu Wan's Stone Catalogue of Cloudy Forest: A Commentary and Synopsis*)第7页中,认为苏轼第二首诗题中的"二散马",意为韩幹画的是两幅马画。这样的解读很有诱惑力,因为这样一来,两块石头和两幅画的交换应该是很公平的。但我认为苏轼索取的应该是一幅绘有两匹马的画。
⑤ 苏轼在《戏周正孺二绝》(《苏轼诗集》,28·1474)里也提到了这个典故。

在)和韩幹之手的马画,尽管已经很难辨别哪些是真迹哪些是赝品。在米芾见过的六副真迹里,就有一幅在王诜的手上。王诜的这幅马画画的是二马相咬①。苏轼提出用来换取石头的马画极有可能就是指这一幅。

苏轼和王诜之间的密切关系牵涉到艺术、诗歌、交情和政治,这一点可以从苏轼的诗《书韩幹牧马图》的写作背景中看出来(见《苏轼诗集》,15·721—23)。1069年,王诜在京师的短暂逗留期间曾邀请苏轼到城外相会,这是他们的第一次见面(两人不在城内而在城外会面,从这当中也可窥见当时的政治空气是何等的紧张)。第二天,王诜给苏轼送来了一幅六轴的画,上有韩幹所画的十二匹马,并请苏轼在卷轴末端题词。在乌台诗案事件中,苏轼题在卷末韵文中的两句诗,曾被挑出来作为他恶毒攻击执政的罪证②。考察了苏轼和王诜之间的关系,以及韩幹马图在这种关系中所发挥的作用之后,我们不禁要猜测,苏轼在提出以石换画的时候,是不是对自己十几年前遭受的政治迫害依然耿耿于怀?

苏轼提出以石换画,也许是出于诚心。在当时,收藏家之间进行艺术品的交换非常普遍③。这种交换比拿艺术品去做买卖,更易于为人们所接受。王诜有一次就用韩幹画的一匹马换取了米芾收藏的一幅书法真迹。而王诜的那幅画当初又是用一块石头换来的④。在文化消费市场上,把奇石和马图作为等价物品进行交换的先例比比皆是。

---

① 后来,这幅绘画被切分成了两幅,分开出售。见米芾《画史》,11—12页。
② 相关讨论见蔡涵墨(Hartman, Charles)的《1079年的诗歌与政治:苏轼乌台诗案分析》("Poetry and Politics in 1079: The Crow Terrace Poetry Case of Su Shih"),34页。
③ 见雷德侯(Ledderose, Lothar)《米芾与中国书法传统》(*Mi Fu and the Classical Tradition of Chinese Calligraphy*),46页。
④ 米芾,《书史》,10页。

但是,从另一方面来说,苏轼针锋相对的提议可能是为了难为王诜。王诜是一个走火入魔乃至贪得无厌的古画收藏家。苏轼很清楚,王诜是很难舍得他的宝贝马画的。苏轼的讨价还价貌似合情合理,其实是在偷偷地以王诜之道还诸王诜之身。他的意思很清楚:己所不欲,勿施于人。非常有意思的是,十六年前的1077年,苏轼写有一篇评论王诜收藏字画的文章。在这篇文章里,苏轼提出了他最知名的一个论点:沉溺于收藏的占有欲之中,是非常危险的。君子必须学会寓意于物,而不可留意于物①。但是在这次以石换画的纠缠中,无论是王诜还是苏轼自己,都犯了君子之大忌,尽管苏轼本人曾经头头是道地警告过别人不要去犯这种忌讳。

如果苏轼的讨价还价不过是一个计谋,那么这个计谋无疑是成功的。第三首诗歌的诗题明确地暗示出,这个交换的提议被王诜斩钉截铁地拒绝了。这个交易自然也就飞到九霄云外去了。此时,第三者再一次插足进来。钱勰异想天开,要将石、画皆归己有。而蒋之奇则走极端,建议焚画碎石,一了百了。苏轼的态度表露在《轼欲以石易画,晋卿难之,穆父欲兼取二物,颖叔欲焚画碎石,乃复次前韵,并解二诗之意》一诗中:

> 春冰无真坚,霜叶失故绿。
> 鷃疑鹏万里②,蚿笑夔一足③。
> 二豪争攘袂,先生一捧腹。

---

① 《宝绘堂记》(《苏轼文集》,2·356—57)。也可参见本书117页注释1。
② "鹏"是传说中可以高飞九万里的鸟。"鷃"则只能在很小的范围里飞上扑下。鷃不仅无法理解鹏想要高飞到何处去,还嘲笑鹏(《庄子集释·逍遥游》,14页)。
③ 在《庄子集释·秋水》(592页到593页)里,夔(传说中只有一条腿的动物)和蚿(有很多脚的一种虫)有一段对话:
    夔谓蚿曰:"吾以一足趻踔而行,予无如矣!今子之使万足,独奈何?"蚿曰:"不然。予不见乎唾者乎?喷则大者如珠,小者如雾,杂而下者不可胜数也。今予动吾天机,而不知其所以然。"

明镜既无台①,净瓶何用戤②。

盆山不可隐,画马无由牧。

聊将置庭宇,何必弃沟渎。

焚宝真爱宝,碎玉未忘玉。

久知公子贤,出语耆年伏。

欲观转物妙,故以求马卜。

维摩既复舍,天女还相逐。

授之无尽灯,照此久幽谷。

定心无一物,法乐胜五欲③。

---

① 弘忍(602—675),禅宗第五祖。一次,他让他的每一个弟子写一个偈子。并宣告谁的偈子最能揭示真正的智慧,谁就能够成为他的继承人。在七百弟子中被认为最聪慧的神秀(卒于706年,后来成为了北派禅宗的建立者)在墙壁上写道:
  身是菩提树,心如明镜台。
  时时勤拂拭,莫遣有尘埃。
听完了神秀的偈子后,众人服膺。当时的慧能(638—713,后来成为六祖)还在干舂米的下贱活。他听了神秀的偈以后,说此偈尚有未尽之处。于是他自己也写了一偈:
  菩提本非树,明镜亦无台。
  本来无一物,何假拂尘埃。
见道原,《景德传灯录》(3·526c—27a)。苏轼的诗句仿写了慧能的第二句。
② 杭州百丈山(在今天的江西境内)的主持怀海(720—814)准备送灵佑和尚(771—853)去沩山(在现在的湖南)的寺庙掌院。华林感到非常不平,因为他认为自己才是最合适的人选。怀海说只有能够机智回答他的问题的人才能胜任这项工作。怀海指着盛满净手水的净瓶(净瓶是一种常常盛满水,供人洗手的容器)说:"不得唤作净瓶,汝唤作甚么?"。华林回答说:"不可,唤作木木[木突]也"。怀海对他的回答不满意,又问了灵佑同样的问题。灵佑一言不发,径直把净瓶踢翻了。怀海笑了一声,宣布华林败给了灵佑(道原,《景德传灯录》,9·568c)。
③ 一次,魔波旬装扮成天神,在一万二千天女的簇拥之下,来到持世跟前。魔波旬要把天女送给菩萨,菩萨拒绝了,因为这样的礼物不符合他的和尚身份。正在这时,维摩诘菩萨出现了,并揭穿了恶魔的身份。他对恶魔说,如果他把这些天女送给他,他就会欣然接受。结果恶魔果真这么做了。维摩诘菩萨对天女们说:"汝等已发道意,有法乐可以自娱,不应复乐五欲乐也"。当维摩诘完成他对天女们关于法乐的布道之后,恶魔要求把天女归还给他,并说只有分发自己所有财产的人才能当菩萨。维摩诘答应把天女还给魔波旬。天女们说她们不能在恶魔的宫殿里,维摩诘回答说,有法门,名无尽灯。众天女需要学习和修行。见鸠摩罗什的《维摩诘所说经》(1·781a—b)。《维摩诘所说经》的英文翻译有许多。关于这一个片断的翻译,可以参见罗伯特·舒曼(Thurman, Robert A. F.)的《维摩诘所说经》(*The Holy Teaching of Vimalakiti*),37—39页。华兹生(Watson)的《维摩诘经》(*The Vimalakiti Sutra*),56—59页。陆宽昱居士的《维摩诘经》(*The Vimalakiti Nirdesa Sutra*),41—44页。

> 三峨吾乡里，万马君部曲。
> 卧云行归休，破贼见神速。
> (《苏轼诗集》,36·1947—48)

在第三首诗里,苏轼从这场喋喋不休的争吵之中抽身而出。他摇身一变,从当局者迷变成了旁观者清。此刻的苏轼,再说起仇池石时,充满了哲理精神。在三首诗中的第一首里,苏轼把石头描绘成他极度喜爱的东西。那时,他表现出一个收藏家的典型心态。他和自己的"宝"难舍难分,一心只要他的双石安然无恙地速去速回。所以,他小心翼翼地和王诜谈借石的条件。在第二首诗里,苏轼这个占有欲很强的收藏家变得通情达理。他提出要以石换画。在第三首诗里,苏轼这个精明强干的艺术品商戴上了诗人哲学家的面具,俨然一副超然洒脱的模样。他一方面对自己在前面两首诗中的态度曲为掩饰,一方面又用一些貌似深刻、实则陈腐的论调来炫人眼目,大谈心、物两分的重要性。

苏轼在第三诗里用了一串佛经和高僧传中的典故。他改头换面以后的新观点是通过一种否定性的修辞来表述的。这种否定性修辞最突出的地方,就是对"无"的作用的反复强调("无"字出现在本诗第七句、第十句、第二十一句和二十三句)。仇池石不过是盆景中的假山,韩幹画的马亦不过是图中之马。在本真与模拟的对立之中,石、画都失去了价值。在此诗的最后,苏轼想象着他和王诜都回到了"本真"的世界。他本人重返家乡三峨山,而王诜则指挥着"万马"去破敌兵①。

但是,从佛家真义来看,即便是真山和真马也是虚幻的物象。其实,苏轼的哲理批判对象并不是石、画之假不如真,而是人"欲"之愚不可

---

① 在这首诗最后两句的注解里,苏轼解释说王诜是将门之后,时常渴望立下军功。在《跋南唐挑耳图》(《苏轼文集》,70·2217)中,也有同样的说法。三峨是峨眉山的三座山峰:大峨、中峨和小峨。在这里,如同在他的其他诗歌里一样,苏轼把峨眉山说成是自己的家乡,尽管他的家乡实际上是峨眉山北边的眉山。苏轼从来就没有去过峨眉山,可能是因为他在家乡的时间都很短,还没来得及游览峨眉山。

及。"欲"这个词出现在每一首诗的第二十四句。该词出现的上下文不断变化,这和苏轼本人自我形象的不断变化是密切相连的。在第一首诗里,他不愿顺从王诜的请求。作为一个收藏者,他强烈地渴望拥有这些石头。在第二首诗里,他的收藏家欲望被艺术品商的精明所侵蚀,转而活跃于收藏品交换这一更为实际的领域之中。在第三首诗里,"五欲"的樊笼被打破了,苏轼俨然以高僧自居。

我们在上文已经提到,在诗歌唱和和物品交换的关联中,解释性的语言至为重要。由于苏轼的自我形象从第一首诗到第三首诗不断变化,他的种种解释也发生了巨大的变化。他在第一首诗里要解释的是,王诜借石居心叵测,由此委婉地说明自己对王诜的请求犹豫不决是有道理的。而在第三首诗里,需要为之辩护的则是苏轼自己在第二首诗里的讨价还价。在苏轼的哲学框架里,只要引导有方,审美物品是取之无妨的,对其加以玩赏乃是一种可以接受的、正当的消遣,甚至还可以让人由此得到精神的净化。但是,想永远占有这些物品的欲望却反映出一种不通达的心态①。

苏轼在第三首诗里,转移阵地,占据了哲理上的制高点。为了坚守阵地,他把自己提出的交换建议重新解释为一种练习,旨在观察"转物妙"。此处典故源于《楞严经》里佛祖对阿难(Ananda)的布道:"一切众生从无始来,迷己为物,失于本心,为物所转。若能转物,则同如来"②。

虽然苏轼高谈阔论地说要超越于外"物",但显而易见的是他要守住双石不放。③ 的确,仇池石并没有被王诜"夺"去,也没有被拿去换画。一年之后的1094年,苏轼被放逐,先被贬到偏远的惠州,最后又被贬

---

① 苏轼最雄辩有力的、关于力图永远占有艺术品是徒劳无益的说辞,可见他的《四菩萨阁记》,《苏轼文集》,12·385—386。
② 般刺蜜,《楞严经》二,1223c。英文翻译可见陆宽昱居士的《维摩诘经》,38页。
③ 在诗歌的前半部分,苏轼说他要把石头置之庭宇。到了诗歌的后面部分,当他要求返"真"的时候,他又做出了同样的暗示。

到大宋疆土之尽头的海南。当时,这两块仇池石仍在苏轼的稳操之中。南行途中,苏轼路过湖口时,与一块奇石巧遇。奇石的主人李正臣是一个寻常的百姓,因为是这块石头的原主而在历史上永远地拥有了一席之地。这块石头上的九座山峰,让苏轼神往不已。虽然他当时还在贬谪途中,万般艰难,但仍然忍不住想把这块石头藏为己有。苏轼本想以百金购之。他告诉我们,他只是想让这块石头与仇池石"为偶"①。由于贬谪途中的种种不便,这笔交易没能最后敲定。当时苏轼能做的只是给这块石头取个名字,曰"壶中九华",并以此题诗,以资纪念②。八年之后(也就是苏轼活在人世的最后一年),苏轼从海南返朝时,路过了湖口,他发现那块石头已经被别人取走了③。"壶中九华"再也不能与仇池石为偶了(显然,仇池石当时还在苏轼的手中)。这一损失是无法挽回的。为了安慰仇池石,也为了自慰,苏轼又赋诗一首,用的是八年前为这块石头所写诗歌的原有韵脚④。

由于苏轼在诗中对仇池石的称赞,他死了以后,这两块石头价值大增,最后为宫廷所藏⑤。北宋王朝覆灭后,这两块石头和宫内收藏的其他奇石一起弃置沟渠⑥。但是,它们很快就被赵师严(生活于12世纪)取而藏之。赵师严把它们带往南方,最后把它们放置在临窗的一张桌

---

① 方勺,《泊宅编》(3卷本),2·81。
② 《苏轼诗集》,38·2047—48。根据方勺的说法,这九座山峰看起来像鹰喙,并没有如此非凡。而且,石头的中间有一道白线,是一道瑕疵。方勺对苏轼愿意出如此高的价钱来买这块石头感到很不解。他怀疑,这块石头不过是让苏轼的文学想象得到了自由的驰骋。见《泊宅编》(三卷本),2·81。
③ 这块石头被郭祥正用八万金买走了,此人是一个狂热的石头迷。见晁补之,《书李正臣怪石诗后》(《无咎题跋》,第7页)。
④ 见《予昔作壶中九华诗其后八年复遇湖口则石已为好事者取去乃和前韵以自解云》,《苏轼诗集》,45·2454。
⑤ 见朱彧,《萍洲可谈》,2·27—28。
⑥ 从这个角度来看,苏轼第三首诗里的句子("何必弃沟渎"),多少就有一些讽刺的意味了。

子上。仇池石新得其所,至少又引发了两首诗,压的韵也是苏诗的原韵①。或许连苏轼本人也没有想到,仇池石虽然身为外"物",却具有如此的神力,非但不为人所转,而且能让人为之所转。

---

① 见曾协(卒于1173年),《赋赵有异仇池石次沈正卿翰林韵》(《全宋诗》,2047·23003—4)。从曾协诗歌的题目可以推测出,沈清臣(字正卿)已经写有一首关于仇池石的诗歌,用的也是苏轼原诗的韵次。

第五章　安居乐业的耆老：
"乐"与"闲"的表达

第一节　对痛苦的超越和"乐"的主题

朱熹曾经评论道,邵雍的诗歌"篇篇只管说乐"①。朱熹的话虽然听上去有点盛气凌人,但我们哪怕粗略地翻阅一下《伊川击壤集》,就会发现此话不无道理②。当然,对"乐"的表达并不是邵雍独家所有。其实这是宋诗的一个特征。吉川亨次郎称之为"对痛苦的超越"。吉川亨次郎认为,宋朝诗歌的视野扩大带来了一种"看待生活的新方式"。宋朝人开始认为"人的生命不能仅仅被描绘为痛苦的"。这种新的观点"代表了与以往诗歌传统的彻底断裂。长期以来,人们习惯地认为痛苦是人类生

---

① 《朱子语类》,100·2553。
② "击壤"是一种古代的游戏。"壤"是用鞋形的木块做成的。游戏者在三四十步之外,用一个木块打击另外一个木块。见《太平御览》所引《风土记》(755·4b)。传说中尧为君主统治天下的时候,一个50岁的老人在大路中央玩击壤的游戏。旁观者被这一幕天下太平的美丽景象所感动,不由地赞赏尧的贤德。老人回复的歌就是著名的《击壤歌》：
　日出而作,日入而息。凿井而饮,耕田而食。尧何等力。
见王充《论衡校释·感虚》,253页。

活的主导性特质,并把它当成最重要的诗歌主题"①。

宋初,西昆派诗人首当其冲,对"乐"主题的表达加以肯定。杨亿(974—1020)在《温州聂从事云堂集序》里,为此奠定了一块理论的基石。在这篇文章里,杨亿一方面对"乐"的表述加以肯定,一方面对那些俗套的无病呻吟的诗歌不以为然。在他看来,当时国泰民安,这种无病呻吟是不合时宜的,"国风之作,骚人之辞,讽刺之所至,忧思之所积,尤防川泄流,荡而忘返"。与此不同,聂氏的诗歌是"恬愉优柔,无有怨谤。吟咏情性,宣导王泽,其所谓越《风》《骚》,而追二《雅》,若西汉《中和》《乐职》之作者乎"(《全宋文》,7:294·713—714)。当然,杨亿的本意并非是要拒斥讽刺、忧思之作。应该说,他要求的是诗歌感情和诗歌的创作环境彼此一致。他赞许一个在诗坛上无足轻重的人所写的诗歌"恬愉优柔",比国风之作、骚人之辞这些经典还要高超。这话就算是有意离经叛道,听起来也有一点荒诞离奇了。但杨亿的动机其实也不难理解:颂歌形式的"二雅"显然更适合政治宣传的需求,而聂氏的诗歌就比较符合这个要求。杨亿把自己所处的时代说成是形势一片大好,这一点我们倒不必苟同。但是,若以中国传统的文学思想为标准,我们就很难反驳他的基本前提:诗歌应该像镜子一样忠实地反映诗人的感受。

在《唐异诗序》里,范仲淹(989—1052)表达了类似的观点。他写道:"观乎处士之作,孑然弗伦,洗然无尘,意必以淳,语必以真。乐则歌之,

---

① 吉川幸次郎,《宋诗简介》(*An Introduction to Sung Poetry*),24 页。吉川幸次郎把宋诗描绘为"与以往诗歌传统的彻底断裂"。这话虽然说得过了头,但他的基本观点还是比较对的。对于诗歌可以发泄怨恨之情的看法,宋人有所修正。有关此问题的详细讨论,可见周裕锴的《宋代诗学通论》(54—73 页)。上野日出刀《伊川击壤集》,187—188 页)在替邵雍的诗歌作注疏时,按照主题编排邵雍的诗,其中的一个主题就是"乐"。替邵雍的"乐"诗写小序时,上野日出刀把邵雍作为吉川幸次郎所谓的超越痛苦的主要典范。程杰在其近作(《北宋诗文革新研究》,378—379)中认为,邵雍、王安石和苏轼是北宋诗坛处理"乐"主题的三个最重要的诗人。程杰用了整整一章的篇幅来描述北宋诗歌里"乐"主题的发展过程。

忧则怀之。无虚美,无苟怨"。坚持诗人的生活经历与诗歌所表达的感情必须契合,这是范仲淹尖锐批评五代以来诗歌写作的主要立足点。他批评五代以来的诗歌"斯文大剥,悲哀为主,风流不归"。尽管"皇朝龙兴,颂声来复,大雅君子,当抗心于三代"①,但是,依然有人

> 其或不知而作,影响前辈,因人之尚,忘己之实,吟咏性情而不顾其分,风赋比兴而不观其时。故有非穷途而悲,非乱世而怨;华车有寒苦之述,白社为骄奢之语。

(《全宋文》,9:385·751)

在范仲淹所说的那种沉湎于毫无根据的痛苦和失意情感的人,寇准(961—1023)可谓是其中的典型。寇准高官富贵,却好为忧伤之词,因此遭到了时人的讥笑②。

欧阳修还曾经提出过一个更为激进的观点。杨亿和范仲淹只是提倡诗歌要忠实于现实,反对抒写与作家本人生活环境不一致的痛苦。欧阳修则更进一步,他认为,即使有理由感到沮丧和怨愤(或者说,特别是有理由感到沮丧和怨愤的时候),也应该保持一种雅然而乐的姿态。对痛苦的超越成为了一种道德原则。1036年,欧阳修被谪到夷陵的时候,曾经给尹洙(1011—1047)写了一封信。信里批评一些和他一同遭贬的同僚。这些同僚因不幸遭贬谪而哀怨悲戚。欧阳修提醒他们不要写那些出于失意沮丧情绪的"戚戚之文"③,还批评历史上的此类现象:

> 每见前世有名人,当论事时,感激不避诛死,真若知义者。及到

---

① "三代"指夏、商、周。
② 文莹,《湘山野录》,1·8。见吉川亨次郎的《宋诗简介》(An Introduction to Sung Poetry),54—55页。程杰,《北宋诗文革新研究》,109页。关于寇准诗歌感伤为主的辩护,可见范雍(979—1046)的《忠愍公诗序》(《全宋文》,8:324·451—52)。
③ 尽管欧阳修本人在夷陵写的诗歌,没有完全摆脱"戚戚之文",但他还是有不少诗篇把自己写得意气昂扬,似乎有意要证明什么似的。《望州坡》(《全宋诗》,291·3678)便是其中一例。

贬所,则戚戚怨嗟,有不堪之穷愁形于文字,其心欢戚无异庸人。①

因复兴儒家正统和发动古文运动而深受欧阳修那一代人敬重的韩愈,在欧阳修的信中被指名道姓,当做反面的典型。在《与谢景山书》里,欧阳修扩大了批评范围,甚至像屈原这样地位尊崇的文学人物也被一网打尽:"久困不得其志,则多躁愤佯狂,失其常节,接舆、屈原之辈是也②。景山愈困愈刻意,又能恬然习于圣人之道,贤于古人远矣"(《全宋文》,17:699·89)。对欧阳修来说,问题不再是诗歌里的感伤情调是否应该符合诗人的切身体会,对痛苦的超越这一观念已经发展成一种绝对的道德准则。

从杨亿和范仲淹批评矫揉造作的、过度的感伤情调,到欧阳修提倡即便在逆境中也要保持快乐的心境,北宋时期形成了一股新的文学思潮。邵雍的《伊川击壤集序》植根于他自己独特的哲学体系,为有关"乐"的理论增加了一个新的维度。

关于自己诗歌里表达的"乐",邵雍在序言中将其来源分为三种,即个人生活上的乐、政治伦理意义上的乐,还有哲学或者说宇宙观意义上的乐:"《击壤集》,伊川翁自乐之诗也。非唯自乐,又能乐时,与万物之自得也"(《全宋文》,23:986·430)。"人世之乐"、"名教之乐"和"观物之乐"是有等级区别的。与后两种"乐"相比,"人世之乐"是微乎其微的。邵雍喜为数术,用他的话来说,"人世之乐"有万之一二,"名教之乐"有万,"观物之乐"则有万万(《全宋文》,23:986·431)。

邵雍之所以对"人世之乐"有所贬抑,是出于他对人之情的看法。对他来说(对一般的理学家也是如此),这些情感是理解终极之道的障碍。

---

① 《与尹师鲁》之二(《全宋文》,17:698·82)。欧阳修贬谪到夷陵以后体会到,一个人应该避免陷入感伤的情绪之中,哪怕是身处逆境之中。简要的讨论可见刘德清《欧阳修传》,42,49—50页。

② "接舆"是楚国的狂人。他唱着劝人退隐的歌向孔子的车走来。当孔子下车准备和他讲话的时候,他已经走远了。见《论语》,18·5。

从本质上看,人之情与人的"身"和"时"是联系在一起的,与事物的自然原则则不相容:"谓身,则一身之休戚也;谓时,则一时之否泰也。一身之休戚,则不过贫富贵贱而已;一时之否泰,则在夫兴废治乱者焉"。正是由于如此看待人之情,邵雍才批评近世诗人"穷戚则职与怨憝,荣达则专于淫泆"。这些诗人陷入微不足道的个人利益沼泽之中不能自拔,对天下大义漠不关心。因此,他们的诗歌无法超越一己之情感和偏好(《全宋文》,23:986·430)。

为了突破人之情的羁绊,就必须抱持无我的观点。也就是说,要"以道观道,以性观性,以心观心,以身观身,以物观物"(《全宋文》,23:986·431)。只有通过这种自我超越才能理解终极之道,才能和终极之道相通①。邵雍宣称,自己已经达到了这种超越的境界:"哀而未尝伤,乐而未尝淫。虽曰吟咏情性,曾何累于性情哉!"(《全宋文》,23:986·431)一个人只要无我,就一定能快乐。

第二节 对耆老群的歌功颂德

"人世之乐"尽管在理论上地位比较低,但它却是邵雍许多诗歌所表现的主题。邵雍居住洛阳期间,过着快乐的老年生活,"人世之乐"在他的诗歌中表现得尤为突出。《太平吟》就是一个典型的例子:

> 身老太平间,身闲心更闲。
> 非贵亦非贱,不饥兼不寒。
> 有宾须置酒,无日不开颜。
> 第一条平路,何人伴往还。

---

① 邵雍在《皇极经世书》中有关这一主题的讨论的英文翻译,可以在陈荣捷(Chan, Wing-Tsit)编纂的《中国哲学文献选编》(*A Source Book in Chinese Philosophy*, 447—448, 492, 493—494)中找到。也可参考包安乐(Birdwhistell, Anne D.)的《邵雍及其"反观"概念》("Shao Yung and His Concept of *Fan Kuan*")。

(《全宋诗》,371·4567)

本诗提到了邵雍晚年快乐生活的一些主要因素:和平的世态,身心的闲暇,不用担心基本的生活需求,还有与好友们的交往。在《欢喜吟》里,他还提到了另一个关键性的因素,那就是洛阳的美景:

> 欢喜又欢喜,喜欢更喜欢。
> 吉士为我友,好景为我观。
> 美酒为我饮,美食为我餐。
> 此身生长老,尽在太平间。
> (《全宋诗》,370·4554)

朱熹之所以对邵雍的诗歌嗤之以鼻,可能就是由于邵雍这种一次又一次重复同样主题的打油诗。

邵雍总是在庆贺这种老年之乐。同样的内容在政治改革运动的11世纪,也不断地出现在司马光的诗歌和其他退居洛阳的老龄诗人的诗集中。我们将在下文探究在这种政治环境下,不断肯定快乐的意义之所在。要是把大量例子堆积在一起,可能会枯燥无味。所以在此我仅举司马光的《乐》一诗为例,对其他诗作不再加以讨论:

> 吾心自有乐,世俗岂能知。
> 不及老莱子①,多于荣启期②。
> 缊袍宽称体,脱粟饱随宜。
> 乘兴辄独往,携筇任所之。
> (《全宋诗》,508·6177)

表现耆老之乐并非中国诗歌史上的一个新主题。白居易就是一个

---

① 老莱子据说是与孔子同时代的人。为了逃离混乱的时代,他隐居在蒙山(《史记》,63·2141。皇甫谧,《高士传》,1·28)。
② 在和孔子对话时,荣启期解释自己快乐的三个理由:第一,他是一个人(因为人乃万物之灵长)。第二,他男人(而不是女人)。第三,他已经活到90岁了(《列子集释》,1·22—23)。

引人注目的先行者。他在洛阳的时候写了一些这方面的诗歌。在《序洛诗》里,白居易指出,前代诗人之作大都是语出愤忧怨伤,而他自己则不同。在写于829年到834年的342首诗中,除了十几首丧朋哭子的诗作外,苦词无一字,忧叹无一声。他的诗记载的都是他淡淡的愉悦,自然而然地流露出他的快乐心情(《白居易集笺校》,70·3757—58)。我们在上文已经看到,白居易对晚年生活的满足乃是由于精神上的自由和经济上的宽裕。

在很多方面,白居易都堪称邵雍和司马光的楷模。司马光明显是追慕白居易的。比如说司马光在《晚晖亭》里,就把自己描绘得与白居易极为相似,以致路人错把他的寓所当成了"白公家"(《全宋诗》,509·6196)。邵雍的例子就更有意思了。一方面他在自己的文字里从来不提白居易的名字。邵雍有一首诗,写的是在一个园子里的聚会,那个园子修建在白居易履道宅的遗址之上,邵雍却对那位著名的园林旧主保持着令人难解的沉默①。另一方面,《伊川击壤集》却是以白居易的诗歌为追模对象,这一点早就有人指出过②。邵雍对"乐"的不断的强调,和那平淡而散漫的诗歌语言,更重要的还有他在洛阳的隐居方式,都与白居易极其相似。邵雍的隐居生活与白居易所谓的"中隐"不无关联。关于邵雍的隐居生活,韦栋(Don J. Wyatt)曾经做过一个精当的总结。首先,作为一个城市隐居者,邵雍对自我压抑和自我否定的禁欲主义没有兴趣。第二,物质消费在他的隐居生活里扮演了显著的角色。第三,他并不是"对政治不感兴趣。他坚持不卷入政治纠纷中去,但这并不妨碍他密切关注错综复杂的政治纠纷以及这些纠纷的参与者"③。

---

① 《访南园张氏昆仲因而留宿》,《全宋诗》,386·4524。张氏会隐园占了白居易洛阳园林旧址的一半土地(李格非,《洛阳名园记》,14页)。
② 纪昀,《钦定四库全书总目》,2057页。
③ 韦栋(Wyatt, Don J.),《洛阳的隐士:邵雍和宋初思想的道德进化》(*The Recluse of Loyang: Shao Yung and the Moral Evolution of Early Sung Thought*),137—138页。

和白居易的情况相仿,邵雍和司马光诗歌里的耆老之乐,常常是通过耆老和少年之间的对比而凸显的。在许多情况下,这种长幼之别似乎不过是老年人的一种惯常絮叨,司马光《小诗招僚友晚游后园二首》的第一首便是一例:

> 五陵年少竞春晖①,肥马银鞍白玉羁。
> 何似松间煮新茗,更来花底复残棋。
>
> (《全宋诗》,504·6132)

此诗对喧闹的五陵少年的刻画,遣词造句都源于乐府诗,为的是衬托耆老们在私家园林里相聚所感受到的平静的欢乐。②

然而,邵雍和司马光的诗里对老年人和年轻人进行两极化处理不仅仅是一种调侃之语,熙宁年间的党争往往被说成是"老成之人"和新进"少年"之争,这一点至关重要。以下是对这种党争的一种传统归纳:"熙宁行新法,轻进少年争趋竞进,老成知务者逡巡引退"③。这种不正常的政局结构归咎于王安石:"(王安石)罢黜中外老成人,几尽多用门下儇慧少年"④。范纯任(1027—1101)在递交给皇帝的奏折中罗列王安石的罪状,其中一条就是王安石"鄙老成为因循,弃公论为流俗"⑤。王安石门生被提拔的速度之快异乎寻常。据说即便是在以往最糟糕的执政那里,这也是前所未见的⑥。

---

① 汉代通常把富贵之家和皇亲国戚搬到帝王陵墓附近去居住。最著名的陵墓有五座:长陵、安陵、阳陵、茂陵和平陵。这里的"五陵"指的就是权贵之家所住的地段。
② 诗歌的第一联借用的是李白(701—762)的拟乐府诗《少年行》(《全唐诗》,165·1709)。耆老们在园林里虽然是关起门来作乐,但还是有点装腔作势,因为他们聚会的时候常常像是在有意演戏。比如在邵雍《林下五吟》(《全宋诗》,368·4532)的第四首里,我们就可以看到,耆老们虽然看上去陶醉于与世相忘的欢宴里,但与此同时却又总是注意年轻人在讥笑他们絮絮叨叨。
③《宋史》,312·10426。
④ 同上书,327·10551。
⑤ 同上书,314·10284。
⑥ 司马光,《涑水记闻》,16·309。

反对变法的人不断地警告说,驱逐值得信赖的"老成"之臣是很危险的。"贤士多谢去"使得杨绘(1027—1088)深感忧虑,他提醒神宗(1068—1086年在位)时局不妙:

> 老成之人不可不惜。当今旧臣多引疾求去,范镇年六十有三、吕诲五十有八、欧阳修六十有五而致仕,富弼六十有八而引疾,司马光、王陶皆五十而求散地。陛下可不思其故乎?①

补救措施是召这些老人还朝,这一点是自不消说的。范镇(1008—1089)就建议皇上"任老成为腹心"。②

熙宁以前,"新进少年"一词的意思基本上是不褒不贬,熙宁年间,"新进少年"则变成了一个贬义的标签,几乎完全被用来指代王安石的追随者。据邵雍的儿子邵伯温(1057—1134)的记录,王安石和司马光的一个主要冲突就在于,王安石肆无忌惮地排斥老臣,让不足信赖的年轻人去取代他们,以便推行新法:"荆公(王安石)欲变更祖宗法度,行新法。退故老大臣,用新进少年。温公(司马光)以谓不然,力争之"③。

邵伯温时不时地赞赏王安石的为人,但他极为鄙视王安石手下的那一帮人。"熙宁三年四月,朝廷初行新法。所遣使者皆新进少年,遇事风生,天下骚然"④。邵伯温三番五次地把王安石党人说成是不顾后果的投机分子:"时荆公用事,推行新法者皆新进险薄之士,天下骚然"⑤。怪不得司马光返朝之后,最关心的事情之一便是,监司者多"新进少年"会妨害他废除新法⑥。

---

① 《宋史》,322·10449。
② 同上书,337·10788。
③ 邵伯温,《邵氏闻见录》,11·113。
④ 同上书,19·220。
⑤ 同上书,12·126。"新进"这个词如何充满政治色彩,可以从下面这个事实中看出。苏轼在《湖州谢上表》(《苏轼文集》,23·654)中,用这个词来指王安石的党从。后来这成了监察使起诉苏轼的证据。见林语堂,《乐天知命的天才:苏东坡的生平与时代》(*The Gay Genius: The Life and Times of Su Tungpo*),187—188页。
⑥ 《宋史》,336·10768。

保守派和革新派在政治道德意义上的对立,可以为我们提供一个新的角度来考察邵雍和司马光诗里老年人和年轻人的彼此对立,尽管我们的考察并非局限于这一角度。在邵雍的诗歌里的确很难找到直接指向当时政治的例子。正如米勒·弗里曼(Michael D. Freeman)所指出的那样,"如果在邵雍的诗歌里有攻击王(安石)及其党徒的诗歌的话,那么他显然成功地给它们蒙上了一层面纱"①。然而,在他的同时代人中间,至少是在他的朋友圈子里,邵雍诗中对时政的评论并不是那么隐晦。邵伯温曾经给我们提供了一个很有说服力的例证:一次,邵雍过访一位朋友。当时那位朋友正好在睡午觉。邵雍看到房间里有一幅屏风,画着小孩捉迷藏的游戏。邵雍于是在屏风上题了一首诗,其中有这么两句:

> 遂令高卧人,欹枕看儿戏。

脱离上下文来看,这两句诗似乎不包含什么特别的内容,不过是描绘朋友的闲适生活。但根据邵伯温的说法,邵雍是在间接地影射"熙宁间也"②。在那些赋闲在家的老保守的蔑视眼光中,王安石的新政不过是一场可笑的儿戏。上文引述的这两句诗在《伊川击壤集》里找不到,邵伯温是从陈恰那儿听得此诗和此诗的讽刺寓意的。如果邵伯温的记录可靠的话,那么我们就有两个问题要问了:第一,邵雍将此诗从其诗集中略去,是为了避免政治牵连吗? 第二,如果是这样的话,那么还有多少这样的诗歌出于相同的原因而被略去不收呢?

从司马光把自己描绘成老者的诗歌里寻找影射当时政治局势的诗歌,要容易得多。一个明显的例子是他的《和白都官序见赠》:

> 齿疏鬓白两眸昏,万事无堪老病身。
> 脱粟犹霑太仓禄,法冠仍忝外台臣。

---

① 米勒·弗里曼(Freeman, Michael D.),《升堂入室:邵雍的哲学生涯》("From Adept to Worthy: The Philosophical Career of Shao Yong"),485 页。
② 邵伯温,《邵氏闻见录》,20·223。

> 直缘迂僻求闲地,岂是孤高慕古人。
>
> 英俊满朝皆稷契①,太山何少一飞尘。
>
> (《全宋诗》,509·6189)

在结构上,这四联诗符合律诗起、承、转、合的规范。在首、颔二联中,司马光把自己说成是一位老朽,这种自贬之词并不新奇。但在第三联里解释自己隐退的原因时,诗意却出现了一个明显的转折。

第五句"迂僻"这个词有两层所指。在第一个层面上,它的意思是"偏远",在这里指司马光园林的地理位置。在另一个层面上(也是更为重要的层面),它指的是司马光"迂僻"的性格。司马光给吴充(1031—1080)的一封信里可以找到一个最有说服力的脚注。在这封信里,他解释自己退居洛阳的理由与此相同:"光愚戆迂僻,自知于世无所堪可。以是退伏散地,苟窃微禄,以庇身保家而已"②。

和司马光这样的迂叟相对立的是那些"俊杰之才"。所谓"俊杰之才"是对王安石党徒的反讽③。与这种政治性对立相辅相成的是一种空间上的对立。司马光园林是洛阳的"闲地",其对立则是朝廷的政治中心开封。

老龄保守派被新进少年所取代,被驱逐出权力中心,他们在洛阳结成了一个群体,并以道德权威自居。在邵伯温怀旧性的记录里,动荡改革年代的洛阳是一个坚强的道德堡垒:

> 熙宁中,洛阳以道德为朝廷尊礼者,大臣曰富韩公,侍从曰司马

---

① 稷是尧的臣子,契是舜的臣子。稷是周的始祖,是尧的农官(《史记》,4·111—112),也是《诗经·大雅·生民》歌咏纪念的对象。契是商的始祖,在舜的统治期间,曾帮助大禹治水(《史记》,3·91)。

② 《与吴丞相充书》(《全宋文》,28:1212·384)。关于"迂"(不切实际的或不切实际)的政治性用法,可见杨晓山,《北宋党争之辞和"迂"的概念的转换》("Partisan Rhetorics and the Changing Face of Impracticality in the Northern Song")。

③ 司马光在一篇奏折中,用了一个类似的词("俊杰之才")指王安石和他的党从。见司马光的《应诏言朝政阙失状》(《全宋文》,28:1200·183)。

温公、吕申公。士大夫位卿监以清德早退者十余人，好学乐善有行义者几二十人。康节先公隐居谢聘皆相从，忠厚之风闻于天下。里中后生皆知畏廉耻，欲行一事必，曰："无为不善，恐司马端明知，邵先生知"。呜呼，盛哉！①

在这里，我们看到了一幅长幼关系的理想图景。德高望重的老者们以身作则，"里中后生"皆知"廉耻"之义，与道德败坏的、推行王安石改革政策的"新进少年"形成了鲜明的对比。

在邵伯温的道德典范名录里，富弼(1004—1083)名列第一。他是资格最老的政治家，也是最早站出来反对改革的人之一。邵伯温的排名榜好像是基于邵雍的《四贤吟》：

> 彦国之言铺陈，晦叔之言简当。
> 君实之言优游，伯淳之言调畅。
> 四贤洛阳之名望，是以在人之上。
> 有宋熙宁之间，大为一时之壮②。

(《全宋诗》,379·4668)

这首谈不上是诗的诗写于熙宁十年。那时洛阳耆老们的政治前景非常黯淡，哪怕他们自己看来也是这样的。然而在邵雍乐观的叙述中，这些耆老们虽然在政治上无能无力，其道德感召力却是举足轻重的。

四贤的美德在这里不是由他们做了什么来定义，而是由他们言谈的方式来决定的。言高于行，这可以从 11 世纪"贤"这个概念的演变过程得到解释："到 1077 年邵雍去世的时候，儒家的人生理想已经发生了漫长而又复杂的转变。11 世纪早期，众望所归的乃是那种脚踏实

---

① 邵伯温，《邵氏闻见录》，19·210。在《范景仁墓志铭》(《苏轼文集》，14·443)里，苏轼用了很近似的语言来写范镇的退隐："及论熙宁新法，与王安石、吕惠卿辩论，至废黜不用，然后天下翕然师尊之。无贵贱贤愚，谓之景仁而不敢名，有为不义，必畏公知之"。
② 程颢(1032—1058)是这样来赞赏邵雍的："君实忠厚，晦叔谨慎，尧甫(邵雍)开阔"(《二程遗书》，6·10a)。

地、积极进取的官吏。后来被那种退隐的圣贤取而代之。这种圣贤既刚且柔,为人性格淡然恬静,但在追求自我修养时却一丝不苟"。自我修养的人旨在立言,而不是立功。"最值得赞许的人不在其行,而在其言"①。

对言的强调很大程度上是变法期间的政治形式所致,那时的老龄保守派们已经无力行动了。另外还有一点就是,洛阳耆老们的称赞之词中常常提到他们过去居高位时的政绩斐然。拿富弼来说,他被尊为老资格不仅仅是因为他德高望重,也是由于他入仕的时间最长。他常常被吹捧的主要原因也正在此②。

1080 年到 1090 年之间,对耆老们的崇拜可谓是登峰造极。其表现形式为洛阳城内五花八门的耆老会,其中最著名的是 1082 年文彦博组织的耆英会。按照洛阳人的老习惯,耆英会的十三个成员排座次时尚齿不尚官。因此,79 岁高龄的富弼,在会员花名册上独占鳌头。耆英会所有的成员至少都有 70 岁。令人寻味的唯一例外是司马光,他当时是 68 岁。邵伯温对此事有所记录:

> 独司马温公年未七十,潞公素重其人,用唐九老狄兼谟故事请入会③。温公辞以晚进,不敢班富、文二公之后。潞公不从,令郑奂自幕后传温公像。

---

① 米勒·弗里曼(Freeman, Michael D.),《升堂入室:邵雍的哲学生涯》("From Adept to Worthy: The Philosophical Career of Shao Yong"),486—487 页。
② 见邵雍《赠富公》(《全宋诗》,369·4538)。文彦博的《司空相公特贶雅章俯光陋迹依韵和呈以答厚意》(《全宋诗》,276·3517)和《再酬富公一绝》(《全宋诗》,277·3538)。
③ 这里指的是 845 年白居易组织的"九老会"。会员的名录有一些混乱,但这对我们影响不大。简单地说,情况是这样的:在白居易的《九老图诗》序(《白居易集笺校》)外集,1·3861)一文中,狄兼谟的名字没有出现在名单里。从白居易的《胡吉郑刘卢张等六贤皆多年寿予亦次焉偶于敝居合成尚齿之会七老相顾既醉且欢静而思之此会稀有因乘七言六韵以纪之传好事者)(《白居易集笺校》,37·2564)一诗中,我们知道狄兼谟和卢贞出席了七老会首次聚会,但是他们没有成为正式的成员,因为当时他们的年龄不到 70。几个月后,七老会又扩大为九老会,增加了两名新会员。11 世纪,狄兼谟显然已经被认为是九老中的一老了,如同邵伯温在这里记录的那样。在《新唐书》(119·4304)白居易的正式传记中,也是如此说的。

文彦博之所以坚持让司马光入会,理由如下:

> 某留守北京遣人入大辽,侦事回云:见辽主大宴群臣,伶人剧戏。作衣冠者,见物必攫取怀之,有从其后以挺扑之者曰:司马端明耶?①

如果司马光的道德感化力都能感召到辽人的话,那么耆英会招募这样一位杰出的成员就是天经地义的了。但是司马光入会并非只是对其德望的一种承认,也可能和他的身份有关。当时他是公认的洛阳反对派首领,这一点我们在下文会具体讨论。文彦博乃三朝元老,阅历颇深。他当然不会看不出,司马光有朝一日很可能会东山再起。

正如邵伯温所说,耆英会的榜样是九老会。但其间有一个关键性的区别。白居易的九老会是社交性的,而11世纪洛阳模仿创建的各种耆老会却有着非常强烈的道德和政治目的。就像弗里曼(Freeman)观察到的那样,这些组织的作用是"把原来随随便便的交往加以形式化,让洛阳帮在下台以后的生活有组织,有意义",同时也"创造一个与官爵无关的儒家社会生活"②。

第三节 对闲适的满与不满

在中国诗歌里,上了年纪的人在说自己快乐的时候,几乎总是要提到告老引退生活中的闲暇问题,邵雍和司马光也不例外。但是如果我们仔细地考察他们的诗歌,就会发现他们二人在自我感觉和自我表达上

---

① 邵伯温,《邵氏闻见录》,10·104—105。
② 米勒·弗里曼(Freeman, Michael D.)《洛阳与王安石的反对党:1068年至1086年儒家保守主义的兴起》("Lo-yang and Opposition to Wang An-shih: The Rise of Confucian Conservatism, 1068—1086"),64页。耆英会成员写的庆贺诗篇编选进了厉鹗的《宋诗纪事》,查找起来很方便(《宋诗纪事》,12·311—316)。在文彦博组织耆英会之前和之后,都有其他的耆老会例子,可见洪迈的《容斋四笔》(12·758)、周密的《齐东野语》(20·367—368)、范成大的《吴郡志》(2·11—12)。关于当时组成成员的记录,可以参阅司马光的《洛阳耆英会序》(《全宋文》,28:1223·569—570);王闢之,《渑水燕谈录》,4·49。司马光组织的真率会模仿的是白居易的七老会,相关讨论可见胡仔的《苕溪渔隐丛话前后集》(22·567—568)。

都有着根本的不同。

邵雍不断地把自己的闲适生活,作为生活在天下太平时期的反映。在他的《安乐窝铭》里,个人处境与国家太平建立了直接的联系:

> 安莫安于王政平,乐莫乐于年谷登。
> 王政不平年不登,窝中何由得康宁。
> (《全宋诗》,373·4587)

这首诗写于1074年,那时王安石的变法正在大张旗鼓地进行。考虑到邵雍是反对新法的,他居然对当时的国情表现出如此的(而且是一贯的)热情,我们多少会感到有一些奇怪。正如现代学者提出来的那样,变法反对派的基本论点之一就是坚持当时国泰民安,大可不必进行大刀阔斧的变法①。但是,如果认为邵雍对自己所处的时代进行颂扬只不过是(甚至主要是)出于意识形态的需要,则是不正确的。无论邵雍对当时的政治大局作何感想,他在这类诗歌中所抒发的感情还是由衷的。王安石的变法可能给平民百姓带来了一些困难,但是对邵雍的个人生活几乎没有负面影响。恰恰相反,在邵雍一生的最后十年,也是变法的高潮之际,无论是在精神上还是在物质上,他的生活都得到了平稳的提高②。

---

① 刘子健(Liu, James T.C.)《中国的内倾性发展:十二世纪早期中国的国际政治转向》(*China Turning Inward: Intellectual-Political Changes in the Early Twelfth Century*),39页。包弼德(Bol, Peter)《斯文:唐宋思想的转型》("*This Culture of Ours*": *Intellectual Transitions in T'ang and Sung China*),221—222页。韦栋(Wyatt, Don J.)《洛阳的隐士:邵雍和宋初思想的道德进化》(*The Recluse of Loyang: Shao Yung and the Moral Evolution of Early Sung Thought*),175—176页。

② 邵雍只有两首诗看起来好像是指向新政对自己私人生活的负面影响,即《无酒吟》(《全宋诗》,376·4523)和《奉和十月二十四日初见雪呈相国元老》(《全宋诗》,369·4541—42)。在这两首诗中,邵雍提到,由于新法的限制,他喝不上酒。韦栋(Wyatt)评论第一首诗时认为:此诗"聚焦于王安石变法的一个侧面,那就是生活必需品的供给不当,这在邵雍看来乃是人类的一大悲剧"(《洛阳的隐士:邵雍和宋初思想的道德进化》(*The Recluse of Loyang: Shao Yung and the Moral Evolution of Early Sung Thought*),162页)。这种解释十有八九是小题大做。在写于新政之前和新政之后的诗歌里,邵雍都常常抱怨没有酒喝。

司马光的情况则很不同。他在洛阳的闲适生活是被政治斗争逼出来的,因此谈到自己的闲适时,我们不时地可以察觉到他那明显的不满语气。这方面的例子可见《闲居》:

> 故人通贵绝相遇,门外真堪置雀罗。
> 我已幽慵僮更懒,雨来春草一番多。
>
> (《全宋诗》,503·6107)

在这里,司马光的闲适仅是他政权失落的结果。世风日下不仅体现在社会领域里,也体现在自家园林的私人空间里。因此说,在他的"闲居"背后,既有社会秩序的紊乱,也有家规的废弃。他的家园不再是通常意义上安静和闲适的地方,而是一个寓意性的空间。最后一句的"春草"显然是影射那些施行新法的人,他们在朝廷受到皇帝的恩宠("雨"之谓也)[①]。

司马光的儒家生长环境决定了他将积极地投身于政治生活。而邵雍从早年开始就考虑过是否要过隐士的生活。在陈抟(卒于989年)这种出世的人物身上,邵雍早就看到了"一种可能,即一方面可以影响世人,一方面又不扭曲自己自我修养的心志。也就是说,对社会秩序产生实实在在的影响,却不被这种秩序影响或腐蚀"[②]。邵雍在洛阳期间写的那些诗歌不断地强调他的闲适不仅是他无尽的快乐来源,也是一种合理的生活选择,虽然这一选择并不一定高于出仕者的选择。比如在《天津闲步》里,他写道:

> 不必奇功盖天下,闲居之乐自无穷。
>
> (《全宋诗》,367·4515)

在邵雍的哲学体系里,闲暇提供了思道和悟道所必需的心态。他在《天宫幽居即事》一诗中写到:

[①] 关于这首诗的寓言式解读,可参阅缪钺等人编著的《宋史鉴赏辞典》,195—196页。
[②] 韦栋(Wyatt, Don J.),《洛阳的隐士:邵雍和宋初思想的道德进化》(*The Recluse of Loyang: Shao Yung and the Moral Evolution of Early Sung Thought*),58页。

> 闲余知道泰,静久觉神开。
>
> (《全宋诗》,364·4490)

在那些由于政局变化不得不从政治竞技场中退隐到洛阳的老年同伴之中,邵雍感受独特。这种与众不同的感受建立在他的道德和哲学基础之上。在《闲适吟》五首中的一首里,他说道:

> 为士幸而居盛世,住家况复在中都。
> 虚名浮利非我有,绿水青山何处无。
> 选胜直宜寻美景,命俦须是择吾徒。
> 乐闲本属闲人事,又与偷闲事更殊。
>
> (《全宋诗》,366·4502)

在这首诗以及其他有关诗篇中,邵雍指出与自己闲适相关的三个外部条件。第一,他身处太平年代;第二,他身居景色优美的洛阳;第三,他周围有一群与自己意气相投的朋友可以交往。当然,别人也可能享有这些外部条件。但正如诗人最后总结的那样,和快乐一样,闲适更多地是取决于个人的心态,而不仅仅是一个人的具体境遇。

邵雍刻意把自己描绘成一个真正快乐和闲适的人,以区别于那些只能"偷闲"片刻的人。在另外一首诗里,他也描述了自己在洛阳的幸福生活,其遣词造句和《闲适吟》颇为接近:

> 世上偷闲始得闲,我生长在不忙间。
>
> (《世上吟》,《全宋诗》,371·4564)

"偷闲"在 11 世纪是个很普通的语词,忙忙碌碌的官员们常常以此描写那些只能偶一为之的乐事,比如去朋友家享宴或是出城郊游[①]。

[①] 这方面的例子很多,比如梅尧臣的《依韵和欧阳永叔同游近郊》(《全宋诗》,233·2722)和《和公仪龙图戏勉》(《全宋诗》,258·3216)、文彦博的《小园池上偶作》(《全宋诗》,275·3506)、欧阳修的《答子华舍人退朝小饮官舍》(《全宋诗》,93·3695)和《摄事齐宫偶书》(《全宋诗》,294·3710)、王安石的《酬冲卿见别》(《全宋诗》,599·6644)和程颢的《偶成》(《全宋诗》,715·8229)。

而邵雍却用这个词来刻画他人,由此突出自己所享有的才是真正的闲适。

显然,邵雍的自我塑造非常成功。司马光在《和邵尧夫安乐窝中职事吟》中就作了一个对邵雍有利的对比:

> 灵台无事日休休,安乐由来不外求。
> 细雨寒风宜独坐,暖天佳景即闲游。
> 松篁亦足开青眼,桃李何妨插白头。
> 我以著书为职业,为君偷暇上高楼。
> (《全宋诗》,508·6181)

闲暇使得邵雍能够因时制宜,随其所好地来自寻娱乐。而司马光则只能从他的"职业"中"偷暇"。所谓"职业"在这里指的是他在编纂《资治通鉴》①。另外,司马光和邵雍两个人之间的差别并不囿于偶然的外部环境差别,这首诗的首联说得很清楚,邵雍的安乐归根到底还是源于他那"无事"的心态。司马光对自己的"著书"全职工作感到十分矛盾,使他无法像邵雍那样心平气和。司马光提到自己"职业"的时候,我们可以读出他隐隐约约的一丝不满。"著书"是他的一种失落,不能立功,只好立言了②。

哪怕是在司马光讲述一件趣闻的时候,我们有时也能察觉出他对自己蜗居洛阳的生活深感不安,虽然这种不安不一定就是彻头彻尾的身份危机感。曾几何时,司马光身为高官,举足轻重。如今却在半隐半退的状态中过着一种悠闲的生活,难免有点意气不平。这种不平在司马光作于1073年的两首组诗里生动地显露了出来。根据邵伯温的记录,有一天,司马光在著书的过程中稍作休息,身着深衣,散步于洛水堤上。当他经过

---

① 司马光曾写信给宋敏求(1019—1079)说:"某自到洛以来,专以修《资治通鉴》为事"(《全宋文》,28:1215·433)。
② 可参阅缪钺等人编著的《宋诗鉴赏辞典》,199页。

邵雍住所的时候,便让人通报说是程学士登门造访。邵雍出来会见这位"陌生人"时,问司马光为什么要如此自报家门。司马光笑着解释道:"司马出程伯休甫,故曰程"①。为了纪念这一风趣的故事,司马光写了两首诗,题为《独步至洛滨》:

一

拜表归来抵寺居,解鞍纵马罢传呼。
紫衣金带尽脱去,便是林间一野夫。

二

草软波清沙径微,手持筇竹著深衣。
白鸥不信忘机久,见我犹穿岸柳飞。

(《全宋诗》,508·6180)

在司马光的自我表述里,脱衣与穿衣的意象非常引人注目。在第一首诗里,我们看到司马光脱下"紫衣金带"之后身份就变了,原为官吏,现为"野人"。在第二首诗里,我们看到他手持筇杖,身着深衣,扮成了一个野人。

在洛阳的年月里,司马光非常重视自己的衣着与出席场合之间的协调。他有一套礼服,包括一件深衣、一枚冠簪、一条幅巾,还有一条缙带,完全符合《礼记》里的规范。出门的时候,他便骑着马,穿着这套礼服。但他的身后尾随着一个仆人,这位仆人带着一个皮匣子,里面装着司马光的深衣。一旦回到他的园林里,司马光就立刻换上这套深衣②。

---

① 见邵伯温,《邵氏闻见录》(18·200)。司马光说"司马"这个姓源于"休甫",根据的是司马迁(约公元前145—前86年)在《太史公自序》(《史记》,130·3285)里的叙述:"昔在颛顼,命南正重以司天,北正黎以司地。唐虞之际,绍重黎之后,使复典之,至于夏商,故重黎氏世序天地。其在周,程伯休甫其后也。当周宣王时,失其守而为司马氏。司马氏世典周史。"
② 邵伯温,《邵氏闻见录》,19·210。范祖禹曾经亲眼目睹过司马光在家里穿着古制的衣物。可见范祖禹(1041—1098年)的《和乐庵记》(《全宋文》,48:2147·629)。司马光曾经和王尚恭(1007—1084)约定,彼此登门拜访时不穿官服。一次,司马光在一个下雨天到了王尚恭的府第,但他没有敲门就走了,因为他突然发现自己还是一身官服。见《雨中遇王安之所居不谒以诗寄之》(《全宋诗》,501·6061—6062)。

此处第二首诗第二句提到的"深衣",可能就是司马光按照古制做的衣服①。

司马光本人对自己装模作样地打扮成优哉游哉的"野人"效果心中无数,这一点透露在第二首诗的第三句中。此处的典故出自《列子》:一个喜欢海鸥的人每天早上都会到海边去,成群的海鸥停留在他身边。他的父亲就让他抓一些海鸥回去陪他玩。第二天这些海鸟便只是在空中盘旋,再也不肯飞下来了。海鸥准确地察觉到,此人心怀机关②。司马光提到《列子》里的这个寓言故事,不禁让人想到,他自己在洛堤信步的时候,可能也是心怀"机"关的③。此处也流露了司马光的不自在,他拿不准外人对他的装扮会作何感想。

上面的两首诗曾被作为例证,说明司马光和邵雍的交往是何等的幽默滑稽④。然而在这种幽默滑稽的外表之下,乃是对外表和实质的极端关注。司马光在服饰上追慕古制,遭到了邵雍的反对。司马光有一次曾经问邵雍愿不愿意试穿一下他那套古装,邵雍回答说:"某为今人,当服今时之衣"。据说司马光最后深以邵雍之言为然⑤。

---

① 黄庭坚的《司马文正公挽词》(《全宋诗》,983·11352)里有一联,总结了司马光在官府和在私人场合里的着装:"蝉冕三公府,深衣独乐园"。
② 《列子集释》,2·67—68。
③ 司马光嘲笑自己一丝不苟地把自己变成一个野人,这可能也是在仿照王维《积雨辋川庄作》(《全唐诗》,128·1298)的最后两句:"野老与人争席罢,海鸥何事更相疑"。《钓鱼有感》(《全宋诗》,503·6112)一诗描写了类似的情形。在这首诗里,司马光是一个孤独的渔夫,海鸥却存有戒心,盘旋不下。
④ 韦栋(Wyatt, Don J.),《洛阳的隐士:邵雍和宋初思想的道德进化》(*The Recluse of Loyang: Shao Yung and the Moral Evolution of Early Sung Thought*),172页。
⑤ 邵伯温,《邵氏闻见录》,19·210。邵伯温在记录此事之前,还记录了邵雍本人对衣着也是非常小心谨慎的。因为他认为衣着是自我身份和自我表达的一种形式:
> 康节先公,嘉祐中,朝廷以遗逸官官,辞之不从。河南尹遣官就第,送告敕朝章,康节服以谢,即褐衣如初。至熙宁初,再命官,三辞又不从。再朝章谢,且曰:"吾不复仕矣。"始为隐者之服,乌帽缘褐,见卿相不易也。

第四节　返回园林

洛阳的历史悠久,环境优美,长期以来就让诗人们吟咏不已①。洛阳是好几个王朝的故都,往日的辉煌遗迹尚存。洛阳城山环水绕,游览胜地比比皆是。诗人们目睹这一切,不禁油然生情,大发感慨,把人文之兴衰与山水之长存互相对比②。洛阳民风可嘉也增加了这个城市的吸引力。洛阳民风之一就是安分守己,重义不重利。如果邵伯温的记录完全属实的话,那么这种风俗在11世纪依然很鲜活:"洛中风俗崇尚名教,虽公卿家不敢事形势,人随贫富自乐,于货利不急也"③。洛阳另一个悠久的风俗就是尚齿不尚官。我们在上文已经提到,这种风俗在五花八门的耆老会的组织结构中有所反映。

王安石实行新法以后,越来越多的老年官员退居洛阳,为这个城市增加了新的吸引力。正如我们看到的那样,这些老年保守党可以感召里中少年的向善之心。在他们把洛阳变成反对派政治据点的同时,也把洛阳变成了一个道德权威的中心。反对派领袖的到来,是邵雍诗歌里不断庆贺的主题,例如他的《里闬吟》就这样写道:

> 太平之盛事,天下之美才。
> 人间无事日,都向洛中来。
> (《全宋诗》,372·4575—76)

邵雍把保守党都集中于洛阳说成是天下太平的表现,这其实是把负面

---

① 与洛阳有关的大量作品集,可见王士俊的等人编著的《河南通志》卷72至卷79。有关歌咏洛阳地区历史名胜和风景名胜的诗歌分析,可见李献奇和陈长安的《洛阳名胜诗选》。
② 其他的例子,可见邵雍的《雨后天津独步》(《全宋诗》,370·4555)和《天津晚步》(《全宋诗》,372·4580)、司马光的《过故洛阳城二首》(《全宋诗》,502·6072)。
③ 邵伯温,《邵氏闻见录》,186页。对洛阳的描写至少可以追溯到班固(32—92年)的《两都赋》。在《两都赋》里,洛阳的道德可以与长安城的雄伟相媲美(《文选》,1·1—42)。

的政治现实往好里说。本诗曾被看作是邵雍为数不多的时政评论作品之一,而当时的政局特点就是能者不得其用①。但在这首诗里,邵雍旨在讽刺的可能性不大。邵雍对时代的颂扬是和他个人的生活紧密相关的,我们无需怀疑他的诚意。不管那些曾经位高权重的官员们对自己隐退洛阳作何感想,邵雍是从中受益的。时局的变化,使他的交往圈子越来越大,能够与那些志趣相合的友人清谈切磋。我们还将看到,这些人也为他提供了经济上的援助。

在邵雍的《闲居吟》里,洛阳不是只有灰溜溜的、不在其位的人才能呆的地方。恰恰相反,洛阳提供了一种积极的生活方式:

闲居须是洛中居,天下闲居皆莫如。

文物四方贤俊地,山川千古帝王都。

(《全宋诗》,370·4552)

洛阳过去是政治权力的中心,现在是闲居生活的理想胜地。在短短的四行诗里,邵雍抓住了这一转变的过程。

使洛阳成为快乐和闲适之地的最后一个因素就是它的园林,这也许是最重要的一点了。如同邵雍所言:"天下名园重洛阳"②,耆英会的成员们就是在这些园林里集会的。耆老们集会时,有很多旁观者,结果把这些安静的隐退之地变为了公众的参观之所:"洛阳多名园古刹,有水竹林亭之胜。诸老须眉皓白,衣冠甚伟。每宴集,都人随观之"③。邵雍和司马光在给他们各自的洛阳园林命名时都用了"乐"这个字眼:安乐窝和独乐园。这也许是巧合,但也许不无意义。园林的名字乃是园林主人的一种自我表达方式,所以我们可以预料,"乐"的主题在他

---

① 米勒·弗里曼(Freeman, Michael D.),《升堂入室:邵雍的哲学生涯》("From Adept to Worthy: The Philosophical Career of Shao Yong"),485页。
② 《春游五首》之四,《全宋诗》,362·4463。
③ 邵伯温,《邵氏闻见录》,10·105。

们描写自己园林生活的诗歌中占据了主导性地位①。

邵雍能获得安乐窝全亏有权势的朋友们好心好意,慷慨解囊。当邵雍于1049年刚从共城搬到洛阳来的时候,一家人只能临时借宿在天宫寺。不久之后,朋友们帮他买了一栋房子,地处履道西边、天庆寺东边。有人在汝州叶县又借给他一片土地,供其使用。后来他的朋友王慎言(生于1011年)和周乡(11世纪在世)在延秋村帮他买了一块土地,后来他就把叶县的那块土地还了回去。

直到1062年,邵雍才得到属于自己的、可以久居的家园——安乐窝,这是他和他的朋友们在诗中庆贺的一个永恒主题。那一年,洛阳尹王拱辰(1012—1085)买到了天宫寺西边、天津桥南边的一小块土地,那曾经是后周军事统帅安审琦(887—959)的园林。王拱辰又用后唐官员郭崇韬(卒于926年)废宅的一些建筑材料,在他买下的这片土地上盖了一座三十间房的宅子,让邵雍住了进去。富弼眼见王拱辰大显慷慨,自己也不甘示弱,立马把与新房相毗连的园林买了下来送给邵雍,让这位新房主的地产又有所增加。那座园林有水竹花木之胜。

熙宁年间,实施了官地买卖的政策。邵雍的住宅坐落在官地上,因此一段时期内,他的房产所有权好像悬而未决。邵雍宅院被拍卖的三个月里,竟没有人来投标。在洛阳缙绅看来,让他人来占据邵雍的宅院是不堪设想的。于是由司马光领头,二十多家凑集了足够的钱,买下了这块官地。结果邵雍的地产有三个业主:房产的契约在司马光的名下,园子的契约在富弼名下,在延秋村的那片土地用的是王慎言

---

① 另外一个以"乐"命名自己园林的例子是朱长文(1059年进士),可见他作于1081年的《乐圃记》(《全宋文》,46;2025·171—173)。关于朱长文文章的讨论,见韩文彬(Harrist, Robert E)《十一世纪中国的绘画与私人生活:李公麟的龙眠山庄图》(*Painting and Private Life in Eleventh-Century China*: *Mountain Villa by Li Gonglin*),57—60页。

的名义①。

邵雍何时把他的宅院命名为"安乐窝",我们已经弄不清楚了。他第一次提到这个名字是在《风吹木叶吟》一诗中。此诗作于1070年,已是他搬进新居之后的第八个年头了:

> 风吹木叶不吹根,慎勿将根苦自陈。
> 天子旧都闲好住,圣人余事冗休论。
> 长年国里神仙侣②,安乐窝中富贵人。
> 万水千山行已遍,归来认得自家身。

(《全宋诗》,367·4516)

首联里"根"和"叶"的意象充满了暗喻色彩,很容易就让我们想起中国传统政治伦理讨论中的"本末"。在根与叶的对立中,根为深隐者,代表恒静。叶为显露者,代表骚动。如此一来,根和叶的对比带有了一丝暗喻的色彩,暗指处于新政改革这阵"风"吹拂之中的动荡时局,与邵雍植根于平和静谧之中的内在精神相对立。

邵雍在1070年还写有一首诗,其中的"风"就清晰地指向新政,这也可以支持上文对"风"的意象所作的寓言式解读③。如此一来,保留住深埋于地下的"根",可以解释为引退时期保持自己道德纯洁的一种隐喻式修辞。这恰好就是邵雍在新政改革期间取得的成就。程颐(1033—1107)曾经说:"邵尧夫在急流中,被渠安然取十年快乐"④。程颐说这话的时候,显然已经注意到邵雍一生的最后十年正好是动荡的熙宁头

---

① 邵伯温:《邵氏闻见录》,18·195—196。这种特殊的房产所有形式让人不得不怀疑邵雍是想逃税。见侯外庐:《中国思想通史》,第四卷,506页。侯外庐作这种解释的根据,好像是周辉在《清波杂志校注》(12·498)中的一个评语。
② 在《伊川击壤集》里,长年国一般称为"长生洞"。这是邵雍园中的避暑之地。也可见《尧夫何所有》(《全宋诗》,373·4595)和《天津敝居蒙诸公共为成买作诗以谢》(《全宋诗》,373·4584)。
③ 见《无酒吟》,《全宋诗》,376·4523。
④《二程外书》,11·5a。

十年。

在《风吹木叶吟》的第三联里,两个表面看来矛盾的部分同时存在于邵雍的自我表述中:长生洞里的道家高人与安乐窝里的"富贵人"形成对比。这并非简单地产生于律诗对仗的要求。邵雍描绘自己在园林中的"乐"境时,喜欢通过富人和贵人的比喻来定义自己的闲适生活。《后园即事》就是众多例子中的一个:

> 太平身老复何忧,景爱家园自在游。
> 几树绿杨阴乍合,数声幽鸟语方休。
> 竹侵旧径高低迸,水满春渠左右流。
> 借问主人何似乐,答云殊不异封侯。
> (《全宋诗》,365·4491)

邵雍写自家园林的诗歌,尤其是七言律诗,有一种基本模式可寻。一般说来,诗的前三联写景,尾联则用议论性的语言把自己比作富贵之人,以此来表达自己的乐与闲。在《初夏闲吟》里,描写完园林的可爱景象之后,就出现了这样的表达:

> 林下一般闲富贵,何尝更肯让公卿[①]。
> (《全宋诗》,366·4511)

在另外一首诗里,邵雍描写完自己在安乐窝里的生活之后,踌躇满志地说到自己的"富贵身",并自封为"万户侯"[②]。

当然,邵雍在诗中把自己和富贵之人相提并论,不仅是把自己比作富贵之人,也是为了把自己与富贵之人区分开来。从另一方面来看,邵雍在安乐窝里的生活确实大大地受惠于那些"公卿"。《安乐窝中好打乖吟》就是邵雍承认自己受到恩惠的众多诗歌中的一首:

[①] 另一个例子是《半醉吟》(《全宋诗》,371·4567)。也见于司马光的《闲中有富贵》(《全宋诗》,510·6197)。
[②]《安乐窝中吟》之四和之五(《全宋诗》,370·4456 和 4557)。

> 安乐窝中好打乖,打乖年纪合挨排。
> 重寒盛暑多闭户,轻暖初凉时出街。
> 风月煎催亲笔砚,莺花引惹傍樽罍。
> 问君何故能如此,祗被才能养不才。
>
> (《全宋诗》,369·4544—4545)

邵雍虽然对自己受到的接济一再表示感激,但是他也一直强调,他的安乐乃是出于他自己的心态:

> 已把乐为心事业,更将安作道枢机①。

安乐窝有助于邵雍精神上的平静,但却不是这种平静的根本原因。这一点他在《心安吟》中说得很清楚:他的"安"来源于"心",然后扩展到"身"、再推广到"室",最后充满了整个"天地"宇宙:

> 心安身自安,身安室自宽。
> 心与身俱安,何事能相干。
> 谁谓一身小,其安若泰山。
> 谁谓一室小,宽如天地间。
>
> (《全宋诗》,371·4568)

和邵雍处处充满平和快乐的住所相比,司马光独乐园的故事就更为复杂了。宋诗里对这座园子的描绘俯拾皆是,最重要的资料来源还是司马光本人的《独乐园记》(《全宋文》,28:1214·584—586)②。当然,园林描写中的"独乐"主题在唐诗中就曾经出现过③。司

---

① 《首尾吟》之七十三(《全宋诗》,380·4683)。首尾诗是邵雍首创的一种诗歌形式。一组诗歌中的每一首诗,最后一句(尾)都重复了第一句(首)。
② 英文翻译可见喜龙(Siren, Osvald)《中国园林》(Gardens of China),78—79 页。爱莉森·哈迪(Hardie, Alison)译《园冶》(The Craft of Gardens)的附录部分,123—124 页。下文的译文是我自己翻译的。
③ 诸如宋之问的《郡宅中齐》(《全唐诗》,53·657)和白居易的《题新涧亭兼酬寄朝中亲故见赠》(《白居易集笺校》,36·2528)。

马光的文章在主题上却有所不同。表面上看,司马光是在解释为什么给自己的园林取这个名字。

司马光的《独乐园记》与邵雍《伊川击壤集》的序言很相似,开头也将"乐"分为了三种:

> 孟子曰:独乐乐,不如与人乐;与少乐乐,不若与众乐乐①。此王公大人之乐,非贫贱所及也!孔子曰:饭蔬食饮水,曲肱而枕之,乐在其中矣②;颜子一箪食,一瓢饮,不改其乐③,此圣贤之乐,非愚者所及也。若夫鹪鹩巢林,不过一枝;偃鼠饮河,不过满腹④。各尽其份而安之,此乃迂叟之所乐也。

如果说邵雍的三种乐是他哲学思想中的一个完整部分,那么,司马光的开宗明义听上去则有点贫乏无味。他引用了一些儒家和道家经典里的名言,来说明自己的乐与众不同,因为他是一个随遇而安、没有奢求的人。司马光自称"贫贱"而"愚",以此避而不谈儒家传统中对"独乐"的忌讳⑤。

接下来是对园中七景的描绘。这七景是:读书堂、弄水轩、钓鱼庵、种竹斋、采药圃、浇花亭和见山台⑥。描写完七景的外部特征及其功能之

---

① 这段话出自孟子和梁惠王关于君王喜好音乐的一段对话。孟子用了"乐"这个词的两层意思,既可以读为"le",意为享受,也可以读为"yue",意为音乐(《孟子》,2·1)。在另一个场合里,孟子评论周文王的苑囿时提醒惠王不要"独乐"(《孟子》,1·2)。
② 《论语》,7·16。
③ 同上书,6·11。
④ 见《庄子集释·逍遥游》,24页。
⑤ 除了《孟子》以外,有名的例子还有《晏子春秋集释》(5·323)、司马相如的《上林赋》(《文选》,8·378)。
⑥ 这七处景观,司马光的《独乐园七题》(《全宋诗》,500·6057—58)中都有记录。对于这七景名字的讨论,参见韩文彬(Harrist, Robert E.)的《独乐园中景观的地名及其含义》("Site Names and Their Meanings in the Garden of Solitary Enjoyment")。韩文彬(Harrist)指出:"尽管给园林景点命名可能和园林艺术本身一样古老。但是,在北宋这个习俗的重要性是无与伦比的"(199页)。

后,司马光又表述了自己作为园主的闲适快乐生活。然后他转而解释,为什么要给自己的园子取名"独乐园":

> 迂叟平日多处堂中读书。上师圣人,下友群贤,窥仁义之原,探礼乐之绪。自未始有形之前,暨四达无穷之外。事物之理,举集目前。所病者,学之未至,夫又何求于人,何待于外哉?志倦体疲,则投竿取鱼,执袵采药,决渠灌花,操斧剖竹,濯热盥手,临高纵目,逍遥徜徉,唯意所适。明月时至,清风自来,行无所牵,止无所柅。耳目肺肠,悉为己有。踽踽焉,洋洋焉,不知天壤之间,复有何乐可以代此也。因合而命之曰"独乐园"。

"独乐园"一名旨在表明,司马光完全可以任其自由,因为他无论是在精神上还是在物质上,都已经和外界绝缘了。司马光宣称自己已经忘记了外面世界的存在。然而他的话音未落,便有一个虚拟的对话者站在道德的立场上对他发难:"吾闻君子之乐必与人共之,今吾子独取于己,不以及人,其可乎?"司马光回答道:

> 叟愚何得比君子?自乐恐不足,安能及人?况叟之所乐者,薄陋鄙野,皆世之所弃也。虽推以与人,人且不取,岂得强之乎?必也有人肯同此乐,则再拜而献之矣,安敢专之哉?(《全宋文》,28:1214・585—586)①

司马光的回答混合着自我否定和自我肯定两种声音,既有自我疑虑,也有自我确证。他所谓的"独乐"毕竟是形势所逼。他退居洛阳之后的生活节奏,与世人已经不相符了。他从政治的中心被驱逐出来,没有能力再造乐于民。

---

① 传统资料对司马光园林的名字也有所评论。宋衍申的《司马光传》(246—247页)和程应镠的《司马光新传》(129页)在讨论司马光的园名时,选择性地征引了这些评论。

但是司马光的崇拜者们却迫切地要向我们说明,司马光即使是在退居自家园林的时候也没有忘记为天下百姓造福。比如说,在宗泽的《题独乐园》里,我们读到:

> 范公之乐后天下,维师温公乃独乐。
>
> 二老致意出处间,殊途同归两不恶。
>
> (《全宋诗》,1206·13667)

宗泽把司马光和范仲淹相提并论,这一点非常值得我们注意。在《岳阳楼记》里,范仲淹提出了一个让世代儒士产生共鸣的不朽道德准则:"先天下之忧而忧,后天下之乐而乐"。在另外一首个人色彩不那么浓郁的诗歌里,范仲淹还写道:"君子不独乐"①。范仲淹晚年不是在洛阳为自己修建园林,而是致力于为他的家族建立慈善的基业②。因此他可以被看作是司马光居洛期间的反面对照。但是宗泽却把司马光和范仲淹说成是"出处"一致,把司马光在独乐园中对"独乐"的追求,勉为其难地修正到更为传统的儒家路线上来。

一般来说,司马光的诗歌和他的记叙文章相仿。那些诗歌给我们的印象是,他对自己在独乐园中的悠闲生活感到很满足、很惬意。然而他的诗歌也会偶尔暗示,他身在园林却心存魏阙。比如说,《读书堂》一诗就让我们相信,园林的作用不过是让司马光从政坛中暂时脱身。稍事修整之后他会变本加厉,卷土重来的:

> 吾爱董仲舒,穷经守幽独。
>
> 所居虽有园,三年不游目。
>
> 邪说远去耳,圣言饱充饥。
>
> 发策登汉庭,百家始消伏。
>
> (《全宋诗》,500·6057)

---

① 《书海陵滕从事文会堂》,《全宋诗》,164·1861。
② 楼钥,《范文正公年谱》,85页。

这是《独乐园七题》的第一首。这组诗中的每一首,司马光都宣称自己对历史上某一名人的精神有所认同。董仲舒(公元前179—前104年)便是这些名人之一。董仲舒入朝之前专心学习,连看一眼园子的心思都没有(也就是说,他放弃了那些愉悦生活的活动)。一旦得到皇帝的信任,董仲舒立刻成了一位伟大的谋臣,建立了"罢黜百家,独尊儒术"的丰功伟绩①。司马光可能在两个层面上看到自己与董仲舒的类似之处。第一,正如他在《独乐园记》中记叙读书堂时所写的那样,他和董仲舒一样,"窥仁义之原,考礼乐之绪"。第二,更重要的是,他在董仲舒的政治生涯中看到了一个潜在的模式。等到东山再起之日,他将把变法派的那些大逆不道之举一扫而光。司马光或许没有意识到他的诗歌具有怎样的预示性,但他重返朝堂之后,在废除新政方面确实是不遗余力。

在第二章中,我们曾经提到,对植物的选择是一种标举自我的方式。司马光作为独乐园主人的自我形象,同样通过个性化的园艺得到强化,采药圃的情况尤其如此。《酬赵少卿药园见赠》一诗很能说明司马光构建自我形象的方式,即时而直书其事,时而隐喻暗指:

> 鄙性苦迂僻,有园名独乐。
> 满城争种花,治地惟种药。

---

① 《史记》,121·3127;《汉书》,56·2495,2525。见米勒·弗里曼(Freeman, Michael D.)《洛阳与王安石的反对党:1068年至1086年儒家保守主义的高涨》("Lo-yang and Opposition to Wang An-shih: The Rise of Confucian Conservatism, 1068—1086"),46—47页;以及他的《升堂入室:邵雍的哲学生涯》("From Adept to Worthy: The Philosophical Career of Shao Yong"),485页。过去,人们认为汉武帝统治期间,儒家学说大获全胜。这种观点已经受到现代学理所当然的置疑。可见戴梅可(Nylan, Michael)《一个很成问题的观念模式:关于汉代儒家正统形成的回顾》("A Problematic Model: The Han Orthodox Synthesis, Then and Now")。但是,对我们来说,更重要的是在司马光的眼里,董仲舒建立了"罢黜百家、独尊儒术"的丰功伟绩。

> 栽培亲荷锸,购买屡倾囊。
> 纵横百余区,所识恨不博。
> 身病尚未攻,何论疗民瘼。
>
> (《全宋诗》,501·6066)

司马光的"迂僻"性格,不仅表现在他给园林取的名字上,还表现在他在园子里种什么花草上。司马光的采药圃与洛阳一般的花园截然不同,因为他的采药圃呈现为一个道德的空间。园主沉浸于"独乐"的同时,对"民瘼"也不曾忘怀。换句话说,种植药草不仅是一种审美的追求,还是一种颇有道德意味的行为。寻求对身体疾病的治疗乃是一种隐喻,指的是他要找到治疗政体疾病的良方。而这种政体的疾病乃是新政所引发的政治疾病。用这种寓意式的读法来解读此诗并非牵强。

与独乐园的其他六处景观相比,采药圃是司马光歌咏最多的一处,原因应该有两个:首先,采药圃虽然只是一小块实实在在的园圃,但却很容易加以寓言式的描写。第二,司马光关于采药圃的许多诗篇都是唱和之作。由此我们可以看出,采药圃在司马光与洛阳友人的交往、唱和之中,扮演了一个颇有意味的角色。我们可以《酬安之谢药栽二章》为例:

> 之一
> 洛人栽花不栽药,吾属好尚何其偏。
> 服之虽能已百疾,爱闲成癖无由瘥。
> 之二
> 护根带土我亲移,荷锸汲泉君自种。
> 悦目宁将恶草殊,扶危或比兼金重。
>
> (《全宋诗》,501·6061)

本质上,这两首诗的主题与前一首关于采药圃的诗歌是一样的。司马光在此同样区分了两类人:一方是"吾属",另一方是普通的"洛人"①。栽培药草同样代表了治疗"百病",包括身体上也包括道德上的百病。"恶草"是一个代称,代指那些邪恶的人。根除恶草以"悦目"的决心表达的是维护(或者说恢复)正当道德和政治秩序的渴望。一句话,治园暗喻治国。

司马光园中七景的道德象征意义,成了他的崇拜者们的灵感源泉。宗泽的《题独乐园》一诗就从司马光本人的诗歌里找到了暗示,在结尾处提到了采药圃、弄水轩、见山台:

种药作畦医国手,浇花成林膏泽大。
见山台上飞嵩高,高山仰止如公在②。

(《全宋诗》,1206·13667)

《和君贶题潞公东庄》是司马光把园林暗喻为政体的另一个例子:

嵩峰远叠千重雪,伊浦低临一片天。
百顷平皋连别馆,两行疏柳拂清泉。
国须柱石扶丕构,人待楼航济巨川。
萧相方如左右手,且于穷僻置闲田。

(《全宋诗》,509·6192)

这首诗显然可以分为前后两部分,代表了司马光在字面意义和隐含寓意之间穿梭的倾向。诗歌从前一半对风景的描绘转向后一半对观点的陈述,文彦博(潞公)的园子也从自然实体变形为充满寓意的空间。在结构上,第三联不仅与第一联互相协调,而且还转化了第一联的意思。第

---

① 在《乞笛竹》(《全宋诗》,367·4520)里,邵雍也把自己看作是一个爱好竹子的园艺家,以区别那些爱花的"洛人"。但是,邵雍的诗情沿着另一条路线发展。他不仅仅把竹子作为坚韧的象征,也赞赏它们的自我保存能力:花朵只能盛开十天,而竹子却是长年青翠。尽管花朵和竹子都接受雨露的滋润,但只有竹子能够免遭霜雪的摧残。
② "高山仰止"这个成语源于《诗经·小雅·车辖》。

一句嵩山顶峰的意象变成了第五句国家"丕构"的"柱石"。同样,第二句的伊水暗喻变法运动的政治潮流,非稳健的"楼航"不足以穿过这股潮流。第二联和第四联之间,也同样存在着这种互为指代、互为引申的关系。文彦博的田庄和萧何(卒于公元前193年)的田庄,有异曲同工之妙。

第三联包括源于《尚书》的两个典故。暗喻国家的"丕构",源出周公的讲话。当时,东边刚被征服的商发生了叛乱,有些诸侯和朝臣对是否应该出兵征讨犹豫不决,周公以言相劝。由于这些诸侯和朝臣不打算把文王的计划贯彻到底,周公就打比方说:这就好比当父亲的已经做好了要盖房子的规划,但父亲过世之后,当儿子的却连地基都不愿意打,更不用说盖顶了("若考作室,既底法,厥子乃弗肯堂,矧肯构")①。第二个典故的时间就更早了。商王武丁登基的头三年一言不发,即便是服丧结束之后,也是如此。大臣们催促他发号施令,治理国事。武丁解释说,他沉默不语是因为不知道自己是否具备做一个统治者的美德,但当他对国家之事沉思默想的时候却做了一个梦,梦见上帝赐予他一名能臣代替他说话。他描述了梦中这位大臣的样子,让人照此画了一幅肖像,在全国范围内寻访。傅岩地区有一个浇铸土模的带罪苦工,长得和画上的人一模一样,于是就被立作了相。武丁和说(后世称之为傅说)的第一次谈话中有这么一段话:"请你朝朝夕夕都给我进谏,让我培养自己的美德。这就好像有一块金属的器具,要用你来当磨石;好像需要过大河的时候,要用你来当舟楫"("朝夕纳诲,以辅台德。若金,用汝作砺;若济巨川,用汝作舟楫")②。

如果文彦博当年的政绩可以和周公、傅说相媲美,那么他目前的状况就可以和另一个历史名人萧何相比了。萧何作为刘邦的"左右手",辅

---

① 《尚书正义·大诰》,199c。
② 同上书,《说命》,174c。也见于《史记》,3·102。

佐刘邦打天下,立汉朝。但是,由于他劳苦功高,深孚众望,结果弄得同僚乃至皇帝都开始嫉妒他了。有人建议萧何多买田地,用低利息赊贷,有意玷污自己的名声,这样就可以避免皇帝怀疑他图谋不轨。后来萧何选择了一小块最荒僻的田地,盖了一栋最简陋的房子。他说:"后世贤,师吾俭;不贤,毋为势家所夺"①。与此相似,文彦博从仁宗(1023—1064年在位)之朝开始就是朝廷的功臣,却因为反对新政而被赶出了朝廷,委身于洛阳的园林里。对司马光来说,像文彦博这样的国家柱石,被人从政治中心驱赶到"穷僻"的地方,也算是对时政的一个辛辣讽刺了。

洛阳保守党在下台之后的阴暗日子里,把东山再起的希望一致寄托在司马光身上。他们一次又一次地提醒司马光说,他们的败局并非不可收拾。吕诲(1014—1071)临终的遗言就是:"天下事尚可为,君实勉之"②!然而,对司马光的鞭策和鼓励通常是通过园林诗歌这种更隐晦的形式来表现的。

司马光在叠石溪购买了一处别墅,曾经写了一首诗特邀老友范镇来相聚③(范镇曾说过,司马光购买了别墅之后,两人要在此相聚)。范镇在《和君实新买叠石溪庄》一诗中传达的信息本质上和吕诲的遗言是一样的:

> 画处始知蛇足剩,管中那识豹文斑。
> 从来有道须康世,未省升平却住山。
> 学富名高难自晦,眼昏心悸始能闲。
> 计君叠山溪边景,不得从容岁月闲。
>
> (《全宋诗》,346·4262)

范镇一方面把自己描绘为老朽,理所当然可以赋闲,另一方面却郑重其

---

① 《史记》,53·2018—19。
② 邵伯温,《邵氏闻见录》,10·107—108。
③ 见司马光的《新买叠石溪庄再用前韵招景仁》(《全宋诗》,509·6186)。

事地要求司马光打消"从容岁月间"的想法。"升平"一词增加了范镇劝说的分量。儒家一个最基本的原则就是：盛世之中，应该出仕以期兼济天下。事关重大，由不得司马光想入非非过什么引退的闲适生活。在诗歌的最后一联里，范镇俨然扮成了一个政治预言家，预言司马光最终将重操权柄。

在司马光退居洛阳的十五年里，举国上下的的确确曾把他看成是"真宰相"，至少保守派是这么认为的①。因此司马光责无旁贷，他不可能过脱离政治的平静生活。苏轼的《司马君实独乐园》又是一个例子，足以说明园林诗里携带的道德和政治信息。苏轼是在收到司马光《独乐园记》的抄本之后写下这首诗的。或许是因为苏轼并没有去过司马光的独乐园②，所以他的描写显得相当的敷衍了事：

> 青山在屋上，流水在屋下。
> 中有五亩园，花竹秀而野。
> 花香袭杖履，竹色侵杯斝。
> 樽酒乐余春，棋局消长夏。

苏轼对独乐园及其园主无忧无虑的生活作了一番泛泛的描写之后，便把注意力转向洛阳城的大环境，包括众多的君子、高尚的风俗以及各种耆老会：

> 洛阳古多士，风俗犹尔雅。
> 先生卧不出，冠盖倾洛社。
> 虽云与众乐，中有独乐者。
> 才全德不形，所贵知我寡。

苏轼写诗喜欢起伏跌宕，在肯定司马光的独乐时，苏轼首先指出司马光

---

① 《宋史》，336·10767。
② 见苏轼，《与司马温公书》，《苏轼文集》，50·1441。

的独乐并非真正的独乐:司马光用来关闭自己的园子充满了各种社会活动的喧闹声。耆老会会员们都跑来看望他①,而他们在造访司马光的时候依然没有丢掉官场上的"冠盖"。诗中的最后一联用了两个典故来表扬司马光的"独"。第一个典故出自《庄子》。魏国有一个无财无权而且长相丑陋的人。但是人们都喜欢与他来往,女人们都想嫁给他,鲁哀公认识他不到一年时间就想把国家托付给他。此人之所以有如此之魅力,乃是因为他"才全而德不形"②。第二个典故出自《老子》的"知我者希,则我贵矣"③。

然而,苏轼立刻又强调说,知道司马光德行的人是不"希"的。恰恰相反,举国上下心向往之:

> 先生独何事,四海望陶冶。
> 儿童诵君实,走卒知司马。
> 持此欲安归,造物不我舍。
> 名声逐吾辈,此病天所赭。
> 抚掌笑先生,年来效瘖哑。
> (《苏轼诗集》,15·733)

---

① 在苏辙(1039—1112年)的《司马君实端明独乐园》(《全宋诗》,855·9907)里,不是洛阳公卿们来拜访司马光,而是司马光频频造访洛阳"公卿"之园。拜访司马光园林的人不仅限于洛阳的精英。事实上,每年的春天,司马光的园子几乎变成了旅游景点(这是因为园主高度受人尊敬)。根据洛阳的风俗,参观者来的时候要给园林看守人留下一小笔"茶汤钱",看园人则和园主各半其利。独乐园的看守者吕直收集到一万钱之后,就把钱交给司马光,司马光让他自己留着用。吕直反复请求主人收下这些钱,但是没有成功。吕直便用这笔钱在园中的井上建了一个亭子,这样游客们不仅有水可以解渴,也有地方可以休息。吕直的这种高尚行为得到了主人的表扬(见马永卿《元城语录》,2·15a—b)。能获得经济收益的并不只有独乐园。还有一个著名的例子是魏仁浦("浦"亦作"溥",911—969)的大园子。魏氏的园子以艳丽的深红牡丹闻名,人们称此花为魏花。每到牡丹开花的季节,赏花人都涌入园子。要观赏魏家的牡丹,就必须交几十金才让乘舟出湖,去牡丹盛开的园圃。魏家通过这种方式,每年收入不止万金(见欧阳修《洛阳牡丹记》,《全宋文》,18:743·164)。
② 《庄子集释》,《德充符》,210页。
③ 《老子道德经》,70·8。

苏轼的诗歌视点从独乐园转移到——更确切地说是扩大到——洛阳城，接着又扩展到"四海"。于此相对应，司马光从独乐园主变为了洛阳耆老群的领袖，最后成为了整个国家的道德灯塔。苏轼忍不住要跻身这幅道德地理图之中。他表示认同司马氏（"吾辈"之谓也），说自己也是为名声所逐。

把司马光的名扬四海说成是"天所赭"，可能是苏轼关于上天之意的一句俏皮话。但这也是描绘变法期间保守党形势的基本词汇之一。1080年，文彦博应召入京，主持朝廷在明堂举行的仪礼。此后不久，他以太尉留守西都。在送文彦博回洛阳的时候，神宗皇帝给他写了一首诗，诗中有这么一句：

> 西都旧士女，白首伫瞻公。

神宗皇帝对文彦博的赞许感发了洛阳的民众，他们修建了供有文彦博画像的伫瞻堂。司马光接受了为伫瞻堂撰写纪念文章的任务。他对伫瞻堂本身的细节只字不提，集中描写文彦博这位元老是如何德高望重的。司马光写了下面这句话来说明文彦博就是想逃避声名都不可得："逃宠而宠不我舍，避名而名常我随"①。

苏轼诗歌的结尾提到了司马光的沉默。很多人都知道司马光退居洛阳之后"自是绝口不论事"②。但是苏轼把司马光的沉默看作是在演戏。在"四海望陶冶"的情形之下，司马光最终还是要一鸣惊人的——至少苏轼希望会是这样③。怪不得这种明显的政治信息最终成为苏轼诽谤朝廷的一个主要证据④。

独乐园作为司马光洛阳生活的一个重要方面，理所当然地受到了许多关注。但在他尚未修建那著名的独乐园之前，就已经把治园作为一种

---

① 《伫瞻堂记》，《全宋文》，28∶1224·587。
② 《宋史》，336·10766。
③ 见黄彻，《䂬溪诗话》，2·350。
④ 朋九万，《东坡乌台诗案》，24页。

自我表达的方式了。初到洛阳时,他在官邸东边开出了一小片园子。他没有像一般人那样在园子里修亭筑台,而是用竹木搭了一个架子并种上茶蘼、宝相、牵牛、扁豆。架子上爬满这些植物之后,看起来蛮像一个楼房结构,他给它取名为"花庵"①。在《花庵独作》里,司马光把自己描绘成一个遗忘外部世界的园林主人②:

> 荒园才一亩,意足已为多。
> 虽不居丘壑,常如隐薜萝。
> 忘机林鸟下,极目塞鸿过。
> 为问市朝客,红尘深几何。
>
> (《全宋诗》,508·6175)

这首诗把园林描写成城市隐居之所,从许多方面看,都很平凡。诗中出现了许多常见的主题:园林之小、知足常乐之感,还有那种不用身居"丘壑"就得以隐居的能力。从林中飞下来的鸟儿意向,乃是司马光隐居心态的反照,这与《独步至洛滨》中的"白鸥不信忘机久"形成了对比。第四句的"薜"和"萝"指的是隐士的装束,它们浓缩了《楚辞·山鬼》中第二句的意象:

> 若有人兮山之阿,披薜荔兮带女萝③。

司马光在洛阳的所有朋友当中,邵雍是第一个洞见他治园象征意义的人。在《和君实端明花庵独坐》里,邵雍肯定了司马光的超脱和静谧:

> 静坐养天和,其来所得多。

---

① 《花庵诗寄邵尧夫》(《全宋诗》,500·6052—6053)。这是司马光关于花庵的好几首诗中的第一首。他把这首诗寄给了邵雍。关于司马光以花庵为表现对象的诗歌的讨论,可见杨洪杰的《司马光传》,194—195 页。
② "孤"或"独"的主题,在司马光给自己著名园林所取的名字里更加明显。
③ 《文选》,33·1524。英文翻译采用的是戴维·霍克思(Hawkes, David)翻译的《南方之歌:屈原及其他诗人楚辞作品选》(*The Songs of the South*:*An Anthology of Ancient Chinese Poems by Quan Yuan and Other Poets*),115 页。

> 耽耽同厦宇①，密密引藤萝。
> 忘去贵臣度，能容野客过。
> 系时休戚重，终不道如何。
> (《全宋诗》,369·4535)

开头一句很可能暗指《庄子》里假颜回讲述超越心境的话:"堕肢体,黜聪明,离形去智,同于大通,此谓坐忘"②。

司马光独坐的时候,获得了相似的超脱境界——他忘却了"贵臣"和"野客"的区别。但是司马光与道士版颜回的相似之处是极为有限的。即使是在滋养"天和"这样的私人活动里,他依然与时事"休戚"相关。与此对应,小小的花庵(占地仅"一亩")变成了"厦宇"的象征,吸引着人们("藤萝")并令人依附于它。要想理解司马光的园林为什么具有如此的道德感召力,关键就在此。李格非关于独乐园的记录是这么写的:

> 司马温公在洛阳自号迂叟,谓其园曰"独乐园"。卑小不可与他园班。其曰"读书堂"者,数十椽屋。"浇花亭"者,益小。"弄水种竹轩"者,尤小。曰"见山台"者,高不过寻丈。曰"钓鱼庵"、曰"采药圃"者,又特结竹杪,落蕃蔓草为之尔。温公自为之序,诸亭台诗,颇行于世。所以为人欣慕者,不在于园耳。③

---

① 这一句从张衡(78—139)《西京赋》中有关皇宫的描写而来(《文选》,2·54)。
② 《庄子集释·大宗师》,284 页。
③ 李格非,《洛阳名园记》,14—15 页。

尾 声 对私人领域的反思

本书题目中所用的"私人领域"很容易引起概念上的混淆,我一直有意避开详细讨论这个概念。"私人领域"为我讨论的原始材料提供了一个分析的框架。我认为,先讨论原始材料,再对"私人领域"这个词做一些反思的做法更为可取。在本书的结尾处,我想首先对西方 public(公)和 private(私)的对立与早期中国思想中"公"和"私"的对立加以区别①。

在西方的各种理论中,公(public)和私(private)的区别是最宏大的二元对立概念之一。在过去大约五十年左右的时间里,涌现了大量专著。我们可以发现,这种区分在四个领域里引人注目:第一,在自由主义经济模式中,公和私的区别出现在对"公共政策"(public policy)的分析以及日常法律性及政治性的辩论中。在这种情况下,公与私的区别基本上被理解为国家行政管理和市场经济之间的关系。第二,在有关公民参政的讨论中,公共领域(public realm 或者是 public sphere)指的是政治群体和公民义务。从这个角度分析,与上述市场经济和国家行政管理都有所不同。第三是

---

① "公"、"私"之分在中国历史上源远流长,情况极为复杂。哪怕对这个历史仅做一个最粗疏的考察,也绝非本文所能容纳。我在下面给出的简单分类,讨论的是汉朝以前"公"、"私"之分常常涉及的三个领域。这种分类给我们提供一个考察该主题发展的大致分析框架。

把"公共领域"理解为一种游移不定的、多元形态的社交性范围,既不同于正式组织的结构,也不同于私人领域里的两性关系和家庭生活。第四是把公私之别看作是家庭和更大的经济及政治结构之间的区别,市场经济往往成为公共领域的范例。这种看法在女权主义的学说里很是流行①。

汉代以前,中国关于"公""私"之别的讨论主要出现在以下三个领域:第一是伦理思想和政治学说;第二是与社会经济活动相关的讨论;第三是有关礼仪的一些清规戒律②。

在伦理思想和政治学说里,"公"的基本意思是公平、公正、以公众利益为上。而"私"则意味着片面、有个人偏好、个人利益和自私。这种意义上的"公"常常出现在如何才能安邦治国的言论中。下文便是一个非常典型的例子:

> 昔先圣王之治天下也,必先公。公则天下平矣。平得于公。尝试观于上志,有得天下者众矣,其得之以公,其失之必以偏。
>
> 天下,非一人之天下也,天下之天下也。阴阳之和,不长一类;甘露时雨,不私一物;万民之主,不阿一人。③

君王应该尽最大的能力来照顾所有的人,而不该偏袒特殊的群

---

① 温特劳布(Weintraub, Jeff)在《区分公共领域与私人领域的理论和政治》("The Theory and Politics of the Public/Private Distinction")里,阐述并详细论述了"公"和"私"的这四种主要组织类型。
② 韩明士(Hymes)和谢康伦(Schirokauer)在讨论宋代社会结构发展的过程中,曾对"公"、"私"区别的第二个方面进行相当篇幅的说明。请参阅他们《燮理天下:走近宋代的国家与社会》(*Ordering the World*: *Appraches to State and Society in Sung Dynasty China*)的前言部分("Introduction", 52—54 页)。兰金(Mary Rankin)在《1865 至 1911 年浙江省精英的活跃与政治的变迁》(*Elite Activism and Political Transformation in China*: *Zhejiang Province*, *1965 -1911*, 12—21 页)中认为,晚清时期出现了一种新的"公"的概念,它的领域或者说活动介于私(private)和官(official)之间。韩明士(Hymes)和谢康伦(Schirokauer)《燮理天下:走近宋代的国家与社会》(*Ordering the World*: *Appraches to State and Society in Sung Dynasty China*, 52 页)把这个层面的"公"上溯到南宋时期。
③《吕氏春秋·贵公》, 631a。

体或个人。这种观念只能用理想化了的远古社会来作例证。表面看来,秉公办事是符合自然规律的,这种天人合一意义上的"公",往往用否定词"无私"来表示:

> 子夏曰:"三王之德,参于天地,敢问何如斯可谓参于天地矣?"
>
> 孔子曰:"奉三无私以劳天下。"
>
> 子夏曰:"敢问何谓三无私?"
>
> 孔子曰:"天无私覆,地无私载,日月无私照。奉斯三者以劳天下,此之谓三无私"①。

与此相似的表述可以在汉代以前的文献中找到若干②。公平意义上的"公",还常常用来指在国家政治结构上应该如何采纳贤能以及如何举荐贤能③。

当"公"和"私"这两个词被用来描述社会经济活动时,它们指的是社会结构中两个不同的生活领域或生活方面。在这里,"公"与国家利益或者说君主的利益是相关的,而"私"则是臣或平民的利益。处理这种公私关系有两种模式:一种是有先后顺序的模式,一种是彼此分离的理解模式。在有先后顺序的理解模式里,公私之间是有阶级等差的,但同时也是互相兼容的。孟子有关"井田"的描述便是如此④:"方里而井,井九百亩,其中为公田。八家皆私百亩,同养公田;公事毕,然后敢治私事"⑤。

---

① 《礼记正义·孔子闲居》,1617b。
② 比如《管子·心术》,144c。《吕氏春秋·去私》,631b。
③ 比如《吕氏春秋·贵公》,631c。在这方面,一个统治者如果陷入了个人的偏好就将导致灾难(《吕氏春秋·去私》,631b)。
④ 这里我们无需关心井田制在历史上是否真的存在过。
⑤ 《孟子》,5·3。孟子的先公后私的顺序可能出自《诗经·小雅·大田》:
  有渰凄凄,兴云祁祁。
  雨我公田,遂及我私。
  在《孟子》(5·3)里,上面这首诗的第三、四句被看作是周实行了名为"助"的赋税制度的证据。《吕氏春秋·务本》(668a—b)引用这两句诗来进一步论证,臣为自己谋利的最好方式就是首先服务于国家。

孟子论井田时,显然是优先考虑"公"的利益,"公"并没有取代"私"。①

在公私彼此分离的理解模式里,"公"和"私"代表了两种截然相反的利益。这个模式最雄辩有力的解说者是韩非(公元前 280—前 233 年)。下面这段引文是韩非为数众多的此类说法中的一则:

> 古者苍颉之作书也,自环者谓之私,背私谓之公,公私之相背也,乃苍颉固以知之矣。今以为同利者,不察之患也。②

韩非立足于语源学的发挥是否有道理,我们姑且不论。有一点是非常明白的,那就是对韩非来说"公"和"私"根本就不相容。他的主要目的是提高君主的利益("公"),制止那些担任公职的人谋取他们的个人利益("私")③。他的解决方法是,君主在治国时要惩处牟取私利者并褒奖忠于职守者④。

早期中国思想中的公私之别的第三个维度,涉及到礼仪的得当与否。在这方面《礼记》是常被征引的经典。在《礼记》里,"公"与公开或官方正式场合中的言谈举止相连,而"私"则与个人私下场合中的言谈举止相连。从空间上看,"公"常常发生在属于官方或君主的地方,而"私"指臣子的私人住所。这样区分的目的是为了确定在公共场所和私人场所不同行为的准则。《礼记》中关于"讳"的规矩就是这样的一个例子:

> 卒哭乃讳。礼,不讳嫌名。二名不偏讳。逮事父母,则讳王父

---

① 《孟子》同时强调,私田所有者的利益本身是神圣不可侵犯的。只有适当地维护井田制,才能保护这种利益:"夫仁政,必自经界始。经界不正,井地不钧,谷禄不平,是故暴君汙吏必慢其经界。经界既正,分田制禄可坐而定也"(《孟子》,5·3)。
② 《韩非子·五蠹》,1184c。
③ 韩非常常用"私"这个词指臣的利益。《韩非子·孤愤》(1129b)集中揭示了君主利益与臣下利益的不相容。有时韩非也把平民(匹夫)的利益和统治者的利益对立起来,见《韩非子·五蠹》(1184b—c)。
④ 《韩非子·难(三)》,1172a—b。

母。不逮事父母,则不讳王父母。君所无私讳,大夫之所有公讳。①

同样,在为死者招魂的礼仪中,公馆和私馆的情况也是不一样的:

> 曾子问曰:"为君使而卒于舍,《礼》曰:'公馆复,私馆不复'。凡所使之国,有司所授舍,则公馆已,何谓私馆不复也?"孔子曰:"善乎问之也! 自卿大夫士之家曰私馆,公馆与公所为曰公馆。公馆复,此之谓也。"②

不管这些清规戒律是为什么样的场合而定,"公"和"私"在礼制上的种种区别起初只局限于士大夫的言行举止,所谓"礼不下庶人,刑不上大夫"③。

无论是在西方还是在中国,公和私之间的界限经常是移动的。在有关公私之别的讨论里,各种意识形态利益的中心也是变化不定的。我们在上文提到了西方讨论公私之别的四个领域。在前两个领域里,主要关注点是如何在观念上为"公"下定义,"私"只不过是一个残存的范畴。与此相反,在大多数女权主义的著作中,出发点是私人领域,而"公"则被当做一个残存的范畴来处理。第三个领域里的意识形态倾向是介乎二者之间的④。在中国,"公"一向被奉为道德常规,与"私"相对立。对于"私"要压抑和控制,最好是通过道德修养或道德教化,把私转化成它的对立面"公"⑤。但是,在讨论社会经济事务时,"私"可以代表合法利益。在有关礼仪的讨论中,"公"和"私"的区分最终是为了维持恰当的社会等级制度。

本书开头所提到的"私人领域"和西方人所说的 private 以及中国传

---

① 《礼记正义·曲礼(上)》,1251a。
② 《礼记正义·曾子问》,1401a。
③ 《礼记正义·曲礼(上)》,1249b。
④ 见杰菲·温特劳布(Weintraub, Jeff),《区分公共领域与私人领域的理论和政治》("The Theory and Politics of the Public/Private Distinction"),28 页。
⑤ 在这方面尚在使用的一个成语是"以公灭私"。见《尚书正义·周官》,236a。

211

统中的"私"都有所不同,一旦确立这一点之后,我们就更容易把本书的"私人领域"概念和西方"隐私"(privacy)这一概念区分开来。"隐私"一词在日常用语中指的是有些事情和活动不能让人看见,要隐藏起来、不让别人知晓,这既是一种权利也是一种义务。但作为现代西方政治思想的一个论题,"隐私"至少包括三个不同层面①。第一,随着政教分离和现代哲学及科学的发展,"隐私"慢慢开始指个人的行为方式。在这种行为方式中,个人只对自己的道德良知及宗教信仰惟命是从,国家和社会的行为准则和要求可以置之不顾。"隐私"权的第二种运作范围乃是经济活动的自由权。有了这种自由权,商品关系就能自由流通,不受政府的干预②。"隐私"的最后一个方面指的是家庭领域,包括性生活以及对家庭成员的养育和护理③。

在"隐私"概念的三个层面里,只有最后一个与我们分析的传统中国社会结构稍有一点联系。即便如此,讨论这一联系的时候我们也得小心谨慎④。首先,我们必须注意,不能把"私人生活"(private life)、"个人生活"(personal life)、"家庭生活"(family life)及"家中生活"(domestic life)等概念不加区别地当做同义词来使用。因为,前两个概念所传达出来的内容有时只是后面两个概念所表达内容的一部分,有时却与后面两个概念的内容互相分离,有时甚至与后面两个概念所表达的内容直接对立。如果把私人领域置于私人生活的一般范围之内,我们就必须把私人生活从家庭生活所带来的义务中解脱出来。

第二,我们必须记住,家庭生活和公众生活的界限在中国社会不是

---

① 见塞拉·本哈比(Benhabib, Seyla),《公共领域的模式:阿伦特、自由主义传统及哈贝马斯》("Models of Public Space: Hannah Arendt, the Liberal Tradition, and Jurgen Habermas"), 86—87 页。
② 此处可以比较上文温特劳布(Weintraub)描述的"自由经济模式"。
③ 这与温特劳布(Weintraub)所描述的第四个领域重叠。
④ 克瑞斯汀纳·惠特曼(Whitman, Christina)在《儒家和道家思想中的"孤独"》("Privacy in Confucian and Taoist Thought")中,反对不分时代地把现代西方的私人概念拿来分析中国古代的生活。

固定不变的。诸如孝敬父母之类的家庭领域内的模范行为,往往也会变成一种获得名声和谋取官职的手段①。同样,在家庭领域内的行为不检点,也会阻碍一个人的仕途。

第三,也是最重要的一点是,在中国(至少是儒家)的道德哲学里,事实上已经没有任何绝对的私人或个人空间。这种无所不包的倾向最早也是最流行的表述,是《礼记·大学》中的一段名言。根据这段名言的说法,个人私下的所作所为都是为了将来为治国平天下做准备,否则个人的所作所为就是不足为道的。具体地说,"格物"是"至知"的手段,"至知"有助于"诚意","诚意"导致"正心","正心"才能"修身","修身"方可"齐家","齐家"乃可"治国","治国"方能"平天下"②。中国道德哲学的传统有一味抑私扬公的倾向。把握了这一点,我们就更能领会"私人领域"的意义。这里再重申一遍,本书的"私人领域"指的是"一系列物体、经验以及活动。这些物体、经验以及活动属于一个独立于社会整体的个人主体。所谓社会整体可以指国家,也可以指家庭"。城市私家园林既是私人领域的体现,也是私人领域的场所。把握了这一点,我们方能更好地领会城市私家园林在唐宋诗歌中的意义。城市园林能让人从公务中得到休憩,这种作用似乎是不言自明的。但很少有人关注,城市私家园林也能代表一种个体空间,这种空间虽然在物理上仍处于家庭领域之内,但在精神上却可以与家庭领域相分离。白居易描绘自己晚年生活的一首诗(《闲居偶吟招郑庶子皇甫郎中》)里有这么一句,很能说明问题:

家计一不问,园林聊自娱。

(《白居易集笺校》,36·2481)

---

① 见韩文彬(Harrist, Robert E.)《十一世纪中国的绘画与私人生活:李公麟的龙眠山庄图》(*Painting and Private Life in Eleventh-Century China*: *Mountain Villa* by Li Gonglin),4页。
② 《礼记正义·大学》,1673a。"修身齐家治国平天下"成为儒家学者共同的座右铭。

私人领域并不是一成不变的实体,这一点是不言自明的。与之相反,私人领域的结构很脆弱,随时可能瓦解。首先,对任何物质的占有都不可能是持之以恒的:园林可能会被没收,被转手,也可能自行衰颓。像苏轼仇池石那样更小的物品,有时也会卷入各种力量的较量之中,超出其主人的控制能力。第二,源于私人领域所产生的价值观念,有时被迫要面对社会现实,结果证明这些价值观念与对社会道德秩序的维护是不相容的,甚至是悖反的。唐代末年和北宋末年风行的石癖便是一例。另外,这些价值观念一旦被整个社会所接受(而不是被这个社会所拒绝),也会失去生机。对"丑"和"怪"这两种审美范畴的崇拜就足以说明这一点。太湖石的情形是如此,苏轼画的石、竹、枯树也是如此。第三,如果主体自己的政治、道德负担太重,也会导致私人领域的倒塌。司马光隐退居洛阳的生活便是一例。

虽然如此,还是有一些相对稳定的概念性范畴,可以维持私人领域的价值观念。我想描述其中的四个范畴来替本书收尾。这四个范畴是:占有(possession)、独特性(singularity)、展示(display)和游戏(playfulness)。任何事物在进入私人领域之前,都必须有人将其占有。这种占有可以是经验性的占有,也可以是通过语言得到的口头上的占有。占有或占有欲,和人类自身一样古老。但是作为诗歌的主题,有关占有的问题,尤其是有关把城市私家园林当做产业来占有的各种问题,直到中唐时期才变得突出起来。要想在更大的社会历史范围内为这种诗歌现象寻找直接原因,是很困难的,也将会是一种冒险。讨论为数不多的几个问题时,我曾经非常谨慎地、试探性地提出了文学表现和社会现实之间可能会有的联系。比如说,对永久占有的强调可能与园林的频频易主有关;对没有合法所有权的审美性占有则可能和比比皆是的有园无主现象相关。我希望我已经证明了一点,这就是涉及园林和玩好的占有时,唐宋诗歌在主题上和意识形态上的倾向是受制于一套特殊的价值观念的。这些价值观念被认为是独特的,只有在个别情况下才能转换成现实。换一句话说,个人能够标榜自己的独特,其条件之一就是这种在私人领域内的对事物的占有。

从最基本的角度看,通过对事物品种和类型的特定选择就可以达到独特性的效果。白居易择取了黄竹而不是绿竹,选择了白莲而不是红莲,还有司马光种药不种花,都是这方面的例证。主题与客体之间的关系可以呈现另一种更高形式的独特性。比如说,牛僧孺把他的太湖石当成"三益友"和"十年兄"。白居易希望他的两块石头能够"伴老夫"并和自己一起成为"三友"。当占有表明一个人已经达到了理想境界时,他的独特性就是最高形式的独特性。白居易成了一名"中隐"者就是这种情形,邵雍获得了真正的"闲适"也是这种情形。对独特性的肯定说到底是一种对优越性的肯定:城市园林比乡村或郊区的园林好;江南风格的园林胜过真正的江南;安全地掌控一个小小的园林空间强于占有广大而危险的原生自然;"中隐"高于"小隐"和"大隐";"乐"的心境高过了悲伤。

私人领域乃是个人独有的,但是私人领域的价值只有通过张扬才能得到完全的兑现。这种张扬可以是一种实实在在的展览,也可以是一种文字上的称赞。这种展示看上去常常像是以一种轻松愉快的方式与大众文化和流俗之见作对,尤其是涉及到审美趣味时。私人领域所珍视的乃是大众文化和流俗之见不屑一顾的东西,反之亦然[①]。把私人领域展示给志同道合者看,可以加深友谊,也可以对彼此都认可的价值观念进一步加以肯定和巩固。牛僧孺邀请白居易和刘禹锡观赏他新得来的太湖石并写诗纪念,白居易在他的园池边招待来自江南的客人,都是这方面的典型例子。另一方面,这种展示也可能造成同仁之间的关系紧张。物品的展示会激起别人的占有欲,而占有欲乃是私人领域里活跃者的普遍心理特征。一旦这种占有欲被激发起来以后,不受欢迎的请求就

---

① 有些社会准则是没有商量余地的。当私人领域不得不面对自己与这些准则的不相容时,就会产生真正焦虑。

可能随之而来。比如裴度看上了白居易的双鹤和姬妾,王诜则提出要"借"苏轼的仇池石一赏。这种情况下的交易(包括那些没做成的交易)是一种特殊类型的交换。从功能和效果上看,此类交换不同于以下三种交换:(1)商品市场的艺术品现金买卖交易①,(2)作为礼尚往来的礼品自由流动,(3)强行地夺人所好②。

私人领域里的紧张总是被小心翼翼地加以调理,呈现为一种游戏面貌。从态度上来说,游戏是不具备严肃性的(本书所讨论的许多诗歌的题目都用了"戏"这个词,指的就是这种态度)。游戏作为一种体力和脑力活动,是工作的对立面,此处的"工作"泛指为了完成社会和家庭义务而做的事情③。在游戏的领域里,一般没有价值的地方可以创造出价值来,原本微不足道的事物可以价值倍增。伟大和渺小、自然和人工、现实和模仿之间的关系原本由一定的价值体系来决定,而这种价值体系最终也可以被颠倒过来。

宇文所安在论及中唐的意义时,曾经写道:"(中唐)是中国文学传统中一个独特的时期,也是中国文学传统中的一个开端。宋代以及后代许多延绵不断的现象,首先都是在中唐时期亮相的"④。这种现象之一就是私人领域与城市私家园林相联时的形成和变形。不充分理解士人文化中这一更为轻松的层面,我们就不可能充分了解从中唐到北宋的文学和文化的发展。

---

① 关于宋朝市场上的艺术品买卖情况,可以参见韩文彬(Harrist, Robert E.)的《十一世纪中国的绘画与私人生活:李公麟的龙眠山庄图》(*Painting and Private Life in Eleventh-Century China: Mountain Villa by Li Gonglin*),14—17页。
② 白居易把爱妾送给裴度,显然不同于绿珠的情况。绿珠是石崇宠爱的侍妾,对石崇至死不渝,唐诗里经常提到她。石崇不愿把她送给一位有权势的朝官,结果导致了他和绿珠的毁灭(见《晋书》,33·1008)。孟棨记载了很多换妻、换妾和换歌女的故事和由此而生的唐代诗歌。这些交换有时是两厢情愿的,有时则是不得已而为之。见孟棨《本事诗》,"情感"篇,4—11页。
③ 当然,游戏并不排斥劳动。恰恰相反,为了游戏,有时需要投入大量的劳动。对享受这种劳动利益的人来说,这种劳动并不是为了功利主义的收益。
④ 宇文所安,《中国"中世纪"的终结》,6—7页。

附 录

征引文献目录

中文书目

白居易(772—846),《白居易集笺校》,朱金城笺校,上海:上海古籍出版社,1988。
卞孝萱,《刘禹锡丛考》,成都:巴蜀书社,1988。
卞孝萱、卞敏,《刘禹锡评传》,南京:南京大学出版社,1996。
蔡絛(1124年健在),《铁围山丛谈》,北京:中华书局,1983。
曹林娣,《凝固的诗——苏州园林》,北京:中华书局,1996。
晁补之(1053—1110),《无咎题跋》,见《丛书集成初编》。
陈寅恪,《元白诗笺证稿》,上海:上海古籍出版社,1978。
陈友琴,《白居易》,上海:上海古籍出版社,1984。
陈元龙(1652—1736),《格致镜原》,见《四库全书》。
陈植,《园冶注释》,北京:中国建筑工业出版社,1981。
程杰,《北宋诗文革新研究》,台北:文津出版社,1996。
程应镠,《司马光新传》,上海:上海人民出版社,1991。
程兆熊,《论中国之庭园——中国庭园与性情之教》,香港:中文大学新亚书院,1966。
《春秋左传正义》,见《十三经注疏》。
《丛书集成初编》,北京:中华书局,1985,1991(1935年版本的书在1985年重印,1935年没有出版的书在1991年刊出)。
崔豹(290—306),《古今注》,见《丛书集成初编》。

道原(约生活于 11 世纪早期),《景德传灯录》,见《佛藏要藉选刊》13 卷。
杜绾(1126 年健在),《云林石谱》,见《丛书集成初编》。
杜佑(735—812),《通典》,北京:中华书局,1988。
《二程外书》,朱熹(1130—1200)辑录,见《四库全书》。
《二程遗书》,朱熹(1130—1200)辑录,见《四库全书》。
《二十二子》,上海:上海古籍出版社,1986。
范成大(1126—1193),《吴郡志》,见《丛书集成初编》。
方勺(生于 1066 年),《泊宅编》(包括 10 卷版,3 卷版和《青溪寇轨》),北京:中华书局,1983。
封演(756 年进士),《封氏闻见记》,见《丛书集成初编》。
《佛藏要藉选刊》,苏渊雷和高振农编辑,14 卷,上海:上海古籍出版社,1995。
傅璇琮,《李德裕年谱》,济南:齐鲁书社,1984。
干宝(317 年健在),《搜神记》,见《四库全书》。
高似孙(1184 年进士),《砚笺》,见《四库全书》。
葛洪(284—364),《抱朴子内编校释》,王明集注,第二版,北京:中华书局,1985。
——,《神仙传》,见《丛书集成初编》。
——,《神仙传》,见《四库全书》。
《管子》,见《二十二子》。
郭祥正(1087 年健在),《郭祥正集》,孔凡礼辑,合肥:黄山书社,1995。
《韩非子》,见《二十二子》。
韩学宏,《"宵汉风尘俱是系"——白居易"中隐"思想研究》,《中华学苑》52 期,1999 年第 2 卷:131—58。
《汉书》,北京:《中华书局》,1962。
何薳(1094 年健在),《春渚记闻》,北京:中华书局,1983。
洪迈(1123—1202),《容斋随笔》,包括《容斋随笔》、《容斋续笔》、《容斋三笔》、《容斋四笔》和《容斋五笔》。上海:上海古籍出版社,1986。
《后汉书》,北京:中华书局,1965。
侯迺惠,《试论宋徽宗汴京艮岳的造园成就》,《中华学苑》44 辑(1995),259—283。
——,《诗情与幽境:唐代文人的园林生活》,台北:东大图书公司,1991。
——,《唐代郡斋诗所呈现的文士从政心态与困境转化》,《国立政治大学学报》1998 年 4 期:1—37。
侯外庐,《中国思想通史》,北京,人民出版社,1959。
胡震亨(1569—1645),《唐诗丛谈》,见《丛书集成初编》。
胡仔(1147 年至 1167 年间健在),《苕溪渔隐丛话前后集》,见《丛书集成初编》。
刘文典撰,《淮南鸿烈集解》,冯逸、乔华点校,北京:中华书局,1989。

黄彻(1140年健在),《䂮溪诗话》,见《历代诗话续编》。
黄庭坚(1045—1105),《山谷题跋》,见《丛书集成初编》。
《黄帝内经》,见《二十二子》。
皇甫谧(215—282),《高士传》,见《丛书集成初编》。
计有功(1126年健在),《唐诗记事校笺》,王仲镛校,成都:巴蜀书社,1989。
纪昀(1724—1805)等辑《钦定四库全书总目(整理本)》,北京:中华书局,1997。
贾晋华,《"平常心是道"与"中隐"》,《汉学研究》(16),1998年2期,317—349。
蒋寅,《大历诗人研究》,北京:中华书局,1995。
《晋书》,北京:中华书局,1974。
《旧唐书》,北京:中华书局,1975。
《旧五代史》,北京:中华书局,1976。
康骈(877年进士),《剧谈录》,见《丛书集成初编》。
鸠摩罗什(344—413)译,《维摩诘所说经》,见《佛藏要籍选刊》卷5。
《老子道德经》,见《二十二子》。
李祈,《中国文学中隐士概念的变化》,《哈佛亚洲研究杂志》24(1962—1963),234—247。
郦道元(卒于527年),《水经注》,见《丛书集成初编》、
厉鹗(1692—1752),《宋诗记事》,上海:上海古籍出版社,1983。
李格非(卒于1106年),《洛阳名园记》,见《丛书集成初编》(在《丛书集成初编》中该书被错误地认为是李荐(1059—1190)的作品)。
李清照(约1081—1149),《李清照集校注》,王学初校,北京:人民文学出版社,1979。
李冗(生活于9世纪),《独异志》,北京:中华书局,1983。
李献奇、陈长安辑,《洛阳名胜诗选》,北京:中国旅游出版社,1984。
李渔(1611—约1680),《闲情偶寄》,见《李渔全集》11卷。杭州:浙江古籍出版社,1998。
《梁书》,北京:中华书局,1973。
《历代诗话续编》,丁福保编,北京:中华书局,1983。
《列子集释》,杨伯峻校,北京:中华书局,1979。
《礼记正义》,见《十三经注疏》。
林继中,《唐诗与庄园文化》,桂林:漓江出版社,1996。
刘德清,《欧阳修传》,哈尔滨:哈尔滨出版社,1995。
刘向(卒于公元前6世纪),《说苑》,见《丛书集成初编》。
刘歆(卒于公元前23年),《西京杂记》,上海:上海古籍出版社,1991。
刘义庆(403—444),《世说新语笺疏》,余嘉锡笺注,上海:上海古籍出版社,1993。

刘禹锡(772—842),《刘禹锡集笺证》,瞿蜕园笺注,上海:上海古籍出版社,1989。

楼钥(1137—1213),《范文正公年谱》,附录于范仲淹(989—1052)《范文正公文集》之后,见《丛书集成初编》。

——,《攻媿集》,见《丛书集成初编》。

陆心源(1834—1894),《宋史翼》,北京:中华书局,1991。

陆游(1125—1209),《老学庵笔记》,北京:中华书局,1979。

——,《老学庵续笔记》,附录在《老学庵笔记》后,137—141。

《论语》,标准句读本。

罗大经(1224年健在),《鹤林玉露》,北京:中华书局,1983。

《吕氏春秋》,见《二十二子》。

马永卿(1109年进士),《元城语录》,见《四库全书》。

孟棨(875年进士),《本事诗》,见《历代诗话续编》。

孟亚男,《中国园林史》,台北:文津出版社,1994。

《孟子》,标准句读本。

米芾(1051—1107),《宝晋英光集》,见《丛书集成初编》。

——,《画史》,见《丛书集成初编》。

——,《书史》,见《丛书集成初编》。

缪钺、霍松林、周振甫等编著,《宋诗鉴赏辞典》,上海:上海辞书出版社,1987。

《穆天子传》,见《丛书集成初编》。

《南齐书》,北京:中华书局,1972。

《南史》,北京:中华书局,1975。

般剌蜜(8世纪)译,《楞严经》,见《佛藏要籍选刊》,第5卷。

《佩文韵府》,张玉书(1642—1711)集,上海:上海书店出版社,1983。

朋九万(12世纪),《东坡乌台诗案》,见《丛书集成初编》。钱易(1068年至1125年间健在),《南部新书》,见《丛书集成初编》。

钱钟书,《管锥编》,北京:中华书局,1979。

屈大均(1630—1696),《广东新语》,北京:中华书局,1985。

瞿蜕园,《刘禹锡交游录》,附录在刘禹锡《刘禹锡集笺证》后。

——,《刘禹锡集传》,附录在刘禹锡《刘禹锡集笺证》之后。

《全后周文》,见《全上古三代秦汉三国六朝文》。

《全晋文》,见《全上古三代秦汉三国六朝文》。

《全梁文》,见《全上古三代秦汉三国六朝文》。

《全上古三代秦汉三国六朝文》,严可均辑,北京:中华书局,1958。

《全宋词》,唐圭璋编,北京:中华书局,1965。

《全宋诗》,北京大学古文献研究所整理,北京:北京大学出版社,1991—1998。

《全宋文》,四川大学古籍整理研究所整理,成都:巴蜀书社,1988。
《全宋文》,见《全上古三代秦汉三国六朝文》。
《全唐诗》,彭定求(1645—1719)等编集,北京:中华书局,1960。
《全唐诗补逸》,孙望编,见陈尚君编《全唐诗补编》,北京:中华书局,1992。
《全唐文》,董诰等编,上海:上海古籍出版社,1990。
任昉(460—508),《述异记》,见《四库全书》。
任晓红,《禅与中国园林》,北京:商务印书馆,1994。
《尚书正义》,见《十三经注疏》。
邵博(卒于1158年),《邵氏闻见后录》,北京:中华书局,1983。
邵伯温(1057—1134),《邵氏闻见录》,北京:中华书局,1983。
《神异经》,据说为东方朔(公元前2世纪)所作,见《四库全书》。
《史记》,北京:中华书局,1956。
《诗经》,标准本。
《十三经注疏》,阮元(1764—1849)辑,北京:中华书局,1982。
《四库全书》,文渊阁本,上海:上海古籍出版社,1987。
司马光(1019—1086),《涑水记闻》,北京:中华书局,1989。
——,《资政通鉴》,北京:中华书局,1962。
宋衍申,《司马光传》,北京:北京出版社,1990。
《宋稗类钞》,潘永因(17世纪)编,见《四库全书》。
《宋史》,北京:中华书局,1985。
《宋书》,北京:中华书局,1974。
苏轼(1036—1101),《苏轼诗集》,王文诰(生于1764年)评注,孔凡礼点校,北京:中华书局,1982。
——,《苏轼文集》,孔凡礼编,北京:中华书局,1986。
《苏轼资料汇编》,四川大学唐宋文学研究室整理,北京:中华书局,1994。
《太平广记》,李昉(925—996)等编,北京:中华书局,1961。
《太平御览》,李昉(925—996)等编,北京:中华书局,1960。
汤承业,《李德裕研究》,台北:台湾学生书局,1974。
陶弘景(452—536),《真诰》,见《丛书集成》。
王充(27—97?),《论衡校释》,黄晖编,北京:中华书局,1990。
汪辟疆编,《唐人小说》,上海:上海古籍出版社,1978。
王闢之(生于1032年),《渑水燕谈录》,北京:中华书局,1981。
王士俊(生活于18世纪)等编,《河南通志》,见《四库全书》。
王拾遗,《白居易生活系年》,银川:宁夏人民出版社,1981。
——,《白居易传》,银川:宁夏人民出版社,1983。
王毅,《园林与中国文化》,上海:上海人民出版社,1990。

文震亨(1586—1645),《长物志》,见《丛书集成初编》。

《文选》,萧统(501—531)编,上海:上海古籍出版社,1986。

文莹(11世纪),《湘山野录》,《湘山野录续录》,《玉壶清话》,北京:中华书局,1984。

《文苑英华》,李昉(925—996)等编,北京:中华书局,1966。

吴兰修(1828年健在),《南汉记》,广州:广东高等教育出版社,1993。

《先秦汉魏晋南北朝诗》,逯钦立编,北京:中华书局,1983。

《新唐书》,北京:中华书局,1975。

《新五代史》,北京:中华书局,1974。

徐复观,《中国艺术精神》,台北:学生书局,1974。

杨洪杰和吴麦黄,《司马光传》,太原:山西人民出版社,1997。

杨宗莹,《白居易研究》,台北:文津出版社,1985。

《晏子春秋集释》,吴则虞释,北京:中华书局,1962。

《艺文类聚》,欧阳询(557—641)编,北京:中华书局,1965。

《乐府诗集》,郭茂倩(约成书于1264年—1269年)编,北京:中华书局,1979。

张高评,《宋诗与翻案》,见《宋代文学与思想》,国立台湾大学中国文学研究所编,215—58。台北:学生书局,1989。

张华(232—300),《博物志》,见《四库全书》。

张洎(933—996),《贾氏谈录》,见《丛书集成初编》。

张君房(11世纪),《云笈七籤》,见《四库全书》。

张彦远(9世纪),《法书要录》,见《丛书集成初编》。

《战国策校注》,吴师道(1283—1344年)注,见《丛书集成初编》。

赵晔(公元前40年健在),《吴越春秋》,见《丛书集成初编》。

郑处诲(卒于867年),《明皇杂录》,北京:中华书局,1994。

郑燮(1693—1765),《郑板桥全集》,北京:中华书局,1962。

钟嵘(502年至519年间健在),《诗品》,见何文焕(1732—1809)编《历代诗话》,1—24。北京:中华书局,1981。

周裕锴,《宋代诗学通论》,成都:巴蜀书社,1997。

周辉(卒于1127年),《清波杂志校注》,北京:中华书局,1994。

周密(1232—1298),《癸辛杂识》,北京:中华书局,1988。

——,《齐东野语》,北京:中华书局,1983。

《周易正义》,见《十三经注疏》。

朱桂,《牛僧孺研究》,台北:正中书局,1976。

朱金城,《白居易年谱》,上海:上海古籍出版社,1982。

——,《白居易年谱简编》,见白居易《白居易集笺校笺校》附录三。

祝穆(13世纪),《古今事文类聚》,见《四库全书》。

朱彧(1110年健在),《萍洲可谈》,见《丛书集成初编》。
庄绰(11世纪到12世纪),《鸡肋编》,北京:中华书局,1983。
《庄子集释》,郭庆藩(1844—约1896)释,北京:中华书局,1961。
《朱子语类》,黎靖德(13世纪)编,北京:中华书局,1986。

外文书目

Bendig, Helmut(海默·本迪克),"Das *Yun-lin-shih-p'u*: Ein Beitrag zur Kulturgeschichte der Sung-Zeit"(《〈云林石谱〉和宋代文化史》), Ph. D. diss, Friedrich Wilhelms-Universitat zu Boom, n. d.

Benhabib, Seyla(塞拉·本哈比),"Models of Public Space: Hannah Arendt, the Liberal Tradition, and Jurgen Habermas"(《公共领域的模式:阿伦特、自由主义传统及哈贝马斯》), 见 In *Feminism, the Public and the Private*(《女性,公共领域与私人领域》), Joan B. Landes, 65 – 99. Oxford: Oxford University Press, 1998.

Berkowitz, Alan J.(柏士隐),"The Moral Hero: A Pattern of Reclusion in Traditional China"(《道德楷模:中国古代的隐居方式》). *Monumenta Serica* 40 (1992): 1 – 32

——. *Patterns of Disengagenent: The Practice of Portrayal of Reclusion in Early Medieval China*(《避世的方式:中国中古隐居生活的描述方式》), Stanford: Stanford University Press, 2000.

——. "Reclusion in Traditional China: A Selected List of References"(《古代中国的隐居:参考资料选目》). *Monumenta Serica* 40 (1992): 33 – 46.

——. "Topos and Entelechy in the Ethos of Reclusion in China"(《中国隐逸之风的母题及其表现》). *Journal of the American Oriental Society* 114, no. 4 (1994): 632 – 38.

Berthrong, John(白诗朗),"Motifs for a New Confucian Ecological Vision"(《现代新儒家的生态观》). In *Tucker and Berthrong* (q. v.), 237 – 63.

Birdwhistell, Anne D.(包安乐),"Shao Yung and His Concept of *Fan Kuan*"(《邵雍及其"反观"的概念》). *Journal of Chinese Philosophy* 9, no. 4 (1982): 367 – 94.

Bol, Peter(包弼德), *This Culture of Ours: Intellectual Transitions in T'ang and Sung China*(《斯文:唐宋思想的转型》), Stanford: Standford University Press, 1992.

Chan, Wing-Tsit(陈荣捷)编纂, *A Source Book in Chinese Philosophy*(《中国哲学文献选编》). Princeton: Princeton University Press, 1981.

Chang, Chun-shu(张春树)与 Joan Snythe(斯迈锡)合著, *South China in the Twelfth Century: A Translation of Lu Yu's Travel Diaries*(《十二世纪的华南:陆游

的〈入蜀记〉》), *July 3 - December 6, 1170*. Hong Kong: Chinese University Press, 1981.

Chang, Kang-I Sun(孙康宜), *Six Dynasties Poetry*(《六朝诗研究》)Princeton: Princeton University Press,1986.

Chang Lin-Sheng(张临生), "The National Palace Museum: A History of the Collection"(《故宫博物院:收藏的历史》). In *Fong and Watt*(q.v.).

Clunas, Craig(柯律格), *Fruitful Sites: Garden Culture in Ming Dynasty China* (《富足的所在:中国明代的园林文化》). Durham: Duke University Press,1996.

——. *Superfluous Things : Material Culture and Social Status in Early Modern China*(《长物:近代中国早期的物质文化和社会地位》),Urbana: University of Illinois Press,1991.

Egan, Ronald C.(艾朗诺), *The Literary Works of Ou-yang Hsiu (1007— 1072)*(《欧阳修的文学作品》).Cambridge, Eng: Cambridge University Press,1984.

——. "Ou-yang Hsiu and Su Shih on Calligraphy."(《欧阳修与苏轼的书法理论》) *Harvard Journal of Asiatic Studies* 49, no.2(1989): 365-419.

——. "Su Shih's Notes as a Historical and Literary Source"(《作为历史和文学资料的苏轼笔记》). *Harvard Journal of Asiatic Studies* 5, no2 (1990):561-588.

——. *Word, Image and Deed in the Life of Su Shi*(《苏轼生活中的言语、意象和事迹》). Cambridge, Mass: Council on East Asian Studies, Harvard University, and the Harvard-Yenching Institute,1994.

Farmer, J. Michael(米勒·法梅尔),"Passages: Three Poems at Thorn Portal" (《通畅无阻:写在荆口的三首诗歌》). *T'ang Studies* 14(1996):124-40.

Feifel, Eugen(尤金·法菲尔),*Po Chü-i as a Censor: His Memorials Presented to Emperor Hsien-tsung During the Years 808—810*(《作为谏官的白居易:808年至810年呈唐宪宗的奏折》),The Hague:Mouton,1961.

Fong, Wen C(方闻)和James C.Y. Watt(屈志仁)编 *Possessing the Past: Treasures from the National Palace Museum, Taibei*(《拥有过去:台北故宫博物院的珍藏》). New York: Metropolitan Museum of Art, 1996.

Freeman, Michael D.(米勒·弗里曼),"From Adept to Worthy: The Philosophical Career of Shao Yong"(《升堂入室:邵雍的哲学生涯》). *Journal of the American Oriental Society* 102,no.3(1982):477—91.

——. "Lo-yang and Opposition to Wang An-shih: The Rise of Confucian Conservatism,1068-1086"(《洛阳与王安石的反对党:1068年至1086年儒家保守主义的兴起》). PH.D. diss, Yale University,1973.

Fuller, Michael A.(傅君劢),"Pursuing the Complete Bamboo in the Breast: Reflections on a Classical Chinese Image for Immediacy"(《胸有成竹:中国古代对神

速观念的表达》). *Harvard Journal of Asiatic Studies* 53, no1(1993):2－23.

——. *The Road to East Slope:The Development of Su Shi's Poetic Voice*(《东坡之路:苏轼诗歌表达的发展》), Stanford:Stanford University Press, 1990.

Goyama Kiwamu(合山究),"Zotohin ni kansuru shi ni arawareta Sodai bunjin no shumiteki koyu seikatsu"(《礼品赠答诗中所展现的宋代文人优雅的交往方式》), *Chugoku bungaku ronso* 2(1971):23－47。

Guntsch, Getrud(戈丘德·贡特斯), *Das Shen-hsien chuan und das Erscheinugsbild eines Hsien*(《〈神仙传〉和神仙的形象》), Frankfurt am Main:Peter Lang, 1998.

Hardie, Alison(爱莉森·哈迪)译, *The Craft of Gardens*(《园冶》), New Haven:Yale University Press, 1988.

Hargett, James M.(何瞻), "Huizong's Magic Marchmount:The Genyue Pleasure Park of Kaifeng"(《宋徽宗神奇的假山:开封的艮岳乐园》), *Monumenta Serica* 38(1988－89):1－48.

Harrist, Robert E.(韩文彬), *Painting and Private Life in Eleventh-Century China*:Mountain Villa by Li Gonglin(《11世纪中国的绘画与私人生活:李公麟的龙眠山庄图》), Princeton:Princeton University Press, 1998.

——. "Site Names and Their Meanings in the Garden of Solitary Enjoyment"(《独乐园中景观的名字及其含义》). *Journal of Garden History* 13(1993):199－212.

Hartman, Charles(蔡涵墨),"Poetry and Politics in 1079:The Crow Terrace Poetry Case of Su Shih"(《1079年的诗歌与政治:苏轼乌台诗案分析》). *Chinese Literature , Articles , Essays , Reviews* 12(1990):15－44.

Hawkes, David(戴维·霍克思)译. *The Songs of the South:An Anthology of Ancient Chinese Poems by Quan Yuan And Other Poets*(《南方之歌:屈原及其他诗人楚辞作品选》). Harmonsworth, Eng.:Penguin, 1985.

Hay, John A.(约翰·海), *Kernels of Energy, Bones of Earth:The Rock in Chinese Art*(《能量的核心,泥土的脊骨:中国艺术中的石头》). New York:China Institute of America, 1985.

——. "Structure and Aesthetic Criteria in Chinese Rocks and Art"(《中国石头和艺术中的结构和审美标准》). *Res* 13(Spring 1987):6－22.

Hu Yunhua(胡运华), *The Art of Chinese Miniature Landscape*(《中国盆景艺术》). Beijing:Foreign Languages Press, 1989.

Hucker, Charles O.(贺凯), *A Dictionary of Official Titles in Imperial China*(《中华帝国官名辞典》). Stanford:Stanford University Press, 1985.

Hymes, Robert P.(韩明士)与 Conrad Schirokauer(谢康伦), *Ordering the*

World: Appraches to State and Society in Sung Dynasty China(《燮理天下:走近宋代的国家与社会》)前言(1-58),Berkeley: University of California Press,1993.

Ivanhoe, Philip J.(艾文贺),"Early Confucianism and Environmental Ethics"(《早期儒家的伦理学》). In Tucker and Berthrong (q.v),59-76.

Jia Jinhua(贾晋华),"A Study of the Jinglong wenguan ji"(《〈景龙文馆记〉研究》). Monumenta Serica 47(1999):209-36.

Keswick, Maggie(玛吉·克斯维科), The Chinese Garden: History, Art and Architecture(《中国园林:历史、艺术和建筑》). New York: Rizzoli,1978.

Knechtges, David(康达维)译, Wen xuan or Selections of Fine Literature(《文选》), vol.3. Princeton: Princeton University Press,1996.

Kroll, Paul W.(保罗·克罗尔), Meng Hao-jao(《孟浩然》), Boston: Twayne,1981.

Ledderose, Lothar(雷德侯), Mi Fu and the Classical Tradition of Chinese Calligraphy(《米芾与中国书法传统》). Princeton: Princeton University Press,1979.

Li, Wai-yee(李惠仪),"The Collector, the Connoisseur, and Late-Ming Sensibility"(《收藏、鉴赏与敏感的晚明时期》). T'oung pao 81,no.4-5 (1995):269-302.

Lin Yutang(林语堂), The Gay Genius: The Life and Times of Su Tungpo(《乐天知命的天才:苏东坡的生平与时代》). New York: John Ddy,1947.

Liu, James T.C(刘子健), China Turning Inward: Intellectual-Political Changes in the Early Twelfth Century(《中国的内倾性发展:12世纪早期中国的国际政治转向》). Cambridge, Mass.: Council on East Asian Studies, Harvard University, 1988.

Mather, Richard B(马瑞志), The Poet Shen Yueh (441-513): The Reticent Marquis(《隐侯:诗人沈约(441—513)研究》). Princeton: Princeton University Press, 1988.

Minford, John(闵福德)和Joseph M. S. Lau(刘绍铭)合编 Classical Chinese Literature: An Anthology of Translation(《中国古典文学译文选》)第一册 From Antiquity to the Tang Dynasty(《上古至唐代》). New York: Columbia University Press, 2000.

Murck, Alfreda(姜斐德),"The Eight Views of Xiao-Xiang and the Northen Song Culture of Exile"(《潇湘八景与北宋贬谪文化》). Journal of Sung-Yuan Studies 26(1996):113-44.

Nylan, Michael(戴梅可),"A Problematic Model: The Han Orthodox Synthesis, Then and Now"(《一个很成问题的观念模式:关于汉代儒家正统形成的回顾》). 见 Kai-wing Chow, On-cho Ng, and John B. Henderson 编 Imagining Boundaries: Changing Confucian Doctrines, Texts, and Hermeneutics(《想象的边界:变动中的儒家教义、文本和阐释》)17 - 56, Albany: State University of New York Press,1999.

Owen, Stephen(宇文所安), An Anthology of Chinese Literature: Beginning to 1911(《中国文学作品选:从先秦到 1911 年》). New York: Norton, 1996.

——. "The End of the Chinese 'Middle Ages': Essays in Mid-Tang Literary Culture"(《中国'中世纪'的终结:中唐文学文化论集》). Stanford: Stanford University Press, 1996.

——. "The Formation of the Tang Estate Poem"(《唐代别业诗的形成》). Harvard Journal of Asiatic Studies 55, no.1(1995):39 - 59.

——. The Great Age of Chinese Poetry: The High T'ang(《盛唐诗》). New Haven: Yale University Press,1981.

——. The Poetry of the Early T'ang(《初唐诗》). New Haven: Yale University Press, 1977.

——. Remembrances: The Experience of the Past in Classical Chinese Literature(《追忆:中国古典文学中的往事再现》). Cambridge, Mass.: Harvard University Press, 1985.

Plaks, Andrew(浦安迪), Archetype and Allegory in the Dream of the Red Chamber(《红楼梦的原型和寓言》). Princeton: Princeton University Press, 1976.

Rankin, Mary Backus(兰金), Elite Activism and Political Transformation in China: Zhejiang Province, 1965 - 1911. (《1865 至 1911 年浙江省精英的活跃与政治的变迁》)Stanford: Stanford University Press, 1986.

Rudolph, R. C.(查理·鲁道夫), "Preliminary Notes on Sung Archaeology"(《关于宋代考古的初步探讨》). Journal of Asian Studies 22, no.2 (Feb.1963): 169 - 77.

Sargent, Stuart(萨进德), "Huang T'ing-chien's 'Incense of Awareness': Poems of Exchange, Poems of Enlightenment"(《黄庭坚的"意薰":交换的诗歌和启发的诗歌》). Journal of the American Oriental Society 121, no 1(2001:60 - 71.)

Schafer, Edward H.(薛爱华), Mirages on the Sea of Time: The Daoist Poetry of Ts'ao T'ang(《时间之海上蜃景:曹唐的游仙诗》). Berkeley: University of California Press, 1985.

——. Tu Wan's Stone Catalogue of Cloudy Forest: A Commentary and Synopsis (《杜绾的灵璧石目录:注释与概要》). Berkeley: University of California Press, 1996.

——. The Vermilion Bird: T'ang Images of the South(《朱雀:唐代的南方意象》). Berkeley: University of California Press, 1967.

Siren, Osvald(喜龙), *Gardens of China*(《中国园林》). New York: Ronald Press,1949.

Smith, Curist Dean(史国兴),"The Dream of *Ch'ou-ch'ih*: Su Shih's Awakening"(《仇池之梦:苏轼的觉醒》). *Hanxue yanjiu* 18. no.1 (2000): 255 - 89.

Smith, Joanna F. Handlin(韩德琳), "Gardens in Ch'I Piao-chia's Social World: Wealth and Values in Late-Ming Kiangnan"(《园林在祁彪佳社会生活中的作用:晚明时期江南的财富和价值》). *Journal of Asian Studies* 51, no.1(1992): 55 - 81.

Spring, Madeline K.(司马德琳),"The Celebrated Cranes of Po Chü-i"(《白居易的白鹤诗》). *Journal of the American Oriental Society* 111, no.1(1991):8 - 18.

Stein, Rolf A.(石泰安), *The World in Miniature: Container Gardens and Dwelling in Far Eastern Religious Thought*(《微缩的世界:远东宗教思想中的住宅园林》). Trans. Phyllis Brooks. Stanford: Stanford University Press, 1990.

Sturman, Peter Charles(石慢), *Mi Fu: Style and the Art of Calligraphy in Northern Song China*(《米芾:风格及中国北宋的书法艺术》), New Haven: Yale University Press, 1997.

Tachibana Hidenori (橘英范), *Ryu-Haku showashi kenkyu josetsu*(《刘白唱和诗研究序说》), Higashihiroshima-shi:Hiroshima daigaku, Bungakubu, 1995.

Thurman, Robert A. F.(罗伯特·舒曼), *The Holy Teaching of Vimalakiti*(《〈维摩诘经〉的神圣教学》). University Park: Pennsylvania State University Press, 1976.

Tucker, Mary Evelyn(狄百瑞)和 John Berthrong(白诗朗)编, *Confucianism and Ecology: The Interrelation of Heaven, Earth, and Humans*(《儒学与生态:天、地、人的相互关系》). Cambridge, Mass.: Harvard University Center for the Study of World Religions, 1998.

Ueno Hideto(上野日出刀), *Isen gekijo shu*(《伊川击壤集》),Tokyo: Meitoku shuppansha, 1979.

Waley, Arthur(韦利), *The Life and Works of Po Chü-i*(《白居易的生平和著作》). London: George Allen & Unwin, 1949.

——. *Translations from the Chinese*(《中文选译》). New York: Alfred A. Knopf, 1919.

Wang, Jing(王晶), *The Story of the Stone: Intertextuality, Ancient Chinese Stone Lore, and the Stone Symbolism in* Dream of the Red Chamber, Water Margin, and The Journey to the West(《〈石头记〉:互文性、古代中国的石头传说,以及〈红楼梦〉、〈水浒〉和〈西游记〉中的石头象征》). Durham, N.C.: Duck University Press, 1992.

Watson, Burton(华兹生)译, *Chinese Rhyme Prose: Poems in the Fu Form from the Han and Six Dynasties Periods*(《汉魏六朝赋选》). New York: Columbia University Press, 1971.

——. *Selected Poems of Su Tung-p'o*(《苏东坡诗选》). Port Townsend, Wash: Copper Canyon Press, 1994.

——. *The Vimalakiti Sutra*(《维摩诘经》). New York: Columbia University Press, 1997.

Watt, James C. Y.(屈志仁),"Antiquarianism and Naturalism"(《考古与自然主义》). In *Fong and Watt* (q.v.), 219-55.

Weintraub, Jeff(杰菲·温特劳布),"The Theory and Politics of the Public/Private Distinction"(《区分公共领域与私人领域的理论和政治》). 见 Jeff Weintraub 和 Krishan Kumar 合编, *Public and Private in Thought and Practice*(《公共领域和私人领域的思考和实践》)1-42. Chicago: University of Chicago Press, 1997.

Westbrook, Francis A.(韦斯特布鲁克),"Landscape Description in the Lyric Poetry and 'Fuh on Dwelling in the Mountains' of Shieh Ling-yunn"(《谢灵运抒情诗及〈山居赋〉中的风景描写》). Ph.D. diss, Yale University, 1973.

Whitman, Christina(克瑞斯汀纳·惠特曼),"Privacy in Confucian and Taoist Thought"(《儒家和道家思想中的"孤独"》). 见 Donald Munro 编, *Individualism and Holism: Studies in Confucian and Taoist Values*(《个体主义与整体论:对儒家和道家价值理念的研究》)85-100. Ann Arbor: Center for Chinese Studies, University of Michigan, 1985.

Wilhelm, Helmut(卫德明),"Shih Ch'ung and His Chin-ku-yuan"(《石崇和他的金谷园》). *Monumenta Serica* 18(1959): 315-27.

Wyatt, Don J.(韦栋), *The Recluse of Loyang: Shao Yung and the Moral Evolution of Early Sung Thought*(《洛阳的隐士:邵雍和宋初思想的道德进化》), Honolulu: University of Hawai'I Press, 1996.

Xiao, Chi(萧驰), *The Chinese Garden as Lyric Enclave: A Generic Study of The Story of the Stone*(《抒情领域中的中国园林:石头记的普通研究》), Ann Arbor: Center for Chinese Studies, University of Michigan, 2001.

Yang, Xiaoshan(杨晓山),"Having It Both Ways: Manors and Manners in Bai Juyi's Poetry"(《兼而有之:白居易诗中的庄园与生活方式》), *Harvard Journal of Asiatic Studies* 56, no.1 (June 1996): 123-49.

——. "Money Matters: Bai Juyi's Self-Images as a Septuagenarian"(《经济问题:七十老者白居易的自我形象》). *Monumenta Serica* 48 (2000): 39-66.

——. "Partisan Rhetorics and the Changing Face of Impracticality in the Northern Song"(《北宋党争之辞和"迂"的概念的转换》). *T'oung Pao* 88, no.1-3

(2002):81-111.

Yoshikawa Kojiro(吉川亨次郎), *An Introduction to Sung Portry*(《宋诗简介》), Burton Watson 译,Cambridge Mass: Harvard University Press, 1967.

Yu, Lu K'uan(Charles Luk)(陆宽昱居士)译, *The Surangama Sutra*(《楞严经》). London: Rider & Company, 1966.

——. *The Vimalakiti Nirdesa Sutra* (《维摩诘经》), Berkeley: Shambhala Publications, 1972.

Zeitlin, Judith(蔡九迪), "The Petrified Heart: Obsession in Chinese Literature, Art, and Medicine"(《石化的心:中国文学、艺术和医学中的物恋》). *Late Imperial China* 12, no.1(June 1991):1-26.

征引诗文篇目索引

知道作者的作品,作品列于作者的名字之下。作者已经不可考的作品,只列篇名。篇名后加有"*"的,表示诗文已经全部翻译成了英文。篇名后加"+"的,表示诗文部分地被译成英文。篇名后没有标注符号的,说明该诗文只是在文章里或是脚注里解释过或简单提及过。

白居易(722—846)
  《白莲池汎舟》,70 页注释 *
  《不能忘情吟并序》,141
  《采莲曲》,73 页注释 1
  《草堂前新开一池养鱼种荷日有幽趣》,21 *
  《池畔二首》,48 *
  《池上小宴问程秀才》,69—70 *
  《池上夜境》,38 *
  《池上逐凉》,46 *
  《池上竹下作》,20 +
  《重戏答》,23 *
  《酬裴令公赠马相戏》,136 *
  《酬裴相公题兴化小池见招长句》,129 页注释 4,134 页注释 4
  《酬裴相公见寄二绝》,131 *
  《酬王十八李大见招游山》,25 页注释 1
  《春葺新居》,42,43 *
  《答裴相公乞鹤》,128 *
  《答微之夸越州州宅》,67 页注释 2 +
  《代鹤》,132 *
  《代林园戏赠》,22 *
  《得潮州杨相公继之书并诗以此寄之》,129 页注释 4
  《对琴酒》,129 页注释 4
  《泛春池》,18—19 *
  《奉和裴令公新成午桥庄绿野堂即事》,63 页注释 4 +
  《奉和思黯相公以李苏州所寄太湖石奇状绝伦因题二十韵见示兼呈梦得》,93 页注释 3,97 +
  《奉和思黯相公雨后林园四韵见示》,46 *
  《公垂尚书以白马见寄光洁稳善以诗谢之》,141 +

231

《官舍》,39 页注释 1

《官舍内新凿小池》,56—57＊

《和春深二十首》之三,129 页注释 4

《和韩侍郎题杨舍人林池见寄》,129 页注释 4

《和张十八秘书谢裴相公寄马》,134 页注释 3

《胡吉郑刘卢张等六贤皆多年寿予亦次焉偶于敝居合成尚齿之会七老相顾既醉且欢静而思之此会稀有因成七言六韵以纪之传好事者》,180 页注释 3

《家园三绝》之一,72＊

《截树》,47—48＊

《九老图诗》,180 页注释 3

《九年十一月二十一日感事而作》,34 页注释 2

《郡亭》,38—39＊

《看采莲》,72＊

《李卢二中丞各创山居俱夸胜绝然去城稍远来往颇劳弊居新泉实在宇下偶题十五韵聊戏二君》,41＋

《莲石》,93 页注释 1

《累土山》,61＊

《令狐相公拜尚书后有喜从镇归朝之作刘郎中先和因以继之》,129 页注释 4

《六月三日夜闻蝉》,73—74＊

《洛下卜居》,126 页注释 1

《履道居三首》之一,24＊

《裴侍中晋公以集贤林亭即事诗二十六韵见赠猥蒙徵和才拙词繁辄广为五百言以伸酬献》,22 注释 3

《七月一日作》,41＋

《三年为刺史》之二,95＋,126 页注释 1

《山中独吟》,78＋

《伤宅》,13＊

《苏州故吏》,133 页注释 1

《四十五》,78 页注释 4

《宿窦使君庄水亭》,26＊

《宿蓝溪对月》,129 页注释 4

《双石》,84—85＊

《送鹤与裴相公临别赠诗》,131＋

《太湖石》(《白居易集笺校》,22·1498),87＋

《太湖石》(《白居易集笺校》,25·1708),85 页注释 1

《滩声》,62＊

《题崔少尹上林坊新居》,55＋

《题洛中第宅》,27—28＊

《题牛相公归仁里宅新成小滩》,64—65＋

《题平泉薛家雪堆庄》,40＊

《题岐王旧山池石壁》,41＋

《题西亭》,23＊

《题新涧亭兼酬寄朝中亲故见赠》,193页注释3

《玩新庭树因咏所怀》,39页注释1

《问江南物》,126—127＊

《无长物》,93页注释4

《闲居偶吟招郑庶子皇甫郎中》,213

《闲题家池寄王屋张道士》,37＋

《闲园独赏》,49＋

《新昌新居书事四十韵因寄元郎中张博士》,35＋

《新涧亭》,61—62＊

《新小滩》,71＊

《杏为梁》,14—15＊

《凶宅》,17＋

《以诗代书寄户部杨侍郎劝买东邻王家宅》,56＋

《忆洛中所居》,71＋,74＊

《咏怀》,34＋,36＋

《有双鹤留在洛中忽见刘郎中依然鸣顾刘因为鹤叹二篇寄予予以二绝句答之》,128页注释1

《有小白马乘驭多时奉使东行至稠桑驿盍然而毙足可惊伤不能忘情题二十韵》,139页注释1

《游云居寺赠穆三十六地主》,24＊

《斋居》,39＊

《诏授同州刺史病不赴任因咏所怀》,36＋

《种白莲》,71＊

《中隐》,32—33＊

《自题小园》,23—24＊

《醉别程秀才》,70页注释2

《座中戏呈诸少年》,78页注释4

班固(32—92)

《两都赋》,188页注释3

包融(727年健在)

《酬忠公林亭》,44＊

曹邺(850年进士)
　　《贵宅》,71页注释1

岑德润(6世纪)
　　《赋得临阶危石诗》,81＊

岑参(715—770)
　　《春寻河阳陶处士别业》,61页注释1

畅当(773年进士)
　　《春日过奉诚园》,14页注释3

晁说之(1059—1129)
　　《花石题南庄壁》,123页注释1
　　《灵璧石有未上供者狼藉两岸》,123页注释1

储嗣宗(853年健在)
　　《宿甘棠馆》,45＋

崔日知(728年健在)
　　《奉酬韦祭酒偶游龙门北溪忽怀骊山别业因以咏志示弟淑并呈诸大僚之作》,78页注释2

崔仲方(6世纪)
　　《奉和周赵王咏石诗》,82页注释1

窦牟(749—822)
　　《奉诚园闻笛》,14页注释3

杜甫(712—770)
　　《恶树》,50页注释1
　　《将赴成都草堂途中有作先寄严郑公五首》之四,49＊
　　《秦州杂诗二十首》之十四,153＋
　　《营屋》,50＊
　　《自奉先赴京五百字》,14＋

杜牧(803—853)
　　《过田家宅》,14页注释3
　　《盆池》,59＊
　　《题池州弄水亭》,20页注释1

杜荀鹤(846—904)

《题狱麓寺》,28 页注释 3

中宗(684 年,705 年至 710 年在位)
 《九月九日幸临渭亭登高得秋字》,12 页注释 2

范成大(1126—1193)
 《减字木兰花》,33 页注释 1

范镇(1008—1089)
 《和君实新买叠石溪庄》,201 ∗

范仲淹(989—1052)
 《书海陵滕从事文会堂》,196＋

方干(809—888)
 《干秀才小池》,59 ∗
 《路支使小池》(《全唐诗》,561 · 7474),58 ∗
 《路支使小池》(《全唐诗》,649 · 7456),58 ∗

贯休(832—912)
 《题某公宅》,28 ∗

郭祥正(1087 年健在)
 《独游药洲怀颖叔修撰》,124 页注释 1
 《九曜石奉呈同游将帅颖叔吴漕翼道》,124 页注释 2

韩琦(1008—1075)
 《双石》,101 ∗

韩偓(844—923)
 《桃林场客舍之前有池半亩木槿栉比于水遮山因命仆夫运斤梳沐豁然清朗复睹太虚因作五言八韵》,50 ∗

韩愈(768—824)
 《奉和虢州刘给事使君三堂新题二十一咏》,12
 《奉和钱七兄曹长盆池所植》,58 页注释 2
 《和裴仆射相公假山十一韵》,62＋
 《盆池五首》之一,57＋;之五,56 ∗
 《竹迳》,49 ∗

浩虚舟(822 年进士)
 《盆池赋》,57 页注释 1

胡宿(995—1067)

《太湖石》,101—102*

黄滔(约生于840年)
《陈侍御新居》,94页注释2

黄庭坚(1045—1105)
《书东坡画郭功父壁上墨竹》,150
《司马文正公挽词》,187页注释1+
《题子瞻画竹石》,148*

皇甫冉(717—770)
《山中五咏》,12

皎然(720?— ?)
《题沈少府书斋》,53*

金君卿(1042年进士)
《怪石》,109+,109—110+,110+

孔武仲(1042—1098)
《东坡居士画怪石赋》,117页注释1

李德裕(787—850)
《重忆山居》之四,64页注释3
《叠石》,见于《思平泉树石杂咏十一首》,109页注释1
《灵泉赋》,29页注释1
《罗浮石》,见于《重忆山居六首》,109页注释1
《泰山石》,见于《重忆山居六首》,109页注释1

李贺(790—816)
《杨生青花紫石砚歌》,99页注释2

李峤(645?—714?)
《和同府李祭酒休沐田居》,31页注释1

李涉(806—821年健在)
《鹧鸪词》,65+

李绅(卒于846年)
《开元寺》,89页注释1

李荐(1059—1109)
《中隐庵和赵孺韵》,33页注释1

刘叉(约生活于9世纪初)

《古怨》,85 页注释 1

刘敞(1019—1068)
　　《寒林石屏风》,114 页注释 1
　　《石林亭成宴府僚作五言》,105 页注释 2
　　《新作石林亭》,105

刘克庄(1187—1269)
　　《药洲》之二/之三,123 *

刘禹锡(772—842)
　　《城东闲游》,29 *
　　《奉和裴令公新成绿野堂即书》,63 +
　　《翰林白二十二学士见寄一百篇因以答贶》,134 页注释 1
　　《和乐天送鹤上裴相公别鹤之作》,131
　　《和牛相公题姑苏所寄太湖石兼寄李苏州》,93 页注释 3
　　《和裴相公寄白侍郎求双鹤》,130 *
　　《鹤叹二首》,128;130 页注释 1
　　《湖州崔郎中曹长寄三癖诗自言癖在诗与琴酒其词逸而高吟咏不足昔柳吴兴亭皋陇首之句王融书之白团扇故为四韵以谢之》,78 页注释 5
　　《乐天寄忆旧游因作报白君以答》,140 页注释 7
　　《裴令公见诮乐天寄奴买马绝句斐言仰和且戏乐天》,138 *
　　《始至云安寄兵部韩侍郎中书白舍人二公近曾远守故有属焉》,134 页注释 2
　　《唐秀才赠端州紫石砚以诗答之》,143 页注释 3 +
　　《题寿安甘棠馆》,45 *

柳宗元(773—819)
　　《登蒲州石矶望横江口潭岛深迥斜对香零山》,20 页注释 1
　　《湘口馆潇湘二水所会》,65 页注释 1

陆龟蒙(卒于 881 年)
　　《奉和袭美二游诗》,46 +
　　《太湖石》,88 *

卢鸿(713—742 年健在)
　　《嵩山十志十首》,12 页注释 3

卢仝(775?—835)
　　《客谢井》,见于《萧宅二三子赠答诗二十首》,104 页注释 2
　　《自咏三首》,78 页注释 6

陆游(1125—1209)

《寄题李季章石林亭》,82 页注释 2

卢照邻(634?—684?)
　　《长安古意》,13

吕温(772—811)
　　《道州途中即事》,20 页注释 1

骆宾王(卒于 684 年)
　　《帝京篇》,13

罗邺(877 年健在)
　　《题沧浪峡》,46＋

梅尧臣(1002—1060)
　　《读月石屏诗》,113 页注释 4
　　《和吴冲卿学士石屏》,113 页注释 4
　　《括苍石屏》,见于《赋石昌言家五题》,120 页注释 1
　　《咏刘仲更泽州园中丑石》,116＊
　　《咏欧阳永叔石砚屏二首》,113 页注释 4
　　《张侍郎中隐堂》,33 页注释 1

孟郊(751—814)
　　《立德新居》之五,66＋
　　《劝善吟》,78 页注释 4
　　《生生亭》,53＋
　　《游城南韩氏庄》,66＊

米芾(1051—1107)
　　《题仙掌石》,124 页注释 2

牛僧孺(780—848)
　　《李苏州遗太湖石奇状绝伦因题二十韵奉呈梦得乐天》,89＋,91＋,93＋,97＋

欧阳修(1007—1072)
　　《答苏子美离京见寄》,117 页注释 1
　　《菱溪大石》,119 页注释 1
　　《望州坡》,170 页注释 3

潘岳(247—300)
　　《金谷集作诗》,11 页注释 1
　　《闲居赋》,11

裴度(765—839)

《白二十二侍郎有双鹤留在洛下予西中园多野水长松可以栖息遂以诗请之》,128＊

《答张籍诗》,139 页注释 1

《溪居》,63＊

皮日休(834?—883?)

《虎丘寺殿前有古杉一本形状丑怪图之不尽况百卉竞媚若妒若媚唯此杉死抱奇节骸然闾然不知雨露之可生也风霜之可瘁也乃造化者方外之材乎遂赋三百言以见志》,85 页注释 1

《太湖石出鼋头山》,98—99＊

钱起(710?—782?)

《窗里山》,54＊

《江行无题一百首》之十九,78 页注释 4

《蓝田溪杂咏二十二首》,12

齐己(864—943?)

《盆池》,58 页注释 2

《潇湘二十韵》,65 页注释 1

屈原(约公元前 340 年—前 278 年)

《渔父》,38 页注释 1＋

任昉(460—508)

《严陵濑诗》,72 页注释 1

邵雍(1011—1077)

《安乐窝铭》,182＊

《安乐窝中打乖吟》,193＊

《安乐窝中吟》之四/之五,192 页注释 2

《半醉吟》,192 页注释 1

《初夏闲吟》,192＋

《春游五首》之四,189＋

《风吹木叶吟》,191＊

《访南园张氏昆仲因而留宿》,174 页注释 1

《奉和十月二十四日初见雪呈相国元老》,182 页注释 2

《过故洛阳城二首》,188 页注释 2

《和君实端明花庵独坐》,205—206＊

《后园即事》,192＊

《欢喜吟》,173＊

《里闲太平吟》,188 *

《乞笛竹》,199 页注释 1

《世上吟》,184 +

《首尾吟》,193 页注释 1

《四贤吟》,179 *

《天宫幽居即事》,184 +

《天津弊居蒙诸公共为成买作诗以谢》,191 页注释 2

《天津闲步》,183 +

《天津晚步》,188 页注释 2

《闲适吟》之一,184 *

《闲居吟》,189 *

《心安吟》,193 *

《无酒吟》,182 页注释 2;191 页注释 3

《尧夫何所有》,191 页注释 2

《雨后天津独步》,188 页注释 2

《赠富公》,180 页注释 2

沈约(441—513)

《登玄畅楼诗》,19

《郊居赋》,11

石崇(249—300)

《金谷诗序》,11

《思归引》,10

《思归叹》,10

《诗经》,第 64 首,144—145 *;第 209 首,70;第 212 首,209 页注释 5 +;第 218 首,199 页注释 2;第 245 首,178 页注释 1

司马光(1019—1086)

《钓鱼有感》,187 页注释 3

《独步至洛滨》,186 *

《独乐园七题》,194 注释 6

《读书堂》,196 *

《酬安之谢药载二章》,198 *

《酬赵少卿药园见赠》,197—198 *

《和白都官序见赠》,177—178 *

《和君贶题潞公东庄》,199 *

《和邵尧夫安乐窝中职事吟》,185 *
《花庵独作》,205 *
《花庵诗寄邵尧夫》,205 页注释 1
《括苍石屏》,120 *
《乐》,173 *
《晚晖亭》,174
《小诗招僚友游后园二首》之一,175 *
《闲居》,183 *
《闲中有富贵》,192 页注释 2
《新买叠石溪庄再用前韵招景仁》,201 页注释 3
《雨中遇王安之所居不谒以诗寄之》,186 页注释 2

司马相如(公元前 179 年—前 118 年)
《长门赋》,14 页注释 4
《击壤歌》,168 页注释 2 *
《上林赋》,194 页注释 5

宋之问(卒于 712 年)
《郡宅中斋》,193 页注释 3
《蓝田山庄》,31 页注释 1

苏辙(1039—1112)
《司马君实端明独乐园》,203 页注释 1

苏轼(1037—1101)
《次韵范纯父焊星砚月石风林屏诗》,113 页注释 4
《次韵和刘京兆石林亭之作,石本唐苑中物,散流民间,刘购得之》,104—105 *
《郭祥正家,醉画竹石壁上,郭作诗为谢,且遗二古铜剑》,148 *
《书韩幹牧马图》,161
《壶中九华》,166
《见和仇池》,154 页注释 1
《龙尾砚歌》,146
《欧阳少师令赋所蓄石屏》,113 页注释 3
《仆所藏仇池石,希代之宝也,王晋卿以小诗借观,意在于夺,仆不敢不借,然以此诗先之》,154—155 *
《石苍舒醉墨堂》,147 页注释 5
《轼近以月石砚屏献子功中书公复以涵星砚献纯父侍讲子功有诗纯父未也复以月石风林屏赠之谨和子功诗并求纯父数句》,113 页注释 3
《轼欲以石易画,晋卿难之,穆父欲兼取二物,颖叔欲焚画碎石,乃复次前韵,并

《解二诗之意》,162—164 *

《始于文登海上得白石数升如芡实可作枕闻梅丈嗜石故以遗其子子明学士子明有诗次韵》,157页注释1

《双石》,153

《司马君实独乐园》,202—203 *

《王晋卿示诗,欲夺海石,钱穆父、王仲至、蒋颖叔皆次韵。穆、至二公以为不可许,独颖叔不然。今日颖叔间访,亲睹此石之妙,遂悔前言。仆以为晋卿岂可终闭不予者,若能以韩幹二散马易之者,盖可许也。复次前韵》,158—159

《文登蓬莱阁下石壁千丈为海浪所战时有碎裂陶洒岁久皆圆熟可爱土人谓此弹子涡也取数百枚以养石葛蒲且作诗遗垂慈堂老人》,157页注释1

《咏怪石》,111

《戏周正孺二绝》,160页注释4

《雪浪石》之二,104+

《予昔作壶中九华诗其后八年复过湖口则石已为好事者取去乃和前韵以自解云》,166页注释4

《张近几仲有龙尾石砚以铜剑易之》,143 *

《中隐堂诗》,33页注释1

《舟行至清远县见顾秀才极谈惠州风物之美》,67页注释1

苏舜钦(1008—1049)

《和菱溪石歌》,119页注释1

《永叔石月屏图》,113页注释4

苏颂(1020—1101)

《省中早出舆同僚过谭文思西轩咏太湖石》,100 *

陶潜(365—427)

《乞食诗》,35+

《山鬼》,205+

《饮酒诗》之五,44+

王安石(1021—1086)

《和吴冲卿鸦鸣树石屏》,113页注释4

王粲(177—217)

《登楼赋》,19+

王建(约生于766年)

《坏屋》,17页注释4

王康琚(生活于4世纪)

《反招隐诗》,31＋

王令(1032—1059)
　　《寒林石屏》,112＋,115

王维(701?—761)
　　《皇甫岳云溪杂题五首》,12 页注释 3
　　《积雨辋川庄作》,187 页注释 3＋
　　《济州过赵叟家宴》,44＋
　　《敕借岐王九成宫避暑应教》,60＋
　　《桃源行》,54 页注释 4＋
　　《终南别业》,54＋

王维(701?—761)和裴迪(741 年健在)
　　《辋川集》,12

王绩(590—644)
　　《独坐》,35＋

韦处厚(773—828)
　　《盛山十二诗》,12

韦骧(1033—1105)
　　《观劈石》,102 *
　　《烂石》,103

韦应物(约生于 737 年)
　　《郡中西斋》,39 页注释 1
　　《新理西斋》,39 页注释 1
　　《寓居永定精舍》,35＋

韦庄(836—910)
　　《寄园林主人》,30 *

文同(1018—1079)
　　《书平泉草木记后二首》,108 *

文彦博(1006—1097)
　　《司空相公特贶雅章俯光陋迹依韵和呈以答厚意》,180 页注释 2
　　《又读平泉花木记》,107
　　《再酬富公一绝》,180 页注释 2

无可(约生活于 9 世纪初)
　　《题崔驸马林亭》,94 页注释 2

吴融(约卒于 903 年)
  《即事》,60＋
  《太湖石歌》,90 页注释 1,110 页注释 3

武元衡(758—815)
  《闻王仲周所居牡丹花发因戏赠》,26＊

萧推(卒于 548 年)
  《赋得翠石应令诗》,80＊

谢灵运(385—433)
  《七里濑》,72 页注释 1
  《山居赋》,11,51＋
  《田南树园激流植援》,52＋

谢朓(464—499)
  《郡内高斋闲望答吕法曹》,52＋
  《新治北窗和何从事诗》,52—53＊
  《之宣城出新林浦向板桥》,32＋

徐凝(813 年健在)
  《侍郎宅泛池》,70＊

许颜先(生活于 11 世纪)
  《药洲》,124 页注释 2

薛逢(853 年健在)
  《君不见》,14 页注释 3

杨杰(1059 年进士)
  《屏风谣赠郭功父》,119＋

姚合(781?—846)
  《和裴令公新成绿野堂即事》,63＋
  《买太湖石》,94 页注释 2
  《题长安薛员外水阁》,65＋
  《题郭侍郎亲仁里幽居》,45＋
  《题河上亭》,61 页注释 1

虞俦(1163 年进士)
  《闻六月十五日厅屋以二绝句寄衢》,28 页注释 1

虞世基(生活于 6 世纪)
  《赋得石诗》,82 页注释 1

《赋昆明池一物得织女石》,82 页注释 1

庾信(513—581)
    《小园赋》,11

元稹(779—831)
    《重夸州宅旦暮景色兼酬前篇末句》,68＋
    《奉诚园》,14 页注释 3
    《和乐天题王家亭子》,25＊
    《花栽二首》,68＊
    《遣兴十首》之二,14 页注释 3
    《以州宅夸于乐天》,67＊

曾协(卒于1173 年)
    《赋赵有异仇池石次沈正卿翰林韵》,167 页注释 1

张衡(78—139)
    《西京赋》,206 页注释 2

张祜(792?—853?)
    《爱妾换马》之一,140＋
    《闲居作五首》之一,78 页注释 4

张籍(768?—830?)
    《过王处士原居》,55＋
    《和裴司空以诗请刑部白侍郎双鹤》,131 页注释 1
    《和令狐尚书平泉东庄近属李仆射因寄十韵》,29＋
    《和韦开州盛山十二首》,12＋
    《三原李氏园晏集》,26＋

张九龄(678—740)
    《郡内闲斋》,39 页注释 1
    《郡舍南有园畦杂树聊以永日》,39 页注释 1

张乔(871 年进士)
    《题郑侍御蓝田别业》,60＋

张仲素(769?—819)
    《窗中列远岫赋》,53＋

赵嘏(806?—852)
    《宿灵岩寺》,89 页注释 1

郑谷(851?—910?)

《游贵侯城南林墅》,27*

朱超(生活于6世纪)

《咏孤石》,80—81*

宗泽(1059—1128)

《题独乐园》,196＋,199＋

关键词索引

爱:24,76

爱妾换马:7,138,139。也可见"白居易"和"妾"条。

安乐窝(邵雍所得的园林):189—191

贬谪(Exile):见"谪居的审美体验"

病:76,101

长物:111,140

采莲曲:72,73

城市园林(Mansion,urban):见"白居易"条

重新评价丑、怪和无用(Re-evaluation of the ugly, the grotesque, and the useless):
    109—116

丑:5,6,99,101。也可见"太湖石"、"重新评价丑、怪和无用"条

仇池石:153—154,166,也可见"苏轼"条

窗户:见"自然"条

独乐园:189,196,198,206。也可见"司马光"和"苏轼"条

对痛苦的超越(Transcendence of sorrow):见"乐"条

翻案诗:111

奉诚园:13—15

凤池或凤凰池:129—130

凤咮山:146

甘露事变:34

公(Public):见"公与私的区分"

公与私的区分(Distinctions:between public and private):207—208

"公"与"私"的区分:208—211

怪:5,6,40,89,99,101。也可见"太湖石"和"重新定义丑、怪和无用"条

怪石:85页注释1

虢山:112

好:76

壶公:54

壶中九华:166

花庵:205—206

花石纲:6,121,122,124

江南:5,64,121,215。融合了江南风景的北方园林(invoked in northern gardens):67—72。被江南风格的园林超越(Superseded by Jiangnan-style gardens):72—75

金谷园:10;11页注释1

镜子,反射和截取自然(Mirrors:reflecting and framing nature):59—60

九老会:180—181

九曜石:124

老成之人:175—176

乐(Joy):3,8—9,168,189,202。对乐的提开:169—173。老者之乐:173—175。独乐:193—198

吏隐:30—32,38,也可见"白居易"、"中隐"条

灵璧石:82页注释2

绿野堂:22页注释3,63—64,130

恋物(Fetishism):5,76,77,79

龙尾山:143,146

漏(Cracked):86

履道:18,22,26,37,41,174

洛阳:8,17,18,178。中隐的最佳地点:32—34,36—37。11世纪吸引了保守党人:188—189

命名(Naming):21

牛山:102,103

盆景:85页注释1

癖:5,76,77—79,91

平泉:15,也可见"李德裕"

耆英会:180—181,189

前门的意象(Front gate, images of):43—47

妾(Concubines):7;73;144;160;216页注释2。也见于"白居易"、"爱妾换马"、"樊素"、"小桃"条。

山间别墅和郊野别墅(Estate, mountain and suburban):10—13

石癖(Petrophilia):5—6,76,79,120。北宋覆灭后对石癖的认识:122—123。也见于"白居易"、"太湖石"、"牛僧孺"、"重新定义丑、怪和无用"和"苏轼"条

石头鉴赏(Absentics of rocks):见"太湖石"条

石头母题(Rock topos):79—82

247

嗜:5,76—77,79,92

私(Private):见"公与私的区分"

私人领域(Private sphere):2,6,207,211,212,213—216

私有(Privacy):211

瘦(Lean):86

收集(Collecting):68,77,92—98全篇,106,109,112,117,136,145

太湖石:5,98—101,108,116,124。赏石美学的形成:82—88。也见于"白居易"和"牛僧孺"条

唐诗里作为地理位置的南方(South:four geographical regions of the, in Tang poetry):64—67。也可见"江南"条

透(Foraminate):86

偷闲:184

望夫石:85页注释1

无益或无用(Useless):5,6。也可见"太湖石"条。重新评价丑、怪和无用:109—116

习家池:21

小池,包括小池和盆池(Miniature ponds, including small pond and basin pond):5,56—59

闲(Leisure):3,8—9,29,54,182—187,201

新进少年:8,116,178,179

雪浪石:104

药洲:123

艮岳:6,121,123

咏物:59页注释2,79,82,85,99页注释2,101

占有(Possession):3,15,73,75,82,107—108,118—120,165,214—215

尤物:97,140

有园无主(Absenteeism):3,25—30,74,214

园林(Gardens):1—6,9,37—38,60,91,213。实际的所有与审美意义上的所有:17—30;鹤的生活环境:126—131;也可见"白居易"、"别墅"、"前门"、"独乐园"、"绿野堂"、"园艺"、"江南"、"李德裕"、"盆池"、"自然"、"安乐窝"、"平泉"和"司马光"条

乐府:7,72,139,175

自然(Nature):3,4,5,60,75。窗户取景:51—55。地面水池的反照:51—60。园林对自然的复制:61—63。自然与人工的矛盾:102—104。也可见"园艺"、"江南"和"镜子"条

宅图(Estate maps):27—28

痴癖(Obsession):5;6;76—79;82;91—93;97页注释2;98;101;106;113

谪居的审美体验(Absenticizing exilic experience):66—67

中隐(Middling hermit):4,32—37,33 页注释 1,39,40,42,63,174,215

皱(Wrinkled):86

朱门:14,131

伫瞻堂:204

(作为交换商品的)书法(Calligraphy, as commodity of exchange):见"苏轼"条

(作为交换商品的)绘画(Painting, as commodity of exchange):见"苏轼"条

(作为审美和道德象征的)园艺(Horticulture: as an aesthetic and morally symbolic act):47—50

(作为诗歌意象的)孤石(Solitary rock: as a poetic topos):80

醉醒石:16 注释 1

人名索引

白居易(772—846):3,6,7,38—40,50,52,55—65,173—175,213;对城市园林的讽刺:13—18 全篇;城市园林的优越性:39—42;太湖石:82 页注释 2,83—88;《太湖石记》:91—100 全篇;裴度与白居易关于双鹤的纠葛:126—133;白居易与刘禹锡和裴度的关系:133—135;用爱妾换取裴度的骏马:136—141。亦可见"九老会"、"前门"、"园艺"、"江南"、"中隐"、"盆池"、"自然"、"所有权"条。

包融(生活于 727 年):44—45

曹霸(生活于 713 年—741 年):160

岑德润(生活于 6 世纪):81

晁说之(1059—1129):122

陈抟(卒于 989 年):183

储嗣宗(853 年健在):45

崔玄亮(768—833):78

董仲舒(公元前 179 年—前 104 年):196,197

东方朔(公元前 2 世纪晚期):31,67

杜甫(712—770):14;49;50 页的注释;1;115;149

杜绾(1126 年健在):83—84

杜预(222—284):77,78

德宗(779 年—805 年在位):134

徽宗(1100 年—1126 年在位):6;97 页注释 1;121;122

范纯任(1027—1101):175

樊素(白居易的歌伎):141

范镇(1008—1089):176,179,201

范仲淹(989—1052):169—171,196

方干(809—888):58—59

方腊(卒于1121年):121—122

方勺(生于1066年):121,122

富弼(1004—1083):179,180,190

贯休(832年—912年):28

郭祥正(1087年健在):119;150;166页注释3

韩幹(卒于780年):158,160,161

韩琦(1008—1075):101

韩偓(844—923):50

韩愈(768—824):12,49,56—59,62,66,171

洪迈(1123—1202):35

胡宿(995—1067):101

胡震亨(1569—1645):35

黄庭坚(1045—1105):142;147;148;150;151页注释1;187页注释1

皇甫冉(717—770):12

纪昀(1724—1805):105

贾谊(公元前201年—公元前169年):66

蒋之奇(1031—1104):153,158,159,162

皎然(720?—?):53

金君卿(1042年进士):109,110—111

孔武仲(1042—1098):117页注释1

寇准(961—1023):170

李道枢(838年健在):89,94,97

李德裕(787—850):15—16;29;64页注释3;104;118。北宋时期对他的批评:
　　106—109

李格非(1090年健在):17,206

李龟年(生活于8世纪):63

李绛(764—830):29—30

李清照(约1081—1149):106页注释1

李涉(806年—821年健在):65

李绅(卒于846年):89页注释1

李师道(卒于819年):16

令狐楚(766—837):29

小桃(白居易的歌伎):72

刘安(公元前179年—前122年):139,143页注释3

刘敞(1019—1068):105—106,106 页注释 2,114 页注释 1

刘季孙(约 1033—1092):156

刘克庄(1187—1269):123—124

刘龑(889—942):123

刘义叟(1017—1060):116

刘禹锡(772—842):7,29,45,64,78,93,133—134,135。在白居易和裴度关于双鹤的
纷争中充当调解人:127—131 全篇。在白居易和裴度爱妾换马事件中充当调解
人:137—138

卢鸿(713—742 健在):12 页注释 3

陆龟蒙(卒于 881 年):46,88—89,109

卢仝(775?—835):78;104 页注释 2

卢照邻(634?—684?):13

吕诲(1014—1071):176,201

骆宾王(卒于 684 年):13

罗邺(877 年健在):46

马燧(726—795):见"奉诚园"

梅尧臣(1002—1060):116;120 页注释 1;142

孟郊(751—814):53,66—67

米芾(1051—1107):85;145;151 页注释 1;155—156;160

牛僧孺(780—848):6,15,47,99,108,119,215。对石头的癖好:89—98。对牛僧孺的
批评:104—106,也见于"白居易"条

欧阳修(1007—1072):107,113,142,170。《菱溪石记》:117—119

欧阳詹(785?—827?):1,2,45

宇文所安:2;25 页注释 1;58 页注释 1;140;216

潘岳(247—300):10,11

裴迪(741 年健在):12

裴度(765—839):7,22,62—64,128,134—135,135—137

皮日休(834?—883?):98—100,103,109,114

钱起(710?—782?):12,54,78

邵伯温(1057—1134):176—177

邵雍(1011—1077):8,168—169,172—175,177。《伊川击壤集》序言:171—172。与
司马光的关系:185—187,206。"富贵闲人"的自我形象:191—192。也可见
"闲"、"安乐窝"条

沈约(441—513):11,19

石崇(249—300):10;11 页注释 1;216 页注释 3

司马光(1019—1086):8,120—121,173—174,177—178,183,185—186,196—201,

204—206。《独乐园记》:193—196。化装为布衣:185—187。也可见"耆英会"和"苏轼"。

苏辙(1039—1112):203 页注释 1

苏轼(1037—1101):7—8;85—86;111—112;116;117 页注释 1。对石癖的批评:103—106。审美物品的交换:141—145。用自己的艺术作品换取别人的审美物件:146—252。对王诜索取仇池石的回应:153—166。对独乐园的书写:202—204

苏颂(1020—1101):100

陶潜(365—427):11,12,35,44

王安石(1021—1086):113,175—176,177,179

王粲(177—217):19,20,42

王拱辰(1012—1085):190

王瀚(701 年进士):140

王绩(590—644):35

王康琚(4 世纪):31

王令(1032—1059):112—115

王起(760—847):25,26

王钦辰(1070 进士):153,158

王诜(1036 年?—1103 年?):147,154—166 全篇

王慎言(生于 1011 年):190

王维(701?—761):12,44,54,60,156

王献之(344—386):156

王羲之(303—361):28,146,152,156

魏稠(生活于 9 世纪):16

韦处厚(773—828):12

韦骧(1033—1105):102—103

韦偃(生活于 7 世纪晚期至 8 世纪初):160

韦应物(约生于 737 年):35,39

魏徵(580—643):16

韦庄(836—910):30

文同(1018—1079):86,108,116

文宗(827 年—841 年在位):22 页注释 3

文彦博(1006—1097):107,180—181,199—200,204

吴充(1021—1080):113

吴融(约卒于 903 年):60,90

武元衡(758—815):26

252

宪宗(806年—821年在位):17,134

萧推(卒于548年):80—82

谢安(320—385):137

谢灵运(385—433):11,51,52

谢朓(464—499):11,32,52—53

谢玄(343—388):51

徐凝(813年健在):70

严光(1世纪):71

杨绘(1027—1088):176

杨杰(1059年进士):119

杨亿(974—1020):169,170,171

姚合(781?—846):45,63,65

庾信(513—581):11

元稹(779—831):25,67—68,69

张祜(792?—853?):140

张籍(768?—830?):12,27,29,55,131,139

张乔(871年进士):60

张仲素(769?—819):53

郑谷(851?—910?):27

郑燮(1693—1765):85

中宗(684年,705—710年在位):12—13

周密(1232—1298):124

周乡(11世纪):190

朱超(6世纪):80

朱勔(1075—1126):121

朱熹(1130—1200):36,168

庄绰(11世纪—12世纪):122—123

宗炳(375—443):28

宗泽(1059—1128):196,199

左思(约卒于306年):62

Clunas, Craig(柯律格):40;111页注释2

Egan, Ronald C.(艾郎诺):117页注释2;119页注释1

Freeman, Michael D.(弗里曼):177;181;189页注释1

Fuller, Michael A.(傅君劢):105页注释1;147页注释2

Harrist, Robert E, Jr.(韩文彬):194页注释6

Hay, John A.(约翰·海):82页注释2

Li, Wai-yee(李惠仪):97
Rankin, Mary Backus(兰金):208 页注释 2
Schafer, Edward(薛爱华):82 页注释 2;86;113 页注释 1;160 页注释 3
Spring, Madeline K.(司马德琳),130 页注释 2;132 页注释 3
Sturman, Peter Charles(石慢):146
Waley, Arthur(韦利):14,33
Wyatt, Don J.(韦栋):174;182 页注释 2
Yoshikawa Kojiro(吉川亨次郎):169
Zeitlin, Judith(蔡九迪):92 页注释 3;98

"海外中国研究丛书"书目

1. 中国的现代化　[美]吉尔伯特·罗兹曼 主编　国家社会科学基金"比较现代化"课题组 译　沈宗美 校
2. 寻求富强:严复与西方　[美]本杰明·史华兹 著　叶凤美 译
3. 中国现代思想中的唯科学主义(1900—1950)　[美]郭颖颐 著　雷颐 译
4. 台湾:走向工业化社会　[美]吴元黎 著
5. 中国思想传统的现代诠释　余英时 著
6. 胡适与中国的文艺复兴:中国革命中的自由主义,1917—1937　[美]格里德 著　鲁奇 译
7. 德国思想家论中国　[德]夏瑞春 编　陈爱政 等译
8. 摆脱困境:新儒学与中国政治文化的演进　[美]墨子刻 著　颜世安 高华 黄东兰 译
9. 儒家思想新论:创造性转换的自我　[美]杜维明 著　曹幼华 单丁 译　周文彰 等校
10. 洪业:清朝开国史　[美]魏斐德 著　陈苏镇 薄小莹 包伟民 陈晓燕 牛朴 谭天星 译　阎步克 等校
11. 走向21世纪:中国经济的现状、问题和前景　[美]D. H. 帕金斯 著　陈志标 编译
12. 中国:传统与变革　[美]费正清 赖肖尔 主编　陈仲丹 潘兴明 庞朝阳 译　吴世民 张子清 洪邮生 校
13. 中华帝国的法律　[美]D. 布朗 C. 莫里斯 著　朱勇 译　梁治平 校
14. 梁启超与中国思想的过渡(1890—1907)　[美]张灏 著　崔志海 葛夫平 译
15. 儒教与道教　[德]马克斯·韦伯 著　洪天富 译
16. 中国政治　[美]詹姆斯·R. 汤森 布兰特利·沃马克 著　顾速 董方 译
17. 文化、权力与国家:1900—1942年的华北农村　[美]杜赞奇 著　王福明 译
18. 义和团运动的起源　[美]周锡瑞 著　张俊义 王栋 译
19. 在传统与现代性之间:王韬与晚清革命　[美]柯文 著　雷颐 罗检秋 译
20. 最后的儒家:梁漱溟与中国现代化的两难　[美]艾恺 著　王宗昱 冀建中 译
21. 蒙元入侵前夜的中国日常生活　[法]谢和耐 著　刘东 译
22. 东亚之锋　[美]小R. 霍夫亨兹 K.E. 柯德尔 著　黎鸣 译
23. 中国社会史　[法]谢和耐 著　黄建华 黄迅余 译
24. 从理学到朴学:中华帝国晚期思想与社会变化面面观　[美]艾尔曼 著　赵刚 译
25. 孔子哲学思微　[美]郝大维 安乐哲 著　蒋弋为 李志林 译
26. 北美中国古典文学研究名家十年文选　乐黛云 陈珏 编选
27. 东亚文明:五个阶段的对话　[美]狄百瑞 著　何兆武 何冰 译
28. 五四运动:现代中国的思想革命　[美]周策纵 著　周子平 等译
29. 近代中国与新世界:康有为变法与大同思想研究　[美]萧公权 著　汪荣祖 译
30. 功利主义儒家:陈亮对朱熹的挑战　[美]田浩 著　姜长苏 译
31. 莱布尼兹和儒学　[美]孟德卫 著　张学智 译
32. 佛教征服中国:佛教在中国中古早期的传播与适应　[荷兰]许理和 著　李四龙 裴勇 等译
33. 新政革命与日本:中国,1898—1912　[美]任达 著　李仲贤 译
34. 经学、政治和宗族:中华帝国晚期常州今文学派研究　[美]艾尔曼 著　赵刚 译
35. 中国制度史研究　[美]杨联陞 著　彭刚 程钢 译

36. 汉代农业:早期中国农业经济的形成　［美］许倬云 著　程农 张鸣 译　邓正来 校
37. 转变的中国:历史变迁与欧洲经验的局限　［美］王国斌 著　李伯重 连玲玲 译
38. 欧洲中国古典文学研究名家十年文选　乐黛云 陈珏 龚刚 编选
39. 中国农民经济:河北和山东的农民发展,1890—1949　［美］马若孟 著　史建云 译
40. 汉哲学思维的文化探源　［美］郝大维 安乐哲 著　施忠连 译
41. 近代中国之种族观念　［英］冯客 著　杨立华 译
42. 血路:革命中国中的沈定一(玄庐)传奇　［美］萧邦奇 著　周武彪 译
43. 历史三调:作为事件、经历和神话的义和团　［美］柯文 著　杜继东 译
44. 斯文:唐宋思想的转型　［美］包弼德 著　刘宁 译
45. 宋代江南经济史研究　［日］斯波义信 著　方健 何忠礼 译
46. 一个中国村庄:山东台头　杨懋春 著　张雄 沈炜 秦美珠 译
47. 现实主义的限制:革命时代的中国小说　［美］安敏成 著　姜涛 译
48. 上海罢工:中国工人政治研究　［美］裴宜理 著　刘平 译
49. 中国转向内在:两宋之际的文化转向　［美］刘子健 著　赵冬梅 译
50. 孔子:即凡而圣　［美］赫伯特·芬格莱特 著　彭国翔 张华 译
51. 18世纪中国的官僚制度与荒政　［法］魏丕信 著　徐建青 译
52. 他山的石头记:宇文所安自选集　［美］宇文所安 著　田晓菲 编译
53. 危险的愉悦:20世纪上海的娼妓问题与现代性　［美］贺萧 著　韩敏中 盛宁 译
54. 中国食物　［美］尤金·N. 安德森 著　马嬿 刘东 译　刘东 审校
55. 大分流:欧洲、中国及现代世界经济的发展　［美］彭慕兰 著　史建云 译
56. 古代中国的思想世界　［美］本杰明·史华兹 著　程钢 译　刘东 校
57. 内闱:宋代的婚姻和妇女生活　［美］伊沛霞 著　胡志宏 译
58. 中国北方村落的社会性别与权力　［加］朱爱岚 著　胡玉坤 译
59. 先贤的民主:杜威、孔子与中国民主之希望　［美］郝大维 安乐哲 著　何刚强 译
60. 向往心灵转化的庄子:内篇分析　［美］爱莲心 著　周炽成 译
61. 中国人的幸福观　［德］鲍吾刚 著　严蓓雯 韩雪临 吴德祖 译
62. 闺塾师:明末清初江南的才女文化　［美］高彦颐 著　李志生 译
63. 缀珍录:十八世纪及其前后的中国妇女　［美］曼素恩 著　定宜庄 颜宜葳 译
64. 革命与历史:中国马克思主义历史学的起源,1919—1937　［美］德里克 著　翁贺凯 译
65. 竞争的话语:明清小说中的正统性、本真性及所生成之意义　［美］艾梅兰 著　罗琳 译
66. 中国妇女与农村发展:云南禄村六十年的变迁　［加］宝森 著　胡玉坤 译
67. 中国近代思维的挫折　［日］岛田虔次 著　甘万萍 译
68. 中国的亚洲内陆边疆　［美］拉铁摩尔 著　唐晓峰 译
69. 为权力祈祷:佛教与晚明中国士绅社会的形成　［加］卜正民 著　张华 译
70. 天潢贵胄:宋代宗室史　［美］贾志扬 著　赵冬梅 译
71. 儒家之道:中国哲学之探讨　［美］倪德卫 著　［美］万白安 编　周炽成 译
72. 都市里的农家女:性别、流动与社会变迁　［澳］杰华 著　吴小英 译
73. 另类的现代性:改革开放时代中国性别化的渴望　［美］罗丽莎 著　黄新 译
74. 近代中国的知识分子与文明　［日］佐藤慎一 著　刘岳兵 译
75. 繁盛之阴:中国医学史中的性(960—1665)　［美］费侠莉 著　甄橙 主译　吴朝霞 主校
76. 中国大众宗教　［美］韦思谛 编　陈仲丹 译
77. 中国诗画语言研究　［法］程抱一 著　涂卫群 译
78. 中国的思维世界　［日］沟口雄三 小岛毅 著　孙歌 等译

79. 德国与中华民国　[美]柯伟林 著　陈谦平 陈红民 武菁 申晓云 译　钱乘旦 校
80. 中国近代经济史研究:清末海关财政与通商口岸市场圈　[日]滨下武志 著　高淑娟 孙彬 译
81. 回应革命与改革:皖北李村的社会变迁与延续　韩敏 著　陆益龙 徐新玉 译
82. 中国现代文学与电影中的城市:空间、时间与性别构形　[美]张英进 著　秦立彦 译
83. 现代的诱惑:书写半殖民地中国的现代主义(1917—1937)　[美]史书美 著　何恬 译
84. 开放的帝国:1600年前的中国历史　[美]芮乐伟·韩森 著　梁侃 邹劲风 译
85. 改良与革命:辛亥革命在两湖　[美]周锡瑞 著　杨慎之 译
86. 章学诚的生平与思想　[美]倪德卫 著　杨立华 译
87. 卫生的现代性:中国通商口岸健康与疾病的意义　[美]罗芙芸 著　向磊 译
88. 道与庶道:宋代以来的道教、民间信仰和神灵模式　[美]韩明士 著　皮庆生 译
89. 间谍王:戴笠与中国特工　[美]魏斐德 著　梁禾 译
90. 中国的女性与性相:1949年以来的性别话语　[英]艾华 著　施施 译
91. 近代中国的犯罪、惩罚与监狱　[荷]冯客 著　徐有威 等译　潘兴明 校
92. 帝国的隐喻:中国民间宗教　[英]王斯福 著　赵旭东 译
93. 王弼《老子注》研究　[德]瓦格纳 著　杨立华 译
94. 寻求正义:1905—1906年的抵制美货运动　[美]王冠华 著　刘甜甜 译
95. 传统中国日常生活中的协商:中古契约研究　[美]韩森 著　鲁西奇 译
96. 从民族国家拯救历史:民族主义话语与中国现代史研究　[美]杜赞奇 著　王宪明 高继美 李海燕 李点 译
97. 欧几里得在中国:汉译《几何原本》的源流与影响　[荷]安国风 著　纪志刚 郑诚 郑方磊 译
98. 十八世纪中国社会　[美]韩书瑞 罗友枝 著　陈仲丹 译
99. 中国与达尔文　[美]浦嘉珉 著　钟永强 译
100. 私人领域的变形:唐宋诗词中的园林与玩好　[美]杨晓山 著　文韬 译
101. 理解农民中国:社会科学哲学的案例研究　[美]李丹 著　张天虹 张洪云 张胜波 译
102. 山东叛乱:1774年的王伦起义　[美]韩书瑞 著　刘平 唐雁超 译
103. 毁灭的种子:战争与革命中的国民党中国(1937—1949)　[美]易劳逸 著　王建朗 王贤知 贾维 译
104. 缠足:"金莲崇拜"盛极而衰的演变　[美]高彦颐 著　苗延威 译
105. 饕餮之欲:当代中国的食与色　[美]冯珠娣 著　郭乙瑶 马磊 江素侠 译
106. 翻译的传说:中国新女性的形成(1898—1918)　胡缨 著　龙瑜宬 彭珊珊 译
107. 中国的经济革命:20世纪的乡村工业　[日]顾琳 著　王玉茹 张玮 李进霞 译
108. 礼物、关系学与国家:中国人际关系与主体性建构　杨美惠 著　赵旭东 孙珉 译　张跃宏 译校
109. 朱熹的思维世界　[美]田浩 著
110. 皇帝和祖宗:华南的国家与宗族　[英]科大卫 著　卜永坚 译
111. 明清时代东亚海域的文化交流　[日]松浦章 著　郑洁西 等译
112. 中国美学问题　[美]苏源熙 著　卞东波 译　张强强 朱霞欢 校
113. 清代内河水运史研究　[日]松浦章 著　董科 译
114. 大萧条时期的中国:市场、国家与世界经济　[日]城山智子 著　孟凡礼 尚国敏 译　唐磊 校
115. 美国的中国形象(1931—1949)　[美]T.克里斯托弗·杰斯普森 著　姜智芹 译
116. 技术与性别:晚期帝制中国的权力经纬　[英]白馥兰 著　江湄 邓京力 译

117. 中国善书研究　[日]酒井忠夫 著　刘岳兵 何英莺 孙雪梅 译
118. 千年末世之乱:1813年八卦教起义　[美]韩书瑞 著　陈仲丹 译
119. 西学东渐与中国事情　[日]增田涉 著　由其民 周启乾 译
120. 六朝精神史研究　[日]吉川忠夫 著　王启发 译
121. 矢志不渝:明清时期的贞女现象　[美]卢苇菁 著　秦立彦 译
122. 明代乡村纠纷与秩序:以徽州文书为中心　[日]中岛乐章 著　郭万平 高飞 译
123. 中华帝国晚期的欲望与小说叙述　[美]黄卫总 著　张蕴爽 译
124. 虎、米、丝、泥:帝制晚期华南的环境与经济　[美]马立博 著　王玉茹 关永强 译
125. 一江黑水:中国未来的环境挑战　[美]易明 著　姜智芹 译
126. 《诗经》原意研究　[日]家井真 著　陆越 译
127. 施剑翘复仇案:民国时期公众同情的兴起与影响　[美]林郁沁 著　陈湘静 译
128. 华北的暴力和恐慌:义和团运动前夕基督教传播和社会冲突　[德]狄德满 著　崔华杰 译
129. 铁泪图:19世纪中国对于饥馑的文化反应　[美]艾志端 著　曹曦 译
130. 饶家驹安全区:战时上海的难民　[美]阮玛霞 著　白华山 译
131. 危险的边疆:游牧帝国与中国　[美]巴菲尔德 著　袁剑 译
132. 工程国家:民国时期(1927—1937)的淮河治理及国家建设　[美]戴维·艾伦·佩兹 著　姜智芹 译
133. 历史宝筏:过去、西方与中国妇女问题　[美]季家珍 著　杨可 译
134. 姐妹们与陌生人:上海棉纱厂女工,1919—1949　[美]韩起澜 著　韩慈 译
135. 银线:19世纪的世界与中国　林满红 著　詹庆华 林满红 译
136. 寻求中国民主　[澳]冯兆基 著　刘悦斌 徐硙 译
137. 墨梅　[美]毕嘉珍 著　陆敏珍 译
138. 清代上海沙船航运业史研究　[日]松浦章 著　杨蕾 王亦诤 董科 译
139. 男性特质论:中国的社会与性别　[澳]雷金庆 著　[澳]刘婷 译
140. 重读中国女性生命故事　游鉴明 胡缨 季家珍 主编
141. 跨太平洋位移:20世纪美国文学中的民族志、翻译和文本间旅行　黄运特 著　陈倩 译
142. 认知诸形式:反思人类精神的统一性与多样性　[英]G.E.R.劳埃德 著　池志培 译
143. 中国乡村的基督教:1860—1900 江西省的冲突与适应　[美]史维东 著　吴薇 译
144. 假想的"满大人":同情、现代性与中国疼痛　[美]韩瑞 著　袁剑 译
145. 中国的捐纳制度与社会　伍跃 著
146. 文书行政的汉帝国　[日]富谷至 著　刘恒武 孔李波 译
147. 城市里的陌生人:中国流动人口的空间、权力与社会网络的重构　[美]张骊 著　袁长庚 译
148. 性别、政治与民主:近代中国的妇女参政　[澳]李木兰 著　方小平 译
149. 近代日本的中国认识　[日]野村浩一 著　张学锋 译
150. 狮龙共舞:一个英国人笔下的威海卫与中国传统文化　[英]庄士敦 著　刘本森 译　威海市博物馆 郭大松 校
151. 人物、角色与心灵:《牡丹亭》与《桃花扇》中的身份认同　[美]吕立亭 著　白华山 译
152. 中国社会中的宗教与仪式　[美]武雅士 著　彭泽安 邵铁峰 译　郭潇威 校
153. 自贡商人:近代早期中国的企业家　[美]曾小萍 著　董建中 译
154. 大象的退却:一部中国环境史　[英]伊懋可 著　梅雪芹 毛利霞 王玉山 译
155. 明代江南土地制度研究　[日]森正夫 著　伍跃 张学锋 等译　范金民 夏维中 审校
156. 儒学与女性　[美]罗莎莉 著　丁佳伟 曹秀娟 译

157. 行善的艺术:晚明中国的慈善事业(新译本) [美]韩德玲 著 曹晔 译
158. 近代中国的渔业战争和环境变化 [美]穆盛博 著 胡文亮 译
159. 权力关系:宋代中国的家族、地位与国家 [美]柏文莉 著 刘云军 译
160. 权力源自地位:北京大学、知识分子与中国政治文化,1898—1929 [美]魏定熙 著 张蒙 译
161. 工开万物:17世纪中国的知识与技术 [德]薛凤 著 吴秀杰 白岚玲 译
162. 忠贞不贰:辽代的越境之举 [英]史怀梅 著 曹流 译
163. 内藤湖南:政治与汉学(1866—1934) [美]傅佛果 著 陶德民 何英莺 译
164. 他者中的华人:中国近现代移民史 [美]孔飞力 著 李明欢 译 黄鸣奋 校
165. 古代中国的动物与灵异 [英]胡司德 著 蓝旭 译
166. 两访中国茶乡 [英]罗伯特·福琼 著 敖雪岗 译
167. 缔造选本:《花间集》的文化语境与诗学实践 [美]田安 著 马强才 译
168. 扬州评话探讨 [丹麦]易德波 著 米锋 易德波 译 李今芸 校译
169. 《左传》的书写与解读 李惠仪 著 文韬 许明德 译
170. 以竹为生:一个四川手工造纸村的20世纪社会史 [德]艾约博 著 韩巍 译 吴秀杰 校
171. 东方之旅:1579—1724耶稣会传教团在中国 [美]柏理安 著 毛瑞方 译
172. "地域社会"视野下的明清史研究:以江南和福建为中心 [日]森正夫 著 于志嘉 马一虹 黄东兰 阿风 等译
173. 技术、性别、历史:重新审视帝制中国的大转型 [英]白馥兰 著 吴秀杰 白岚玲 译
174. 中国小说戏曲史 [日]狩野直喜 张真 译
175. 历史上的黑暗一页:英国外交文件与英美海军档案中的南京大屠杀 [美]陆束屏 编著/翻译
176. 罗马与中国:比较视野下的古代世界帝国 [奥]沃尔特·施德尔 主编 李平 译
177. 矛与盾的共存:明清时期江西社会研究 [韩]吴金成 著 崔荣根 译 薛戈 校译
178. 唯一的希望:在中国独生子女政策下成年 [美]冯文 著 常姝 译
179. 国之枭雄:曹操传 [澳]张磊夫 著 方笑天 译
180. 汉帝国的日常生活 [英]鲁惟一 著 刘洁 余霄 译
181. 大分流之外:中国和欧洲经济变迁的政治 [美]王国斌 罗森塔尔 著 周琳 译 王国斌 张萌 审校
182. 中正之笔:颜真卿书法与宋代文人政治 [美]倪雅梅 著 杨简茹 译 祝帅 校译
183. 江南三角洲市镇研究 [日]森正夫 编 丁韵 胡婧 等译 范金民 审校
184. 忍辱负重的使命:美国外交官记载的南京大屠杀与劫后的社会状况 [美]陆束屏 编著/翻译
185. 修仙:古代中国的修行与社会记忆 [美]康儒博 著 顾漩 译
186. 烧钱:中国人生活世界中的物质精神 [美]柏桦 著 袁剑 刘玺鸿 译
187. 话语的长城:文化中国历险记 [美]苏源熙 著 盛珂 译
188. 诸葛武侯 [日]内藤湖南 著 张真 译
189. 盟友背信:一战中的中国 [英]吴芳思 克里斯托弗·阿南德尔 著 张宇扬 译
190. 亚里士多德在中国:语言、范畴和翻译 [英]罗伯特·沃迪 韩小强 译
191. 马背上的朝廷:巡幸与清朝统治的建构,1680—1785 [美]张勉治 著 董建中 译
192. 申不害:公元前四世纪中国的政治哲学家 [美]顾立雅 著 马腾 译
193. 晋武帝司马炎 [日]福原启郎 著 陆帅 译
194. 唐人如何吟诗:带你走进汉语音韵学 [日]大岛正二 著 柳悦 译

195. 古代中国的宇宙论　[日]浅野裕一 著　吴昊阳 译
196. 中国思想的道家之论:一种哲学解释　[美]陈汉生 著　周景松 谢尔逊 等译　张丰乾 校译
197. 诗歌之力:袁枚女弟子屈秉筠(1767—1810)　[加]孟留喜 著　吴夏平 译
198. 中国逻辑的发现　[德]顾有信 著　陈志伟 译
199. 高丽时代宋商往来研究　[韩]李镇汉 著　李廷青 戴琳剑 译　楼正豪 校
200. 中国近世财政史研究　[日]岩井茂树 著　付勇 译　范金民 审校
201. 魏晋政治社会史研究　[日]福原启郎 著　陆帅 刘萃峰 张紫毫 译
202. 宋帝国的危机与维系:信息、领土与人际网络　[比利时]魏希德 著　刘云军 译
203. 中国精英与政治变迁:20世纪初的浙江　[美]萧邦奇 著　徐立望 杨涛羽 译　李齐 校
204. 北京的人力车夫:1920年代的市民与政治　[美]史谦德 著　周书垚 袁剑 译　周育民 校
205. 1901—1909年的门户开放政策:西奥多·罗斯福与中国　[美]格雷戈里·摩尔 著　赵嘉玉 译
206. 清帝国之乱:义和团运动与八国联军之役　[美]明恩溥 著　郭大松 刘本森 译